Philip José Farmer wurde 1918 geboren und trat 1952 schlagartig ins Rampenlicht der Science-fiction-Szene, als sein Roman »The Lovers« herauskam. Bereits 1953 gewann er einen HUGO-Award als »vielversprechendster neuer Autor«; später folgte ein weiterer HUGO-Award für seinen Roman »To Your Scattered Bodies go«. Farmers fünfbändige Serie »The World of Tiers« (Die Welt der tausend Ebenen) gehört zu den farbigsten und phantasievollsten Werken des Autors.

Von Philip José Farmer sind außerdem erschienen:

Meister der Dimensionen (Band 60511)
Welten wie Sand (Band 60512)
Lord der Sterne (Band 60513)
Planet der schmelzenden Berge (Band 60515)

Dieses Buch wurde auf chlor- und säurefreiem Papier gedruckt.

Vollständige Taschenbuchausgabe Februar 1996
Die deutsche Erstausgabe erschien erstmals 1980
im Knaur Taschenbuchverlag (Band 5728)

Titel der Originalausgabe »Behind the Walls of Terra«

Umschlaggestaltung Agentur Zero, München
Umschlagfoto Image Bank, München
Satz MPM, Wasserburg
Druck und Bindung Ebner Ulm
Printed in Germany
ISBN 3-426-60514-7

2 4 5 3 1

PHILIP JOSÉ FARMER
HINTER DER IRDISCHEN BÜHNE

Die Welt der tausend Ebenen
Band 4

Fantasy-Roman

Aus dem Amerikanischen
von Walter Erev

Knaur

Dieses Abenteuer von Kickaha
ist Jack Cordes gewidmet,
der in den Taschenuniversen
von Peoria und Pekin lebt.

Erstes Kapitel

Vierundzwanzig Jahre lang war der Himmel grün gewesen. Nun plötzlich war er blau.

Kickaha blinzelte. Er war wieder daheim. Vielmehr, er befand sich wieder auf dem Planeten seiner Geburt. Achtundzwanzig Jahre hatte er auf der Erde verbracht, dann hatte er vierundzwanzig Jahre lang in jenem Taschenuniversum gelebt, das er die *Schichtenwelt* getauft hatte. Doch jetzt war er wieder »zu Hause«. Aber daran lag ihm eigentlich gar nichts.

Er stand im Schatten einer riesigen überhängenden Felswand. Der Steinboden war von dem Wind blankgefegt, der an der Klippe vorbeipfiff. Außerhalb der Halbhöhe befanden sich von Pinien und Fichten bewachsene Berge. Die Luft war noch kühl, doch sie würde sich erwärmen, denn es war ein Morgen an einem Julitag in Südkalifornien. Zumindest hätte es das seinen Berechnungen zufolge sein müssen.

Da er sich hoch an der Flanke eines Berges befand, konnte er weit nach Südwesten blicken. Hinter den kleineren Tälern in der Nähe erstreckte sich ein gewaltiges tiefes Tal, von dem er vermutete, daß es nahe dem Einzugsgebiet von Los Angeles liegen müsse. Dies verblüffte und bestürzte ihn, denn damit hatte er überhaupt nicht gerechnet. Über dem Tal hing eine dichte, graue, giftige Wolke, die aussah, als setze sie sich aus vielen tausend Dämpfen zusammen, als sei die Talsohle unter der Wolke von Geysiren übersät, die kochend und blubbernd giftige Gase aus dem Erdinneren ausstießen.

Er konnte sich nicht vorstellen, was auf der Erde geschehen war, seitdem er in jener Nacht im Jahre 1946 zufällig aus diesem

Universum in das Jadawins transferiert worden war. Vielleicht waren die großen Becken um Los Angeles von Giftgas erfüllt, das irgendeine feindliche Nation abgeworfen hatte. Er konnte sich nicht vorstellen, was für ein Feind dies hätte sein können, denn Deutschland und Japan waren ja vernichtend geschlagen worden, als er diese Welt verlassen hatte, und Rußland hatte schmerzliche Wunden davongetragen.

Er zuckte die Achseln. Er würde das mit der Zeit schon erfahren. Die Datenspeicher unter dem großen Palast auf dem Gipfel des einzigen Planeten im *Universum des grünen Himmels* hatten angegeben, daß das Dimensionstor sich an einer Stelle in den Bergen in der Nähe eines Arrowhead genannten Sees öffnen würde.

Das Tor war ein Kreis aus unzerstörbarem Metall und lag ein paar Zentimeter unter dem Felsboden begraben. Nur ein schwach purpurn schimmernder Ring auf dem Fels verriet ihr Vorhandensein.

Kickaha – geboren als Paul Janus Finnegan – war einen Meter dreiundachtzig groß, wog sechsundachtzig Kilo, hatte breite Schultern, schmale Hüften und massive Schenkel. Das Haar war bronzerot, die Augenbrauen waren dicht, dunkel und geschwungen, die Augen vom Grün der Blätter, die Oberlippe war lang, und das Kinn hatte ein tiefes Grübchen. Er trug Wanderkleidung und auf dem Rücken einen Rucksack. In der Hand hielt er den Griff eines Koffers aus dunklem Leder, der aussah, als könne er ein Instrument enthalten, etwa ein Horn oder eine Trompete.

Das Haar fiel bis auf die Schultern. Eigentlich hatte er es abschneiden wollen, ehe er zur Erde zurückkehrte, um dort nicht aufzufallen. Aber die Zeit war knapp gewesen, und so hatte er beschlossen zu warten, bis er zum Friseur gehen konnte. Er würde einfach behaupten, er und Anana seien so lange in den Bergen gewesen, daß er keine Zeit gehabt habe, es schneiden zu lassen.

Die Frau neben ihm war so schön, wie eine Frau es nur sein konnte. Sie hatte langes, dunkles, welliges Haar, eine makellose weiße Haut, veilchenblaue Augen und eine wundervolle Figur. Auch sie trug Wanderkleidung: Stiefel, Jeans, ein kariertes Holzfällerhemd und eine Mütze mit langem Schirm. Auch sie hatte einen Rucksack, in dem Schuhe, ein Kleid, Unterwäsche und eine kleine Handtasche steckten – sowie mehrere Geräte, die einen Wissenschaftler von der Erde bestürzt oder schockiert haben würden. Das Haar trug sie nach der Mode von 1946, soweit Kickaha sich daran erinnerte. Sie hatte kein Make-up aufgelegt, und sie brauchte dies auch nicht zu tun, denn vor Tausenden von Jahren hatte sie sich für die Ewigkeit die Lippen gerötet, genau wie jeder andere weibliche Lord das getan hatte.

Er küßte die Frau auf den Mund und sagte: »Du warst schon in recht vielen Welten, Anana, aber ich wette, keine war seltsamer als die Erde.«

»Ach, ich habe schon früher einen blauen Himmel gesehen«, sagte sie. »Wolff und Chryseis sind uns fünf Stunden voraus. Der Scheller hat weitere zwei Stunden Vorsprung. Und sie alle haben eine große Erde, um sich darauf zu verlieren.«

Er nickte. »Es bestand kein Grund, warum Wolff und Chryseis hierbleiben sollten, da das Tor ja nur einseitig funktioniert. Sie werden sich zum nächsten Zweiwegetor aufmachen, und das liegt bei Los Angeles, falls es überhaupt noch existiert. Wenn nicht, dann liegt das nächste in Kentucky oder auf Hawaii. Also wissen wir, wohin sie gehen müssen.«

Er schwieg, befeuchtete sich die Lippen und sagte dann: »Und der Scheller? Wer kann das wissen? Er kann überall hingegangen sein oder noch hier in der Gegend sein. Er befindet sich in einer absolut fremdartigen Welt, er weiß nichts über die Erde, und er kann keine der Sprachen sprechen.«

»Und wir wissen nicht, wie er aussieht. Aber wir werden ihn finden«, sagte sie. »Ich kenne die Scheller. Dieser da wird seine

Schelle nicht verstecken, um unterzutauchen und später zurückzukehren. Ein Scheller kann den Gedanken nicht ertragen, sehr weit von seiner Schelle entfernt zu sein. Er wird sie mit sich herumschleppen, solange es geht. Und das ist für uns die einzige Möglichkeit, ihn zu identifizieren.«

»Ich weiß«, sagte Kickaha. Das Atmen fiel ihm schwer, die Augen begannen ihm zu schwimmen. Plötzlich weinte er.

Anana war einen Augenblick lang erschrocken. Dann sagte sie: »Weine ruhig! Ich habe das auch getan, als ich einmal auf meine Heimatwelt zurückkehrte. Ich hatte geglaubt, daß ich keine Tränen mehr hätte, daß sie nur für die Sterblichen sind. Aber die Heimkehr nach so langer Zeit machte mir meine Schwäche deutlich.«

Kickaha trocknete sich die Augen, hob die Feldflasche vom Gürtel, schraubte sie auf und trank ausgiebig.

»Ich liebe meine Welt, die Welt des grünen Himmels«, sagte er, »und ich mag die Erde nicht. Ich denke nicht mit viel Zuneigung an sie zurück. Aber vielleicht liebe ich sie insgeheim tiefer, als ich geglaubt habe. Ich gebe zu, hier und da empfand ich so etwas wie Sehnsucht, ein blasses Verlangen, sie wiederzusehen, die Menschen wiederzusehen, die ich gekannt habe. Doch ...«

Unter ihnen, etwa dreihundert Meter tiefer, bog eine zweispurige Teerstraße um den Berghang und zog sich aufwärts, bis sie auf der anderen Hangseite verschwand. Ein Auto erschien auf der Bergstrecke, schoß unter ihnen vorbei und war dann mit der Straße verschwunden. Kickahas Augen weiteten sich vor Staunen, und er sagte: »Solch einen Wagen habe ich noch nie gesehen. Der sieht ja aus wie eine kleine Wanze. Wie ein Käfer!«

Ein Habicht glitt in ihr Blickfeld, ritt auf den Luftströmen, schwebte kaum hundert Meter entfernt an ihnen vorüber. Kickaha freute sich. »Der erste Rotschwanz, den ich sehe, seit ich aus Indiana fortging!«

Er trat nach draußen an den Rand. Für eine Sekunde, aber

wirklich nur eine Sekunde, vergaß er die Vorsicht. Dann sprang er unter den Schutz des Felsüberhanges zurück. Er gab Anana mit der Hand ein Signal; sie trat an das eine Ende des Simses, während er zum anderen Ende ging, und sie spähten hinaus. Soweit er sehen konnte, befand sich niemand unter ihnen, allerdings hätten die vielen Bäume jedem Schutz geboten, der nicht gesehen werden wollte. Er trat noch ein wenig weiter hinaus und blickte nach oben, doch er konnte an dem Felshang nicht vorbeischauen. Der Abstieg war zunächst nicht erkennbar, aber nach genauerer Untersuchung erkannte er dicht unter der rechten Seite des Simses Vorsprünge im Fels. Für den Anfang würden sie genügen müssen, und sobald sie mit dem Abstieg begonnen haben würden, mußten sich weitere Haltepunkte für Hände und Füße zeigen.

Kickaha ließ sich bäuchlings über den Rand gleiten und suchte mit dem Fuß nach einem Halt. Dann zog er sich wieder nach oben, legte sich flach hin und untersuchte genau die Straße und das Waldgebiet dreihundert Meter weiter unten. Ein paar Blauhäher hatten irgendwo unter ihm zu schimpfen begonnen, und die Luft wirkte wie ein Trichter und trug die dünnen Schreie zu ihm herauf.

Er zog ein kleines Fernglas aus seiner Brusttasche und stellte die drei Skalen darauf ein. Dann holte er ein Hörgerät und einen feinen Draht mit Bananenstecker am einen Ende heraus und drückte den Stecker in die Buchse an der Seite des Fernglases. Er suchte den Wald drunten ab und ließ dann die Gläser auf jenen Fleck gerichtet ruhen, an dem die Häher ein solches Gezeter veranstalteten.

Durch die Hilfe des Apparates rückte der ferne Wald plötzlich ganz nahe heran, die schwachen Laute wurden scharf und deutlich. Etwas Dunkles bewegte sich dort, und nachdem er die Gläser genauer eingestellt hatte, sah er das Gesicht eines Mannes. Er schwenkte weiter, justierte erneut und erkannte nun

Details von drei weiteren Männern. Jeder hatte ein Gewehr mit Zielfernrohr, zwei hatten Ferngläser.
Kickaha reichte den Apparat an Anana weiter, damit sie selbst sehen könne. Er sagte: »Soweit dir bekannt ist, ist Red Orc der einzige Lord auf der Erde?«
Sie ließ das Fernglas sinken und sagte: »Ja.«
»Dann muß er von diesen Toren wissen, und er hat sicher irgendeine Alarmvorrichtung angebracht, damit er erfährt, wenn sie aktiviert werden. Vielleicht sind seine Männer ganz in der Nähe stationiert, vielleicht weit weg. Vielleicht sind Wolff und Chryseis und der Scheller entwischt, ehe seine Männer hierherkommen konnten. Vielleicht auch nicht. Jedenfalls warten sie dort auf uns.«
Sie sagten nichts darüber, daß es hier an den Toren keine Dauerfallen oder Dauerwachen gab. Red Orc – oder welcher Lord auch immer für diese Männer da unten verantwortlich war – würde aus dem Eindringen anderer Lords in sein Heimatterritorium ein Spiel machen. Ein tödliches Spiel, aber eben doch ein Spiel.
Kickaha nahm die Beobachtung der vier Männer unter den Bäumen wieder auf. Plötzlich sagte er: »Sie haben ein Sprechfunkgerät.«
Dann hörte er das sirrende Geräusch über sich. Er rollte sich auf den Rücken, blickte empor und sah eine seltsame Flugmaschine, die gerade rechts über den Berg heruntergeflogen kam.
Er sagte: »Ein Autogyro!« Dann verschwand die Maschine hinter einem Bergvorsprung. Er sprang auf und rannte zurück in die Höhle. Anana war dicht hinter ihm.
Das hackende Geräusch der Rotorblätter der Flugmaschine wuchs zu einem Dröhnen an, und dann schwebte sie direkt vor dem Felssims. Es wurde Kickaha klar, daß diese Maschine kein echter Hubschrauber sein konnte, denn soweit ihm bekannt war, konnten die nicht still in der Luft schweben oder wie dieser von einer Seite zur anderen schaukeln oder sich auf der Stelle drehen.

Der Rumpf des Helikopters war durchsichtig. Er konnte im Innern den Piloten und drei Männer mit Gewehren sehen. Anana und er steckten in der Falle – es gab keine Stelle, an die sie hätten fliehen, keine, wo sie sich hätten verbergen können. Zweifellos waren Orcs Männer ausgeschickt worden, um festzustellen, welche Waffen die Eindringlinge mitführten. Denn unter diesen Umständen würden sie ihre Waffen einsetzen müssen, es sei denn, sie zogen es vor, sich gefangennehmen zu lassen. Dies taten sie keineswegs. Sie sagten das aktivierende Codewort, richteten die Ringe auf die Flugmaschine und sprachen dann das endgültige Wort.
Die nadelfeinen goldenen Strahlen spuckten nur einmal, als sie die volle Ladung des winzigen Energiepacks der Ringe abgaben. Der Rumpf riß an zwei Stellen auf, und die Flugmaschine stürzte ab. Kickaha rannte hinaus und schaute über den Felsrand, gerade noch rechtzeitig, um zu sehen, wie die Trümmer unten auf dem Berghang aufschlugen. Eines der Bruchstücke explodierte in einem weißroten Feuerball, der sich zu einem Dutzend kleinerer Feuerkugeln spaltete. Schließlich fielen alle Trümmer nicht zu weit voneinander entfernt an den Fuß des Berges und brannten lodernd.
Die vier Männer unter den Bäumen waren kreidebleich, und der mit dem Sprechfunkgerät spuckte hastig in das Mikro. Kickaha bemühte sich, den Abfangstrahl zu verengen, um mithören zu können, doch der Lärm der brennenden Maschine störte.
Er war glücklich darüber, daß er zuerst zugeschlagen hatte, aber seine Freude war getrübt. Er wußte, der Lord hatte die Männer im Hubschrauber bewußt geopfert, um herauszufinden, wie gefährlich seine Gegner waren. Kickaha wäre viel lieber unentdeckt davongekommen. Außerdem würde es nun unmöglich sein, vor Einbruch der Nacht den Berghang hinunterzuklettern. Und inzwischen würde der Lord natürlich erneut angreifen.
Anana und er luden die Ringe wieder aus den winzigen

Energiepacks auf. Er bewachte die Männer drunten, sie die beiden Flanken des Berges. Dann tauchte plötzlich ein rotes Cabrio von links auf, in Richtung Tal. Darin saßen ein Mann und eine Frau. Der Wagen hielt in der Nähe des brennenden Wracks, und die zwei stiegen aus, um den Unfall zu untersuchen. Sie standen da und redeten eine Weile, dann stiegen sie wieder in ihren Wagen und rasten davon.

Kickaha griente. Kein Zweifel, sie würden die Behörden alarmieren. Dies bedeutete, daß die vier Männer einfach nicht in der Lage sein würden, sie anzugreifen. Aber andererseits konnte ja die Polizei hier heraufklettern und ihn und Anana entdecken. Natürlich konnte er dann behaupten, sie seien nur Bergwanderer, dann konnte man sie nicht allzulange festhalten. Aber selbst wenn sie nur kurz zum Verhör festgehalten würden, würde dies den Lord in die Lage versetzen, sie zu greifen, sobald sie auf freiem Fuß waren. Außerdem würde es ihm und Anana äußerst schwerfallen, ihre Identität nachzuweisen, also bestand auch die Möglichkeit, daß die Polizei sie festhalten würde, bis man sie identifizieren konnte.

Über Anana gab es selbstverständlich keine Unterlagen, aber wenn sie seine Fingerabdrücke überprüften, dann würden sie auf etwas stoßen, was er kaum zu erklären vermochte. Sie würden feststellen, daß er Paul Janus Finnegan war und 1918 in der Nähe von Terre Haute in Indiana geboren wurde; daß er in einem Panzerkorps der Achten Armee im Zweiten Weltkrieg gedient hatte; daß er 1946 aus seiner Wohnung in einem Haus in Bloomington unter geheimnisvollen Umständen verschwunden war, wo er als Student an der Universität von Indiana registriert war, und daß man seither nichts mehr von ihm gesehen hatte.

Sicher, er konnte sich immer auf Amnesie herausreden, doch wie sollte er erklären, daß er den Lebensdaten zufolge zweiundfünfzig, doch körperlich gesehen nur fünfundzwanzig Jahre alt war?

Und wie würde er erklären, woher diese seltsamen Apparate in seinem Rucksack stammten? Er fluchte leise in Tishquetmoac, in kentaurischem Lakotah, in dem Mittelhochdeutsch von Drachenland, in der Sprache der Lords und auf englisch. Und dann schaltete er ganz auf englisch um, denn er hatte die Sprache halb vergessen und mußte sich wieder daran gewöhnen, sie zu sprechen. Wenn diese vier Männer sich dort unten festsetzten, bis die Polizei auftauchte ...

Doch die vier sollten nicht bleiben. Nach langem Gerede und offensichtlich auf Befehle hin, die sie aus dem Sprechfunkgerät erhalten hatten, verschwanden sie. Sie kletterten zur Bergstraße herauf, und eine Minute später tauchte von rechts ein Auto auf. Es hielt an, die vier stiegen ein und fuhren davon.

Kickaha überlegte sich, daß dies eine Finte sein konnte, um ihn und Anana dazu zu bewegen, den Hang hinabzuklettern. Dann würde sie dort ein zweiter Hubschrauber abfangen, während sie in der Wand hingen, oder die Männer würden wiederkommen. Oder beides.

Doch wenn er wartete, bis die Polizei eintraf, dann konnte er erst in der Dunkelheit absteigen, und Orcs Männer würden unten auf sie warten, möglicherweise mit ein paar der fortschrittlicheren Waffen der Lords, weil sie sich nicht scheuen würden, sie in der Nacht und in diesem einsamen Gebiet einzusetzen.

»Komm!« sagte er zu Anana auf englisch. »Wir steigen jetzt hinab. Wenn die Polizei uns anhält, sagen wir einfach, wir sind Autostopper. Du läßt mich reden. Ich sage ihnen, du bist aus Finnland und sprichst noch kein Englisch. Hoffen wir, daß sie keinen Finnen dabeihaben.«

»Wie?« fragte Anana. Sie hatte zwar so um 1880 dreieinhalb Jahre auf der Erde verbracht und dabei Englisch und – etwas besser – Französisch gelernt, aber sie hatte das wenige inzwischen wieder vergessen.

Kickaha wiederholte alles, langsam dieses Mal.

»Es ist deine Welt«, sagte sie auf englisch. »Du bist der Boß!«
Er grinste über diesen Ausspruch, denn es gab nur sehr wenige Lords, die zugegeben hätten, daß es irgendeine Situation geben konnte, in denen ein Mensch ihnen überlegen war. Wieder ließ er sich über den Felsrand gleiten. Er begann zu schwitzen. Die Sonne kam jetzt über den Berg herauf, und sie standen nun voll in ihrem Licht, doch nicht das war der Grund für seine Transpiration. Er schwitzte, weil die Männer des Lord möglicherweise wieder auftauchen konnten.
Er und Anana hatten etwa ein Drittel des Abstiegs hinter sich gebracht, als der erste Polizeiwagen auftauchte. Es war eine schwarz-weiße Limousine mit einem großen Stern an der Tür. Zwei Männer stiegen aus. Ihre Uniformen sahen wie die der Staatspolizei aus, wie er sie aus dem Mittelwesten in Erinnerung hatte. Einige Minuten darauf kamen ein weiterer Wagen und ein Krankenwagen. Dann hielten zwei weitere Polizeiwagen. Und nach einer Weile waren dort zehn Autos versammelt.
Kickaha entdeckte einen Pfad, der stellenweise gefährlich war, der jedoch im Winkel nach rechts den Hang hinabführte. Er und Anana waren so streckenweise den Blicken der Leute unten entzogen. Wenn sie entdeckt werden sollten, würden sie nicht stehenbleiben dürfen. Die Polizei könnte sie verfolgen, doch sie würden einen solchen Vorsprung haben, daß die Verfolgung hoffnungslos sein würde.
So jedenfalls hatte es den Anschein, bis ein weiterer Hubschrauber erschien. Er strich auf und ab, offenbar auf der Suche nach Leichen oder Überlebenden. Kickaha und Anana versteckten sich hinter einem großen Felsbrocken, bis die Flugmaschine neben der Landstraße gelandet war. Dann setzten sie den seitlichen Abstieg den Berghang hinunter fort.
Nachdem sie die Straße erreicht hatten, tranken sie einen Schluck Wasser und aßen von dem Nahrungskonzentrat, das sie aus der anderen Welt mitgebracht hatten. Kickaha erklärte der

Frau, sie würden die Straße entlang abwärts wandern. Er erinnerte sie auch daran, daß Red Orcs Männer dort patrouillieren und nach ihnen Ausschau halten würden.
»Aber warum verstecken wir uns dann nicht bis zum Einbruch der Nacht?« fragte sie.
»Weil ich tagsüber ein Auto ausmachen kann, das eindeutig keines von Orc ist. Von so einem mitgenommen zu werden, wäre eine Chance für uns. Und wenn Orcs Männer auftauchen und etwas unternehmen, dann haben wir unsere Strahler und können aufpassen. In der Nacht weiß man vorher nicht, wer anhält und einen mitnehmen will. Wir könnten natürlich die Straße ganz meiden und an ihr entlang durch die Wälder wandern, aber das geht zu langsam. Ich möchte nicht, daß Wolff oder der Scheller zuviel Vorsprung gewinnen.«
»Und woher wissen wir, daß sie nicht beide in die andere Richtung gegangen sind?« fragte sie. »Oder daß Red Orc sie nicht erwischt hat?«
»Wir wissen es nicht«, sagte er. »Aber ich wette, daß dies die Richtung nach Los Angeles ist. Die Straße führt nach Westen und bergab. Wolff weiß das, und dem Scheller würde sein Instinkt befehlen, abwärts zu gehen, glaube ich. Natürlich kann ich mich irren. Aber ich kann auch nicht hier ewig herumstehen und mir überlegen, was passiert sein kann. Gehen wir also!«
Sie machten sich auf den Weg. Die Luft roch süß und sauber, Vögel sangen, ein Eichhörnchen lief den Ast einer hohen, halb abgestorbenen Pinie entlang und beobachtete sie mit seinen schimmernden Augen. Es gab eine ganze Reihe toter und absterbender Pinien. Wahrscheinlich hatte eine Baumkrankheit sie befallen. Die einzigen Anzeichen menschlicher Einflußnahme waren die skelettartigen Aluminiumtürme und Kabel einer Überlandleitung, die die Flanke eines Berges hinaufstiegen. Kickaha erklärte Anana, was sie darstellten; von jetzt ab würde er ihr ziemlich viel erklären müssen. Es störte ihn nicht. Es bot ihr

die Möglichkeit, Englisch zu lernen, und ihm, sich die Sprache wieder ins Gedächtnis zurückzurufen.
Von hinten näherte sich ein Auto. Bei dem Geräusch traten Kickaha und Anana an den Straßenrand, bereit, entweder ihre Ringstrahler abzufeuern oder den Berghang hinunterzuspringen, falls dies nötig sein sollte. Er richtete den Daumen nach dem Auto, in dem ein Mann, eine Frau und zwei Kinder saßen. Der Wagen verlangsamte nicht einmal die Fahrt. Dann kam ein großer Laster mit Anhänger heran. Der Fahrer schien zunächst anhalten zu wollen, fuhr aber dann doch weiter.
Anana sagte: »Diese Fahrzeuge! So primitiv! So laut! Und wie sie stinken.«
»Ja. Aber wir *haben* schon Atomenergie«, antwortete Kickaha. »Jedenfalls hatten wir bereits Atombomben. Zumindest Amerika hatte sie. Ich hätte gedacht, daß sie inzwischen Autos mit atomarem Antrieb haben müßten. Sie hatten doch eine ganze Generation lang Zeit, das zu entwickeln.«
Ein cremefarbener Kombiwagen mit einem Mann, einer Frau und zwei Jugendlichen kam vorbei. Kickaha starrte den Jungen an. Sein Haar war genauso lang wie Kickahas, nur beträchtlich weniger gut gepflegt. Das Mädchen hatte langes gelbes Haar, das ihr weich über die Schultern fiel, ihr Gesicht war dick geschminkt. Wie bei einer Nutte, dachte er. Waren die Augenlider wirklich grün bemalt?
Die Eltern, ungefähr fünfzig, wirkten ganz normal. Allerdings trug die Mutter einen Haarstil, der 1946 eindeutig nicht Mode gewesen war. Und auch ihr Make-up war auffällig, wenn auch bei weitem nicht so dick aufgetragen wie bei dem Mädchen.
Er hatte bisher keine der Automarken identifizieren können. Einige trugen das MG-Zeichen, doch dies war auch das einzige, was ihm vertraut erschien. Damit hatte er natürlich rechnen müssen. Aber er war doch sehr erstaunt, als der nächste Wagen, der vorbeifuhr, wieder so ein Käfer war wie jener, den er gesehen hatte, als er

zum ersten Mal über den Rand der Klippe hinuntergespäht hatte. Jedenfalls sah er ihm ziemlich ähnlich. VW? Was sollte das heißen? Kickaha hatte sich auf zahlreiche Veränderungen gefaßt gemacht, auch darauf, daß er manche nicht so ganz leicht verstehen können würde. Aber er konnte sich nicht vorstellen, warum die Leute einen derartig häßlichen, qualvoll engen Wagen wie diesen »VW« kaufen sollten; allerdings erinnerte er sich an die kleinen »Willys« aus seiner Jugend. Er zuckte die Achseln. Es würde zu anstrengend sein und zuviel Zeit brauchen, wenn er für alles nach Erklärungen suchte, was er sah. Wenn er überleben wollte, mußte er sich auf die unmittelbar drohende Gefahr konzentrieren: Red Orcs Männern zu entkommen. Sofern es Red Orcs Männer waren.

Er und Anana wanderten zügig, mit dem geschmeidigen Gang der Bergsteiger. Sie entspannte sich mehr und mehr und begann sich für die Schönheit der Gegend zu interessieren. Einmal lächelte sie, drückte seine Hand und sagte: »Ich liebe dich.«

Er küßte sie auf die Wange und sagte: »Ich dich auch.«

Mehr und mehr sprach und bewegte sie sich wie eine Frau von der Erde und nicht mehr wie ein superaristokratischer Lord.

Einige hundert Meter hinter sich hörte er einen Wagen um die Kurve kommen und drehte sich um. Es war ein schwarz-weißer Wagen der Staatspolizei mit zwei Männern, die goldene Helme trugen. Er blickte geradeaus, sagte aber aus dem Mundwinkel: »Wenn die anhalten, dann bleib ganz entspannt. Es ist die Polizei. Laß mich nur machen. Wenn ich zwei Finger hebe, dann renn los und spring den Hang runter. Nein! Wenn ich's mir überlege ... hör zu, wir fahren mit ihnen. Sie können uns in die Stadt bringen oder in die Nähe, und dann betäuben wir sie mit den Ringen. Klar?«

Aber der Wagen schoß vorbei, ohne daß man ihnen auch nur einen mißtrauischen Blick zugeworfen hätte.

Kickaha stieß erleichtert die Luft aus und sagte: »Wir sehen also nicht so verdächtig aus, wie ich mich fühle.«

Zweites Kapitel

Sie wanderten weiter die Straße hinunter. Als sie auf eine gerade Strecke von fast einem Kilometer Länge stießen, hörten sie hinter sich ein schwaches Dröhnen. Das Geräusch wurde lauter, und plötzlich verzog Kickaha vor Freude grinsend das Gesicht. »Motorräder«, sagte er. »Eine ganze Meute.«

Das Röhren wurde jetzt sehr laut. Sie drehten sich um und sahen etwa zwanzig große schwarze Maschinen wie eine schwarze Wolke um den Bergvorsprung rasen. Kickaha war verblüfft. Nie zuvor hatte er Männer oder Frauen in solcher Kleidung gesehen. Manche unter ihnen lösten bei ihm einen Reflex aus, den er seit Kriegsende 1945, seit der Kapitulation, für tot gehalten hatte. Seine Hand zuckte zu dem Messergriff in der Scheide an seinem Gürtel, und er suchte nach einem Graben, um sich in ihn hineinzurollen.

Drei der Fahrer trugen die nachttopfartigen deutschen Stahlhelme und hatten große schwarze Hakenkreuze auf das graue Metall gemalt. Und sie trugen das Eiserne Kreuz oder Hakenkreuze aus Metall an Ketten um den Hals.

Alle trugen dunkle Schutzbrillen. Diese und die wie Fahrradlenker aussehenden Schnurrbärte, die Bärte der Männer überhaupt, die Mandrillbärte an den Wangen und das übertriebene Make-up der Frauen ließen ihre Gesichter insektenhaft erscheinen. Die Kleidung insgesamt war dunkel, ein paar der Männer allerdings trugen schmutzige, ehemals weiße T-Shirts. Fast alle trugen wadenhohe Kurzstiefel. Eine Frau gefiel sich darin, ein Käppi und die leuchtendrote Ulanka mit den gelben Litzen der Dragoner zur Schau zu stellen. Auf den schwarzen Lederjacken und den T-Shirts trugen sie Totenschädel und gekreuzte Knochen, die wie Phalli aussahen, und die Aufschrift: *Luzifers Lümmel.*

Die Kavalkade röhrte vorbei, ein paar ließen die Motoren aufheulen oder winkten den beiden zu, und mehrere fuhren mit gefalteten Armen auf der Straße in Schlangenlinie, wobei sie sich jeweils stark nach außen lehnten. Kickaha grinste dazu voll Anerkennung – auch er hatte ein Motorrad besessen und es geliebt, als er in Terre Haute auf die High-School ging.

Anana dagegen kräuselte die Nase. »Der Gestank des Treibstoffs ist schon schlimm genug«, sagte sie. »Aber hast du gemerkt, wie *die selbst stanken?* Die haben sich seit Wochen nicht gewaschen! Oder seit Monaten!«

»Der Lord dieser Welt war ziemlich nachlässig«, sagte Kickaha. Er bezog sich damit auf die sanitären Verhaltensweisen der menschlichen Bewohner in den Taschenuniversen, die von anderen Lords beherrscht wurden. Zwar waren diese Lords ihrem menschlichen Sklavenbesitz gegenüber oft sehr grausam, doch sie legten Wert darauf, daß die Untertanen reinlich und schön waren. Sie hatten Gesetze und religiöse Vorschriften erlassen, die dafür sorgten, daß Sauberkeit ein fundamentaler Bestandteil jeder Kultur wurde.

Aber es gab auch Ausnahmen. Einige Lords hatten zugelassen, daß ihre menschlichen Gesellschaften zu Schmutz und zu Gleichgültigkeit dem Schmutz gegenüber degenerierten.

Anana hatte erklärt, der Lord der Erde sei eine einmalige Ausnahme. Red Orc regierte absolut geheim und anonym, obwohl er dies nicht immer getan hatte. In den frühen Tagen, in der Morgendämmerung des Menschen, hatte er sich oft als Gott aufgeführt. Doch hatte er diese Rolle aufgegeben und sich in die Anonymität zurückgezogen – sozusagen. Er hatte den Dingen einfach ihren Lauf gelassen. Dies sei die Ursache für den Sumpf, in dem die Erdlinge in der Vergangenheit, Gegenwart und wohl auch der Zukunft steckten und stecken würden.

Kickaha hatte wenig Zeit gehabt, viel über Red Orc in Erfahrung zu bringen, denn er hatte nicht einmal von seiner Existenz etwas gewußt und erst davon erfahren, kurz bevor er und Anana durch das Tor in dieses Universum übertraten.

»Und sie sahen alle so häßlich aus«, sagte Anana.

»Ich sagte dir doch, daß der Mensch hier verblüht ist«, sagte er. »Es gab keine genetische Auslese, weder bei einem Lord noch unter den Menschen selber.«

Und dann hörten sie wieder das gedämpfte Dröhnen der Motorräder, und eine Minute später sahen sie acht von ihnen die Straße zurückkommen. Es waren nur Männer.

Die Maschinen fuhren vorbei, bremsten ab, wendeten und kamen hinter ihnen hergefahren. Kickaha und Anana gingen einfach weiter. Drei Maschinen brausten so dicht an ihnen vorbei, daß Kickaha sie zu Fall hätte bringen können. Er fragte sich auch gleich, ob er das nicht hätte tun sollen, weil er damit die Überlegenheit der Typen vermindert hätte. Denn nun schien klar zu sein, daß diese sie belästigen würden, wenn nicht Schlimmeres im Busch war.

Einige der Männer pfiffen Anana zu und äußerten in verschiedenen obszönen Ausdrücken gewisse Aufforderungen und Wunschvorstellungen. Anana verstand zwar die Worte nicht, doch sie begriff ihren Ton und die Gesten und das Grinsen, die sie begleiteten. Sie zog finster die Augenbrauen zusammen und vollführte eine den Lords eigentümliche Handbewegung. Obwohl die Motorradfahrer sie nicht kannten, begriffen sie. Einer lachte dermaßen, daß er fast von der Maschine gefallen wäre. Andere hingegen bleckten halb grinsend, halb knurrend die Zähne.

Kickaha blieb stehen und stellte sich ihnen. Sie fuhren heran und bildeten einen engen Halbkreis um das Paar. Dann stellten sie die Motoren ab.

»Na schön«, sagte Kickaha. »Was wollt ihr?«

Ein dickwanstiger, stiernackiger junger Mann, dem dichtes,

grobes schwarzes Haar aus dem offenen Hemd quoll und der einen Ziegenbart und einen Hut des Afrikakorps trug, redete: »Also schön, Roterchen, wenn wir *Satans Sklaven* wären, dann würden wir ja auf dich stehen. Aber wir sind keine Schwulen, also nehm' mir uns deine *la belle dame Fotze, voilà.*«

»Mann, die Puppe is 'ne echte Wucht, wa!« sagte ein großer, dünner Junge mit Aknenarben, einem enormen Adamsapfel und einem goldenen Ring im Ohrläppchen. Die langen schwarzen Haare hingen ihm über die Schultern und fielen ihm über die Augen.

»Super!« sagte ein anderer, der einen struppigen Bart, Zahnlücken und Narben im Gesicht hatte.

Kickaha wußte, wann es besser war, den Mund zu halten, und wann zu sprechen, aber manchmal fiel es ihm doch sehr schwer, das zu tun, was er für das beste hielt. Er hatte jetzt weder Lust noch Zeit für eine Schlägerei; seine Aufgabe war eine ernste und wichtige Angelegenheit. Ja, sie war eigentlich lebenswichtig. Wenn der Scheller ausbrach und sich so gut an die Erde anpaßte, daß es ihm gelang, weitere Schellen zu machen, dann würden er und seinesgleichen tatsächlich die ganze Erde unterjochen. Der Scheller war kein Ungeheuer aus einem Schauerroman, es gab ihn wirklich, und wenn er nicht getötet wurde, dann adieu, Erde! Oder adieu, Menschheit! Die Körper würden weiterleben, doch die Gehirne würden entleert sein, und eine fremde Vernunft würde sie ausfüllen.

Es war ein Unglück, daß die Rettung keine Unterschiede zuließ. Wenn andere gerettet würden, dann mit ihnen auch dieses asoziale Gesindel. In diesem Augenblick allerdings hatte es den Anschein, als bestünden einige Zweifel, ob es Kickaha gelingen könnte, auch nur sich selbst zu retten, von der Welt ganz zu schweigen. Die acht Männer waren von ihren Maschinen gestiegen und kamen nun mit den verschiedensten Waffen nähergerückt. Drei hatten lange Ketten, zwei schwangen Eisen-

rohre, einer hatte ein Schnappmesser, ein weiterer bronzene Schlagringe, der letzte einen Eispickel.
»Ich nehme an, ihr wollt sie am hellichten Tag überfallen, obwohl die Bullen ganz in der Nähe sind?« fragte er.
Der junge Mann mit dem Afrikakorpshut sagte: »Mann, normalerweise würden wir dich ja nich lausen. Aber wie ich die Puppe gesehn hab', Mann! Das war zuviel! Was für ein Prachtstück! Ich hab' noch nie 'n Weib wie die gesehn. Ehrlich, Mann! Die wirft ein' einfach um! Und die müssen wa einfach haben. *Biste dac?*«
Kickaha begriff nicht, was das letzte Wort bedeuten sollte, doch das spielte keine Rolle. Es waren brutale Burschen, und sie würden zu bekommen versuchen, was sie haben wollten.
»Dann macht euch besser darauf gefaßt zu sterben«, sagte er.
Sie wirkten erstaunt. Der Afrikakorpsjunge sagte: »Du hast 'ne ganze Wucht Klasse, Roter, das muß dir der Neid lassen. Hör zu, Mann, wir könnten dir deine Installation aus dem Bauch trampeln und echten Spaß dabei ham, 'ne echte Supershow, Mann, aber ich bewundere deinen Stil, Freund. Also laß uns die Puppe, und wir liefern sie dir inner Stunde oder so wieder ab.«
Dann griente Afrikakorps: »Allerdings, sie ist dann vielleicht nich mehr ganz in so guter Kondition wie jetzt, aber was macht das schon. Niemand is vollkommen, wa?!«
Kickaha sprach zu Anana in der Sprache der Lords.
»Wenn wir Glück haben, verschwinden wir mit einem von den Motorrädern. Damit kommen wir bis Los Angeles.«
»He, was issen das für 'ne Affensprache?« fragte Afrikakorps. Er winkte den Männern mit den Ketten zu, die grinsend einen Schritt vor die anderen traten. Sie nahmen die Arme zurück, um mit ihren Ketten loszuschlagen, und Kickaha und Anana schossen die Strahlen aus ihren Ringen, die auf »Betäubungsstärke« eingestellt waren. Die drei ließen ihre Ketten fallen, krallten die Hände in den Bauch und krümmten sich vornüber. Die Strahlen trafen sie am Kopf, und sie fielen zu Boden. Ihre

Gesichter waren von den plötzlich geborstenen Blutgefäßen ganz rot. Wenn sie sich wieder erholten, würden sie tagelang schwindlig krank sein, die Bäuche würden schmerzen und von den geplatzten Venen und Arterien gerötet sein.
Die anderen Männer erstarrten zu Bewegungslosigkeit und wurden kreidebleich vor Schreck.
Kickaha zog blitzschnell das Messer aus der Scheide und warf es gegen die Schulter von Afrikakorps. Der schrie und ließ seinen Eispickel fallen. Anana erledigte ihn mit ihrem Strahler; Kickaha brachte die restlichen Männer zu Fall.
Glücklicherweise kamen keine Autos die Straße herauf. Die beiden zogen die stöhnenden, nur halb bewußtlosen Männer an den Straßenrand und stießen sie hinunter. Sie rollten sechs, sieben Meter und blieben dann auf einem Felssims liegen.
Dann schoben sie die Motorräder, außer einem, an einer bequemen Stelle über den Rand. Sie hüpften und purzelten den steilen Hang hinab, weiter und weiter, zerbrachen zu Trümmern, und einige explodierten.
Kickaha bedauerte dies, denn er wollte nicht, daß der Qualm irgend jemanden aufmerksam machte.
Anana hatte er erklärt, was die Bande mit ihr im Sinn gehabt hatte. Sie kletterte zu den übereinanderliegenden Leibern hinunter. Sie stellte den Ring auf die niedrigste Verbrennungsfrequenz ein und brannte jedem Mann die Hosen und ein Gutteil der Haut fort. Sie würden Anana lange nicht vergessen. Und wenn sie sie hinterher verfluchen sollten, dann hätten sie Kickaha segnen müssen, denn er hielt sie davon ab, die Kerle umzubringen.
Kickaha nahm Afrikakorps die Brieftasche ab. Der Führerschein war auf den Namen Alfred Roger Goodrich ausgestellt, und das Foto war Kickaha überhaupt nicht ähnlich, doch das war nicht zu ändern. Unter anderem lagen da auch noch vierzig Dollar.
Er erklärte Anana, wie sie sich hinter ihm auf dem Motorrad

festhalten sollte und was unterwegs zu erwarten sei. Und eine Minute später fuhren sie auf der Stecke in Richtung Los Angeles. Das Röhren des Motors erweckte die seligen Erinnerungen an seine Motorradfahrten in Indiana nicht zum Leben. Die Strecke beunruhigte ihn, der Gestank von Öl und Benzin mißfiel ihm. Zu lange hatte er in einer ruhigen Welt voll milder Luft gelebt.

Anana hielt seine Hüften umklammert. Sie sagte lange kein Wort. Einmal blickte er kurz zurück und sah ihr schwarzes Haar im Fahrtwind fliegen. Ihre Augen hinter den Schutzbrillengläsern, die sie einem der Asozialen abgenommen hatte, waren halb geschlossen. Die Schatten machten sie undurchdringlich. Später rief sie etwas, aber der Wind und das Dröhnen der Maschine rissen ihre Worte davon.

Kickaha testete die Maschine durch und stellte fest, daß der frühere Besitzer eine Anzahl von Funktionen ausgebaut hatte, vor allem, um das Gewicht zu verringern. So fehlten etwa die Vorderradbremsen.

Sobald er die Stärke und die Nachteile der Maschine erkannt hatte, schoß er weiter voran, und seine Augen waren wachsam auf die Straße vor ihm gerichtet. Doch seine Gedanken schweiften immer wieder ab.

Drittes Kapitel

Er hatte eine weite, eine phantastische Strecke durchschritten – von jenem Campus der Universität von Indiana bis zu dieser Straße in den Bergen Südkaliforniens. Als er mit der Achten Armee in Deutschland war, hatte er diese halbmondförmige Sichel aus hartem, silbrigem Metall in den Ruinen eines Kleinstadtmuseums gefunden. Er nahm sie mit nach Hause, nach Bloomington, und dort erschien eines Nachts ein Mann namens Vannax und bot ihm eine phantastische Summe für die Sichel. Er hatte abgelehnt. Später in der gleichen Nacht erwachte er und stellte fest, daß Vannax in seine Wohnung eingebrochen war. Vannax legte gerade eine zweite Sichel neben die Kickahas, die so einen Kreis bildeten. Er griff Vannax an und trat dabei unabsichtlich in den Kreis. Und als nächstes fand er sich an einem sehr fremdartigen, seltsamen Ort wieder.

Die zwei Sicheln bildeten das Tor, ein Instrument der Lords, das eine Art Teleportation von einem Universum in ein anderes ermöglichte. Kickaha war in ein künstliches Universum versetzt worden, ein Taschenuniversum, das ein Lord namens Jadawin geschaffen hatte. Doch Jadawin weilte nicht länger in diesem Universum; ein anderer Lord hatte ihn verdrängt, ihn beraubt und auf die Erde geworfen. Jadawin hatte sein Erinnerungsvermögen verloren. Er war zu Robert Wolff geworden.

Die Geschichten von Wolff/Jadawin und Kickaha/Finnegan waren umfangreich und verwickelt. Kickaha hatte Wolff geholfen, in sein eigenes Universum zurückzukehren, und nach einer Vielzahl von Abenteuern hatte Wolff das Gedächtnis wiedererlangt. Er erlangte auch die Herrschaft über dieses seltsame, von ihm geschaffene Universum zurück. Dort ließ er sich mit Chryseis, seiner Geliebten, nieder und herrschte in dem Palast auf dem Gipfel eines dem Turm von Babel ähnlichen Planeten, der in der Mitte eines Universums hing, dessen »Wände« ein geringeres Volumen als das des irdischen Sonnensystems umschlossen.

Und vor kurzem waren Wolff und Chryseis auf mysteriöse Weise verschwunden – wahrscheinlich durch die Machinationen irgendeines Lords aus einem anderen Universum. Kickaha war Anana begegnet, die zusammen mit zwei weiteren Lords vor den Schwarzen Schellern auf der Flucht war. Die Scheller waren ursprünglich Instrumente gewesen, die in den Biolaboratorien der Lords erschaffen worden waren, um den Geist der Lords während der Übertragung des Geistes von einem Körper in einen anderen zu beherbergen. Doch die glockenförmigen, unzerstörbaren Maschinen hatten sich zu Wesen mit eigener Intelligenz entwickelt, denen es schließlich gelang, ihren Geist in die Körper der Lords zu übertragen, und die einen Geheimkrieg gegen die Lords anzettelten. Dies wurde entdeckt, und es begann ein hartes, langes und blutrünstiges Ringen, das dazu führte, daß alle Scheller – so glaubte man jedenfalls – gefangen und in einem eigens dafür erschaffenen Universum eingekerkert wurden. Aber man hatte einundfünfzig von ihnen übersehen, und nach zehntausend Jahren der Ruhe hatten sich diese wieder menschlicher Körper bemächtigt und waren wieder frei.

Kickaha hatte direkt oder indirekt alle außer einem getötet. Und dieser hatte mit seinem Geist den Körper eines Mannes namens Thabuuz besetzt und sich auf die Erde versetzt. Wolff und Chryseis waren gerade zu jener Zeit in ihren Palast zurückgekehrt, als die Scheller angriffen, und durch jenes Tor entkommen, das Thabuuz später ebenfalls benutzen sollte.

Nun waren Kickaha und Anana auf der Suche nach Wolff und Chryseis. Außerdem waren sie auch fest entschlossen, den letzten der Schwarzen Scheller zur Strecke zu bringen und zu töten. Wenn es Thabuuz gelang, ihnen zu entkommen, würde er mit der Zeit weitere Schellenglocken bauen und mit diesen einen Geheimkrieg gegen die Erdenmenschen beginnen und später in die privaten Universen der Lords eindringen, ihren Geist entladen und auch ihre Körper in Besitz nehmen. Die Lords hatten die Schwarzen Scheller niemals vergessen, und jeder von ihnen trug noch immer einen Ring, der die metallenen Schellen ihrer uralten Feinde entdecken und einen winzigen Warnschaltkreis im Gehirn eines jeden Lords aktivieren konnte.

Die Völker der Erde wußten nichts von den Schellern. Sie hatten keine Ahnung von den Lords. Kickaha war der einzige Erdenmensch, dem die Existenz der Lords und ihrer Taschenuniversen je bekanntgeworden war.

Die Völker der Erde wären dagegen wehrlos, eines nach dem anderen überwältigt zu werden; die menschlichen Gehirnsubstanzen würden durch die Antennen der Schellen entladen werden, und der Geist der Scheller würde die Gehirne in Besitz nehmen. Der Krieg würde so heimtückisch geführt werden, daß nur durch puren Zufall die Menschen jemals erfahren würden, daß sie überhaupt angegriffen worden waren.

Der Schwarze Scheller Thabuuz *mußte* gefunden und vernichtet werden.

Inzwischen hatte der Lord der Erde, jener Lord namens Red Orc, erfahren, daß fünf Personen sich in sein Reich eingeschleust hatten. Allerdings würde er nicht wissen, daß eine davon der Schwarze Scheller war. Er würde alle fünf zu fangen versuchen. Und man konnte Red Orc nicht davon in Kenntnis setzen, daß ein Schwarzer Scheller frei auf der Erde herumlief, denn Red Orc war unauffindbar. Weder Anana noch Kickaha wußten, wo er lebte. Ja, bis vor wenigen Stunden hatte Kickaha nicht einmal gewußt, daß die Erde einen Lord hatte.

Fünfzehn Minuten später kamen sie von der Hangstraße auf ein

Plateau. Das Dörfchen an der Kreuzung war ein hübscher Ort, allerdings höchst kommerzialisiert. Saubere, freundliche weiße Häuser und Bauten. Als sie durch die Hauptstraße brausten, kamen sie an einem großen Hamburger-Lokal vorbei, und dort fläzten sich die restlichen Luzifer-Lümmel an den Picknicktischen, fraßen Hamburger und soffen Coke oder Bier. Sie blickten auf, als sie das vertraute Motorengeräusch der Harley-Davidson hörten, und als sie die zwei auf der Maschine erkannten, schauten sie nochmals hin. Einer sprang auf seine Maschine, ließ den Motor mit Kickstarter aufheulen. Er war ein großer Junge mit verfilzten Haaren und einem langen Schnurrbart; er trug den Hut eines Kavallerieoffiziers der Südstaaten aus dem Bürgerkrieg, ein weißes Seidenhemd mit Rüschen an Hals und Ärmeln, enge, schimmernd schwarze Hosen mit roten Biesen und pelzbesetzte Stiefel.
Die anderen folgten ihm hastig. Kickaha glaubte nicht, daß sie zur Polizei gehen würden; irgend etwas an diesen Typen ließ erkennen, daß ihre Beziehungen zur Polizei nicht gerade die freundlichsten sein konnten. Sie würden die Rache in die eigenen schmutzigen Hände nehmen. Aber es war auch nicht wahrscheinlich, daß sie etwas unternehmen würden, solange man sich noch mitten im Ort befand.
Kickaha trieb die Maschine auf Spitzentempo hoch.
Nachdem sie eine Kurve genommen hatten, von der aus man sie vom Dorf aus nicht mehr sehen konnte, drehte Anana sich halb um. Sie wartete, bis der Anführer sie bis auf drei Meter eingeholt hatte. Er kauerte über der Lenkstange und griente wild. Anscheinend hoffte er, sie entweder zu überholen und zum Halten zu zwingen oder sie von der Straße zu drängen. Hinter ihm kam eine Kavalkade von fünf Maschinen mit jeweils nur einer Person, so daß zwei Maschinen auf der Gegenfahrbahn fuhren. Die mit zwei Personen besetzten Maschinen kamen in einem Abstand von einigen zwanzig Metern dahinter her.
Kickaha blickte nach hinten und schrie Anana etwas zu. Sie ließ

den Strahl nur so lange wirken, daß er das Vorderrad des Anführers in zwei Teile schnitt. Das Vorderteil sackte auf die Straße, und der Fahrer flog über die Lenkstange. Sein Mund war zu einem Schrei aufgerissen, den niemand hören konnte. Er prallte auf den Asphalt und schlitterte ziemlich weit bäuchlings dahin. Die fünf Maschinen hinter ihm versuchten jene, die auf der Fahrbahn lag, zu umfahren. Sie schossen auseinander wie ein Schwarm Fische, doch Anana zerschnitt die Räder der vordersten Maschinen, und alle drei rasten ineinander, während die zwei Flankenmaschinen seitlich von der Bahn abkamen. Die restlichen Maschinen bremsten rechtzeitig ab und vermieden so, in die Wracks und ihre Fahrer zu prallen.
Kickaha grinste und schrie: »Prima Arbeit, Anana!«
Und dann erstarrte sein Grinsen, und er begann zu fluchen. Hinter der Kurve, achthundert Meter hinter ihnen, tauchte ein schwarz-weißer Wagen mit roten Warnsignalen auf dem Dach auf. Seine Hoffnung, die Polizisten würden den Unfall untersuchen, schwand augenblicklich. Der Streifenwagen bog auf den Randstreifen aus, um die Trümmer und die Fahrer zu meiden, schwenkte wieder auf die Fahrbahn ein und schoß mit heulender Sirene und blinkenden Lichtern hinter Kickaha her.
Der Polizeiwagen war ungefähr vierzig Meter hinter ihnen, da richtete Anana den Strahler nach unten auf die Vorderreifen. Sie schaltete den Strahl so rasch wieder aus, daß die Felgen wahrscheinlich nur ein wenig am Rand zerstört waren, doch die Pneus waren quer durchgeschnitten. Der Wagen fiel etwas zurück, gab aber die Verfolgung nicht auf. Allerdings bremste er so stark ab, daß die beiden Polizisten heftig nach vorn geschleudert wurden. Die Sirene erstarb; die Lichter hörten auf zu zucken; der Streifenwagen kam schaukelnd zum Halten. Und Kickaha und Anana schossen um eine Kurve und konnten die Polizisten nicht mehr sehen.
»Wenn das so weitergeht, haben wir bald keine Ladung mehr!«

schrie Kickaha. »Verflucht, und ich wollte sie für äußerste Notfälle aufheben! Ich habe nicht damit gerechnet, daß wir so rasch schon soviel Ärger bekommen! Und dabei sind wir erst am Anfang!«

Sie fuhren acht Kilometer weiter, dann entdeckte er einen weiteren Streifenwagen, der auf sie zukam. Er verschwand in einer Senke und war einen Augenblick lang nicht zu sehen. Kickaha schrie: »Halt dich fest!« und bog von der Straße über eine flache Böschung auf ein großes Feld ab, auf dem mehr Steine als Gras wuchsen. Sein Ziel war ein Wäldchen, das etwa hundert Meter entfernt lag, und es wäre ihm fast gelungen, es zu erreichen, ehe der Streifenwagen in Sicht kam. Anana, die sich an ihn klammerte, schrie ihm zu, daß der Polizeiwagen hinter ihnen herkomme. Kickaha nahm Gas weg. Anana streifte mit dem Strahler über den Boden vor dem sich nähernden Wagen. Brennende Erde wirbelte längs einer Furche in die Luft, und dann explodierten die Reifen, und aus dem Kühler schossen Wasser und Dampf hervor.

Kickaha lenkte die Maschine im Winkel von dem Streifenwagen fort auf die Straße zurück. Zwei Polizisten sprangen heraus, zielten mit ihren Pistolen und feuerten. Die Chance, auf diese Entfernung die auf der Maschine Sitzenden zu treffen, war gering, doch eine Kugel durchschlug den Hinterreifen. Es gab einen Knall – und die Maschine begann zu schleudern und zu schwänzeln. Kickaha schaltete die Zündung aus, und sie schlitterten zu einem Halt. Die Polizisten begannen auf sie zuzulaufen.

»Mist! Ich will sie nicht umbringen!« sagte Kickaha. »Aber . . .«

Die Polizisten waren groß und wirkten aufgeschwemmt. Sie waren etwa vierzig oder fünfzig Jahre alt. Kickaha und Anana trugen jeder einen Rucksack von etwa fünfundzwanzig Kilo, doch waren sie beide physisch mit Fünfundzwanzigjährigen zu vergleichen.

»Wir werden sie abhängen«, sagte er, und sie rannten nebeneinander auf die Straße zu. Die zwei Männer schossen wieder und riefen etwas, aber ihr Tempo ließ rasch nach, und bald trabten sie nur noch. Achthundert Meter weiter blieben sie stehen und sahen, daß die Polizisten zu winzigen Figuren geworden waren. Kickaha griente und schlug einen Bogen zu dem Streifenwagen zurück. Er blickte hinter sich und sah, daß den zwei Polizisten aufgegangen war, wie er sie an der Nase herumgeführt hatte. Wieder rannten sie los, aber nicht besonders schnell. Anfangs wirkten ihre Arme und Beine wie Pleuelstangen, aber bald wurden die Bewegungen weniger energisch, und dann kamen sie im Schritt auf ihn zu.

Kickaha öffnete die Wagentür, riß das Mikro aus dem Sender, griff unter das Armaturenbrett und riß alle Drähte heraus, die mit dem Radiogerät verbunden waren. Inzwischen hatte Anana ihn eingeholt.

Der Zündschlüssel steckte noch, und die Felgen waren nicht zu tief zerschnitten. Er bedeutete Anana, sie solle einsteigen, klemmte sich hinter das Steuerrad und startete den Motor. Jetzt fingen die Bullen wieder an zu traben und zu schießen, doch der Wagen fuhr ihnen davon, holperte schaukelnd über das Feld und wurde immer schneller. Eine Kugel durchbohrte die Heckscheibe und hinterließ ein Spinnennetz. Und dann holperte der Wagen die Straße hinunter.

Nach drei Kilometern unter mahlendem Lärm und an Kolbenbewegungen erinnernden Stößen beschloß Kickaha, nun sei es genug. Er steuerte den Wagen an den Straßenrand, stieg aus, schleuderte den Zündschlüssel ins Gestrüpp und begann weiterzulaufen. Sie waren vielleicht fünfzig Meter weit gegangen, als sie sich nach dem Geräusch eines nahenden Fahrzeugs umdrehten. Ein Bus schoß an ihnen vorbei. Er war von oben bis unten mit Spiralen, Punkten, Vierecken und Kreisen in vielen grellen explosiven Farben bemalt. Die Front und die Seite des Busses schmückte ein Titel in grellgelben, orange abgesetzten Buchsta-

ben: *The Gnome King and his bad Egg.* Über dem Namen waren leuchtendrote und gelbe Viertelnoten, Taktstriche, kleine Gitarren und Schlaginstrumente gemalt.
Während er die Gesichter der Leute im Bus vorbeihuschen sah, dachte Kickaha einen Augenblick lang, der Bus habe die *Lümmel Luzifers* mitgenommen. Es gab da lange Haare, verfilzte Mähnen, Schnurrbärte, Bärte und das dicke Make-up und die langen glatten Frisuren der Mädchen. Der Bus kam mit quietschenden Bremsen zum Halten. Eine Tür ging auf, ein junger Mann mit Bart und riesigen Brillengläsern beugte sich heraus und winkte ihnen zu. Sie rannten zum Bus und stiegen unter viel Gelächter und begleitet von Gitarrengeklimper hinein.
Ein Mann, der wie Buffalo Bill aussah, fuhr sofort los. Kickaha blickte ringsum in die grinsenden Gesichter von sechs Jungen und drei Mädchen. Drei ältere Männer saßen hinten im Bus und spielten auf einem kleinen Klapptisch Karten. Sie blickten auf und nickten, dann wandten sie sich wieder ihrem Spiel zu. Ein Teil des Busses war abgetrennt; später fand er heraus, daß dort eine Toilette und ein Waschraum und zwei kleine Garderoben lagen. Gitarren, Trommeln, Xylophon, Saxophon, Flöte und Harfe lagen auf Sitzen oder auf der Ablage darüber.
Zwei Mädchen trugen Röckchen, die kaum bis über die Pobacken reichten, dunkelgraue Strümpfe, helle Rüschenblusen, unzählige vielfarbige Perlen und dickes Make-up: grüne oder silberne Augenlider, angeklebte Wimpern, Ringe um die Augen wie Pandabären und grünen(!) und fahl-lilabraunen Lippenstift. Das dritte Mädchen hatte überhaupt kein Make-up aufgelegt. Langes, gerades Haar fiel ihr schwarz bis zu den Hüften, sie trug einen engen ärmellosen, rot-grün gestreiften Pullover mit tiefem Brustausschnitt, hautenge Jeans und Sandalen. Mehrere der jungen Männer hatten Seemannshosen und dick mit Rüschen besetzte Hemden an. Und alle trugen sie das Haar lang.

Der »Gnomenkönig« war ein sehr großer, lungenschwindsüchtig wirkender Junge mit Kraushaar, einem Fahrradlenkerschnurrbart und einer riesigen Brille, die auf der Spitze eines richtigen Zinken thronte. Außerdem trug er einen Ohrring. Er stellte sich als Lou Baum (*né* Goldbaum) vor.

Kickaha gab als seinen Namen Paul Finnegan, als den Ananas Ann Finnegan an. Sie sei seine Frau, erklärte er Baum, und erst vor kurzem aus Finnisch-Lappland gekommen. Er legte ihr diese Abstammung zu, weil er nicht glaubte, daß sie auf irgend jemanden stoßen würden, der Lappländisch sprechen konnte.

»Aus dem Land der Rentiere?« sagte Baum. »Sie ist ein süßes Tier, unbedingt.« Er pfiff durch die Zähne und küßte die eigenen Fingerspitzen, die er in Richtung Ananas knipste. »Junge, eine tolle Wucht! Umwerfend! Sag mal, spielt einer von euch ein Instrument?« Er blickte auf den Instrumentenkasten, den Kickaha trug.

Kickaha verneinte dies. Er hatte keine Lust zu erklären, daß er mal Flöte gespielt hatte, aber nicht mehr seit 1945, oder daß er ein der Panflöte ähnliches Instrument gespielt hatte, als er mit dem Bärenvolk auf der amerindischen Ebene der Welt der vielen Ebenen gelebt hatte. Auch fand er es nicht klug zu erklären, daß Anana eine Vielzahl von Instrumenten spielte, von denen einige den irdischen ähnlich, aber andere mit nichts auf Erden zu vergleichen waren.

»Ich verwende den Instrumentenkasten als Koffer«, sagte Kickaha. »Wir sind schon eine ganze Weile unterwegs, seit wir aus Europa zurück sind. Wir haben einen ganzen Monat in den Bergen gelebt, und jetzt haben wir beschlossen, uns Los Angeles anzuschauen. Wir sind noch nie dagewesen.«

»Dann wißt ihr ja nicht, wo ihr schlafen sollt«, sagte Baum. Er sprach zu Kickaha, starrte jedoch dabei Anana an. Seine Augen glitzerten, seine Hände vollführten unablässig Gesten, als wolle er sie aus der Luft nachzeichnen.

»Kann sie singen?« fragte er plötzlich.
»Nicht in Englisch«, antwortete Kickaha.
Das Mädchen in Jeans stand auf und sagte: »Komm, laß das, Lou. Mit der kommste nicht weit. Ihr Macker bringt dich um, wenn du sie bloß anfaßt. Oder sie selber. Die kann das nämlich, weißte.«
Lou wirkte erschrocken. Er kam ganz dicht heran und spähte Kickaha in die Augen, als schaute er durch ein Mikroskop. In seinem Atem roch Kickaha einen seltsamen säuerlichen Geruch. Eine Sekunde später glaubte er zu wissen, was es war. Die Einwohner der Stadt Talanac der amerikanischen Ebene, die aus einem Jadeberg gehauen war, pflegten einen narkotisierenden Tabak zu rauchen, der ihrem Atem den gleichen Geruch verlieh. Natürlich wußte Kickaha das nicht genau, da er auf der Erde keine eigenen Erfahrungen gemacht hatte, aber er hatte immer vermutet, daß dieser Tabak Marihuana gewesen sei und daß die Talanaken, Nachfahren der alten Olmeken in Mexiko, den Brauch mitgebracht hatten, als sie durch die von Wolff geschaffenen Tore zogen.
»Du nimmst mich doch nicht auffen Arm?« sagte Lou zu dem Mädchen (der Name war Moo-Moo Nanssen), nachdem er sich von Kickahas laubgrünen Augen befreit hatte.
»An den beiden ist was sehr Fremdartiges«, sagte Moo-Moo. »Sehr attraktiv, sehr männlich – und sehr furchteinflößend. Fremdartig eben. Wirklich ganz fremdartig.«
Kickaha spürte eine Kälte im Nacken. Anana rückte näher zu ihm und flüsterte in der Sprache der Lords: »Ich verstehe nicht, was sie gesagt hat, aber es gefällt mir nicht. Das Mädchen besitzt die Gabe, Dinge zu sehen. Sie ist *zundra!*«
Für *zundra* gab es keine genauen oder auch nur annähernden Übersetzungen in irdischen Sprachen. Es bedeutete eine Mischung aus Psychologie, Hexer und Hellseher mit einer Prise Wahnsinn.
Lou Baum schüttelte den Kopf, wischte sich den Schweiß von

der Stirn, nahm die Brille ab und begann die Gläser zu polieren. Seine kurzsichtigen fahlblauen Augen blinzelten.
»Die Kleine ist psychisch«, sagte er. »Seltsam. Aber sie liegt richtig. Sie weiß, wovon sie redet.«
»Ich empfange Vibrationen«, sagte Moo-Moo. »Ich irre mich nie. Und ich kann aus ihnen den Charakter lesen! Ganz leicht!« Sie schnippte laut mit den Fingern. »Aber an euch zweien, da ist was Besonderes, besonders an ihr, das ich nicht begreife. Wie wenn ihr zwei vielleicht nicht von dieser Welt seid, sozusagen. Wie wenn ihr vom Mars kommen würdet ... oder so was.«
Ein kleiner untersetzter Junge mit Blondhaar und einem aknenarbigen Gesicht, der einfach als Wipe-Out vorgestellt worden war, blickte aus seinem Sitz hoch, wo er gerade seine Gitarre stimmte.
»Finnegan is' kein Marsmensch«, sagte er grinsend. »Er spricht mit 'nem platten Mittelwest-Akzent, wie wenn er aus Indiana oder Illinois kommt. Ein ›Indiaaaner‹, würde ich sagen. Stimmt's?«
»Ich bin aus Indiana«, sagte Kickaha.
»Macht die Augen zu, ihr lieben Menschen«, sagte Wipe-Out laut. »Hört ihn euch an! Sag noch mal was, Finnegan! Klingt seine Stimme nicht genau wie die von Gary Cooper? Also wenn nicht, dann freß ich 'nen Besen!«
Kickaha sagte etwas zu den Leuten, und alle lachten und sagten: »Gary Cooper! Mensch, wer hätte das für möglich gehalten?«
Damit schien die eisige Spannung gebrochen, die Moo-Moos Worte bewirkt hatten. Auch Moo-Moo lächelte wieder, doch ihre dunklen Augen glitten immer wieder zu den beiden Fremdlingen hinüber, und Kickaha wußte, daß sie nicht zufriedengestellt war. Lou Baum setzte sich neben Moo-Moo. Sein Adamsapfel arbeitete, als wäre er der Plungerkolben einer Pumpe. Sein Gesicht hatte einen ernsten, beinahe bestürzten Ausdruck angenommen, doch Kickaha erkannte, daß er noch immer sehr neugierig war. Aber außerdem hatte er auch Angst. Anscheinend glaubte Baum an die psychische Begabung seiner

Freundin. Und überdies fürchtete er sich wohl auch ein wenig vor ihr.
Kickaha machte sich nichts daraus. Moo-Moos Manöver war vielleicht auf gar nichts anderes ausgerichtet, als Baum von Anana wegzuscheuchen. Wichtig war ihr, daß sie nun so rasch wie möglich nach Los Angeles kamen, daß die Gefahr, von Red Orcs Männern entdeckt zu werden, möglichst gering gehalten wurde. Dieser Bus war für ihn ein Glückstreffer, und sobald sie einen günstigen Platz in den Außenbezirken der Metropole erreicht hatten, würden sie aussteigen. Und dann Gottes Segen und ade für den *Gnomenkönig und seine faulen Eier.*
Er ging prüfend durch den Bus. Die drei älteren Männer am Kartentisch blickten auf, als er vorbeikam, sagten aber nichts. Er fühlte sich ein wenig von den Kopfglatzen und den grauen Haaren abgestoßen, von den aufgeschwemmten Gesichtern mit Hängefalten, den rotgeäderten Augen, den Runzeln, den Wammen unterm Kinn, den fetten Bäuchen. Während der vierundzwanzig Jahre, die er im Universum Jadawins gelebt hatte, waren ihm nur vier alte Menschen begegnet. Man lebte dort bis zu tausend Jahren, wenn man keinen Unfall erlitt oder nicht gerade ermordet wurde, und der Alterungsprozeß setzte erst in den letzten hundert Jahren ein. Allerdings lebten nur sehr wenige so lange. Darum hatte Kickaha vergessen, wie alte Frauen und alte Männer aussahen. Er fühlte sich abgestoßen, wenn auch nicht in dem Maße wie Anana. Sie war in einer Welt aufgewachsen, in der es keine physisch alten Leute gab, und auch wenn sie selbst nunmehr bereits zehntausend Jahre alt war, hatte sie noch in keinem Universum gelebt, das unattraktive Menschen enthielt. Die Lords waren Ästheten, also hatten sie die Unschönen unter ihren »Haustieren« ausgemerzt und den Überlebenden die Chance einer überlangen Jugend geboten.
Baum kam den Gang nach hinten und fragte: »Suchst du was Bestimmtes?«

»Nö, ich bin nur neugierig«, sagte Kickaha. »Gibt's da noch einen anderen Ausstieg außer der Vordertür?«
»Da ist ein Notausstieg in der Frauengarderobe. Warum?«
»Ach, ich will so was eben gern wissen«, sagte Kickaha. Er hielt es nicht für nötig zu erklären, daß er sich stets vergewisserte, wie viele Ausgänge es jeweils gab und wie leicht oder schwer sie zu erreichen waren.
Er öffnete die Türen zu den zwei Garderoben und zur Toilette und untersuchte den Notausstieg, damit er ihn im Ernstfall sofort öffnen konnte. Hinter ihm sagte Baum: »Du hast vielleicht Nerven, Freund. Weißte nicht, daß Neugier der Tod der Katze is'?«
»Neugier hat jedenfalls die Katze, die vor dir steht, am Leben erhalten«, sagte Kickaha.
Baum senkte die Stimme und trat ganz dicht an Kickaha heran. »Du stehst wohl wirklich auf deine Puppe, was?«
Der Ausdruck war Kickaha neu, aber er verstand ihn gleich. Er sagte: »Ja. Warum?«
»Schade. Weil ich wirklich ganz weg bin von ihr. Keine Feindschaft deswegen. Moo-Moo is ja 'ne feine Biene, aber eben ein bißchen unheimlich, du weißt, was ich meine. Sie sagt, ihr zwei seid unheimlich, und da is wirklich irgendwas ein bißchen sonderbar an euch beiden, aber das mag ich. Jedenfalls, was ich sagen wollte, wenn ihr ein paar Piepen braucht, sagen wir ein-, zweitausend Dollar, und du mir sozusagen deine Puppe überträgst, verstehste, also sozusagen, daß ich sie übernehme, und du haust ab und bist 'ne Menge reicher ... Verstehste, was ich mein'?«
Kickaha grinste und sagte: »Zweitausend? Du scheinst ja wirklich ziemlich schwer angeschlagen zu sein!«
»Zweitausend wachsen nicht auffem Geldbaum, lieber Freund, aber für die Frau ...!«
»Du mußt ja recht gute Geschäfte machen, wenn du soviel in die Luft blasen kannst«, sagte Kickaha.

»Mann, machste Witze?« Baum schien ehrlich überrascht. »Du hast wirklich noch nie von mir und meiner Band gehört? Wir sind Spitze! Wir waren überall, wir haben achtunddreißigmal die Top-Ten gemacht, wir haben 'ne goldene Schallplatte, wir haben Konzerte in der Hollywood-Bowl gegeben! Und da fahren wir gerade wieder hin. Mann, du scheinst nicht auffem laufenden zu sein!«

»Ich bin ziemlich lange fort gewesen«, sagte Kickaha. »Gut, nehmen wir an, ich nehme dein Geld, und Ann macht sich dann nichts aus dir? Ich kann sie ja nicht zwingen, deine Frau zu werden, verstehste?«

Baum wirkte beleidigt. »Die Puppen bieten sich mir jeden Abend dutzendweise an. Ne, ganz ehrlich! Ich kann sie mir aussuchen! Und du sagst, diese Ann, Tochter-der-Rentiere oder wie sie heißt, würde *mich* abfahren lassen? Mich, Baum, den Gnomen-King?«

Baums Gesicht war nicht nur disharmonisch, er hatte auch mehrere Pickel und schiefe Zähne.

»Hast du das Geld hier?«

Vorher war Baums Stimme fragend, ja sogar schmeichelnd gewesen. Nun klang sie triumphierend und zugleich ein wenig verächtlich.

»Ich kann dir tausend gleich geben. Vielleicht kann dir Solly, mein Manager, fünfhundert geben. Für den Rest gebe ich dir einen Scheck.«

»Edelprostitution«, sagte Kickaha. Und dann: »Du bist doch kaum fünfundzwanzig! Und du kannst so mit dem Geld um dich werfen?«

Kickaha erinnerte sich an seine eigene Jugend während der Depression. Wie hart hatte er damals arbeiten müssen, nur um überhaupt zu überleben, und wie furchtbar schwer hatten es damals so viele andere gehabt.

»Du bist wirklich komisch«, sagte Baum. »Haste denn von nix 'ne Ahnung? Oder willste mich auf den Arm nehmen?«

Seine Stimme war schwarz vor Verachtung. Kickaha hätte ihm am liebsten ins Gesicht gelacht, zugleich hätte er ihm am liebsten die Faust auf den Mund gesetzt. Er tat beides nicht. Er sagte statt dessen: »Gut, ich nehme die fünfzehnhundert. Aber sofort. Und wenn Ann dich anspuckt, kriegste das Geld nicht zurück.«

Baum schielte nervös zu Moo-Moo, die sich neben Anana niedergelassen hatte.

Er sagte: »Warte, bis wir in L.A. sind. Wir machen halt und essen was, und dann kannst du verschwinden. Ich gebe dir dort dein Geld.«

»Und kannst inzwischen genügend Mumm zusammenkratzen, damit du Moo-Moo erklären kannst, daß Ann bei euch bleibt, daß ich aber abhaue?« sagte Kickaha. »Na schön. Außer was die Piepen angeht: Die will ich jetzt haben! Sonst sage ich Moo-Moo, was du gerade gesagt hast.«

Baum wurde ein wenig bleich, und sein prognathisches Kinn sackte nach unten. Er stammelte: »Du dreckiger, schleimiger . . .! Du hast vielleicht Nerven!«

»Und ich will eine unterzeichnete Erklärung, wofür ich dieses Geld bekomme. Mir ist jede legal brauchbare Ausflucht recht.«

»Du glaubst, ich würde dich reinlegen? Dich an die Stinker verraten?«

»Diese Möglichkeit ist mir tatsächlich durch den Kopf gegangen«, sagte Kickaha und fragte sich insgeheim, ob »Stinker« wohl ein Ausdruck für Polizei sein könnte.

»Du bist ja vielleicht 'ne ganze Weile raus, Mann, aber du hast anscheinend keinen von den Tricks vergessen, was?« sagte Baum, nun nicht mehr ganz so verächtlich.

»Ach, Leute wie dich gibt es überall«, antwortete Kickaha.

Er war sich bewußt, daß er und Anana Geld benötigen würden, und sie hatten nicht die Zeit, eine Arbeit anzunehmen und etwas zu verdienen; und durch einen Raubüberfall wollte er sich

das Geld nach Möglichkeit nicht verschaffen. Wenn dieses Übelkeit erregende Exemplar dümmlicher Arroganz glaubte, er könne Anana kaufen, dann sollte er in Gottes Namen selbst herausfinden, ob das möglich war oder nicht.
Baum wühlte in seiner Jackentasche und holte ein Bündel von acht Hundertdollarnoten hervor. Er gab sie Kickaha. Dann unterbrach er seinen Manager, einen fetten Kahlkopf mit einer dicken Zigarre, beim Spiel. Der Manager gestikulierte heftig und schoß Kickaha giftige Blicke zu, aber schließlich gab er nach. Baum brachte fünf Hundertdollarnoten zurück. Auf einen Fetzen Papier schrieb er, das Geld sei die Abgleichung einer Schuld an Paul J. Finnegan. Nachdem er es Kickaha übergeben hatte, bestand er darauf, daß dieser ihm eine Empfangsbestätigung über die Summe schreibe. Kickaha nahm auch den Scheck über die Restsumme, obwohl er sich darüber klar war, daß er ihn kaum würde einlösen können. Baum würde den Scheck annullieren, dessen war er sich sicher.
Kickaha ließ Baum stehen und ging zu einem Sitz, auf dem Stapel von Zeitschriften, Taschenbücher und eine *Los Angeles Times* lagen. Er las eine Weile. Dann schaute er lange zum Fenster hinaus.
O ja, die Erde hatte sich seit 1946 gewaltig verändert.
Er riß sich von seinen Tagträumen los und nahm eine Straßenkarte von Los Angeles auf, die er unter dem Zeitschriftenhaufen entdeckt hatte. Während er sich damit beschäftigte, wurde ihm klar, daß Wolff und Chryseis überall in diesem quallenhaft sich ausbreitenden Gebiet von Los Angeles stecken konnten. Aber er war sicher, daß sie hierher gehen würden und nicht nach Nevada oder Arizona, denn immerhin lag das nächste Tor ja im Großraum von Los Angeles. Vielleicht saßen sie ja sogar in einem Bus, der nur ein paar Kilometer vor ihnen fuhr.
Wolff und Chryseis hatten das Dimensionstor zur Erde aus dem Palast in Wolffs Universum als Notausstieg benutzt, um der

Ermordung durch die Invasoren zu entgehen, also mußten sie noch die Kleidung der Lords tragen. Und Chryseis hatte vielleicht überhaupt keine Kleider an. Also waren die zwei gezwungen, sich andere Kleidung zu beschaffen. Und sie würden sich sofort dunkle Sonnenbrillen besorgen müssen, denn jeder, der die riesigen veilchenblauen Augen von Chryseis sah, würde sofort wissen, daß sie keine Erdgeborene war. Oder sie für eine Mißgeburt halten – trotz ihrer verwirrenden Schönheit.

Die zwei waren andererseits geschickt genug, sich durchzuschlagen, besonders da Wolff ja als Erwachsener länger auf der Erde gelebt hatte als Kickaha.

Der Scheller dagegen würde sich in einer ihm vollkommen fremden Welt wiederfinden, einer erschreckenden Welt. Er konnte kein Wort irgendeiner Sprache sprechen, also würde er sich verzweifelt an seine Schelle klammern, und die würde ein Hindernis und lästig sein. Aber er konnte in alle möglichen Richtungen gezogen sein.

Kickaha konnte nur eines tun: sich zum nächstgelegenen Tor aufmachen, in der Hoffnung, daß Wolff und Chryseis gleichfalls dem nächsten bekannten Durchgang zustrebten. Falls man sich dort treffen könnte, würde man sich zusammentun, überlegen, wie man weiter verfahren solle, und die bestmögliche Methode planen, wie man den Scheller orten konnte. Aber wenn Wolff und Chryseis sich dort nicht einstellten, dann würde er, Kickaha, alles allein erledigen müssen.

Plötzlich saß Moo-Moo neben ihm. Sie legte ihm die Hand auf den Arm und sagte: »Junge, hast du *Muskeln!*«

»Ich habe noch ein paar andere«, sagte er grinsend. »Und jetzt, wo du mich weichgekocht hast mit deinem freundlichen Kommentar über meine Härte, also – was hast du wirklich im Sinn?«

Sie lehnte sich an ihn, rieb die üppige Brust an seinem Arm und sagte: »Dieser Lou. Kaum sieht der ein neues Mädchen, das einigermaßen gut aussieht, schon dreht er durch. Der hat doch mit dir geredet und versucht, dich dazu zu bringen, daß du ihm deine Frau abgibst, oder? Ich wette, er hat dir auch Geld für sie geboten?«

»Ein bißchen«, sagte Kickaha. »Und? Was ist damit?«

Sie betastete seinen Schenkelmuskel und sagte: »Das Spielchen können auch zwei spielen!«

»Bietest du mir auch Geld?« fragte er.

Sie wich von ihm zurück. Ihre Augen wurden groß. Dann sagte sie: »Du bist wohl nicht ganz dicht! *Ich* sollte *dich* bezahlen?«

Unter anderen Umständen hätte Kickaha das Spiel bis zum enttäuschenden Ende gespielt. Jetzt aber, so banal das klingen mochte, hing wirklich das Schicksal der menschlichen Rassen der Erde von ihm ab. Wenn sich der Scheller an diese Welt anpassen konnte und erfolgreich weitere Schellen produzierte, wenn dann die Gehirne in diesen Schellen die Körper der Menschen in Besitz nähmen, dann würde die Zeit gekommen sein, in der ... Moo-Moo selbst ein seelenloses Wesen werden würde, und dann ein Körper und ein Gehirn, die von fremden Intelligenzen bewohnt und beherrscht sein würden.

Das würde allerdings nicht viel ausmachen. Wenn er dem glauben sollte, was er in den Zeitschriften und der Zeitung gelesen hatte, dann hatte sich die Rasse der Erdenmenschen wahrscheinlich bereits selbst dem Untergang geweiht. Und damit sämtliche Lebensformen auf dem Planeten. Die Erde würde sogar noch besser wegkommen, wenn die Menschen von dem Geist der Scheller in Besitz genommen würden. Scheller waren logisch denkende Wesen, und wenn sie die Chance bekämen, würden sie das Chaos zu beseitigen versuchen, das die Menschen offensichtlich auf ihrem ganzen Planeten angerichtet hatten.

Kickaha schauderte ein wenig. Es war gefährlich, so zu denken. Es würde keine Ruhe geben, ehe nicht der letzte Scheller getötet war.

»Was ist denn los mit dir?« fragte Moo-Moo. Ihre Stimme hatte

die einschmeichelnden Töne verloren. »Stehst du nicht auf mich?«
Er tätschelte ihren Schenkel und sagte: »Du bist eine wunderschöne Frau, Moo-Moo, aber ich liebe eben Ann. Aber laß mich was sagen! Wenn es dem Gnomenking gelingt, aus Ann eines von seinen faulen Eiern zu machen, dann machen wir zwei, du und ich, zusammen Musik, ja? Und das wird dann nicht dieses Geheule sein, das da grad aus dem Radio gekotzt wird.«
Sie fuhr überrascht zusammen. »Was meinst du denn? Das sind die Rolling Stones!«
»*Die* Steine setzen bestimmt kein Moos an«, sagte er.
»Du lebst ja hinter dem Mond«, sagte sie. »Mann, du bist ja ein richtiger alter Knacker! Du kannst doch noch nicht über dreißig sein, oder?«
Er zuckte die Achseln. Er hatte sich aus der Popmusik in seiner Jugend ebenfalls nicht viel gemacht. Doch die war immerhin gelegentlich angenehm gewesen, jedenfalls im Vergleich zu diesem rhythmischen Kreischen, das ihm das Gefühl gab, als hätte er Sand auf den Zähnen.
Der Bus hatte die Wüste hinter sich gelassen und fuhr nun durch grüneres Land. Er raste die Autobahn entlang, obwohl der Verkehr nun immer dichter wurde. Die Sonne knallte herunter, und die Luft hatte sich erhitzt. Die Luft dröhnte auch von den Motoren der Fahrzeuge, und sie stank nach Auspuffgasen. Kickahas Augen brannten, seine Nüstern prickelten wie von Nadelstichen. Vor ihnen lag grauer Dunst, und dann befanden sie sich mitten in ihm, die Luft wurde einen Moment lang klarer, der Dunst lag wieder vor ihnen.
Moo-Moo sagte, der Smog sei zu dieser Jahreszeit und besonders in dieser Gegend wirklich besonders dicht. Kickaha hatte in einer der Zeitschriften über Smog gelesen, allerdings kannte er den Ursprung des Wortes noch nicht. Wenn die Menschen in Südkalifornien in solch einer Brühe lebten, dann wollte er

jedenfalls nichts damit zu tun haben. Ananas Augen waren gerötet und tränten. Sie schniefte und klagte über Kopfschmerzen und sich verstopfende Stirnhöhlen.
Moo-Moo verzog sich. Anana setzte sich neben ihn.
»Davon hast du mir aber nichts gesagt, als du mir deine Erde beschrieben hast«, klagte sie.
»Ich hatte keine Ahnung davon«, sagte er. »Das hat sich erst nach meiner Zeit auf der Erde entwickelt.«
Der Bus war zügig und sprunghaft vorangekommen. Er war von einer Spur auf die andere ausgewichen, hatte sich zwischen andere Wagen gedrängt und rücksichtslos überholt. Der Fahrer schien sich über das Steuer zu krümmen, seine Augen schienen zu brennen, der Mund hing offen, und die Zunge zuckte beständig über die Lippen. Er kümmerte sich nicht um kreischende Bremsen und zorniges Hupen, sondern legte sich auf seine eigene Hupe, wenn er einen Wagen direkt vor sich zum Ausweichen zwingen wollte. Die Hupe war sehr laut und tief und muß vielen anderen Fahrern wie der erschreckende Warnton einer Lokomotive vorgekommen sein. Meist wichen die Wagen dann auf eine andere Spur aus, manchmal so rasch, daß sie fast andere Fahrzeuge dabei streiften.
Ein wenig später wurde der Verkehr so dicht, daß der Bus nur noch im Schrittempo vorankam, ja sogar ab und zu ganz zum Halten gezwungen war. Kilometerweit vor ihnen kroch die Blechschlange im Schneckentempo. Die Hitze und der graue Dunst hatten sich verdichtet. Moo-Moo quengelte Baum an: »Warum können wir in dem Bus keine Klimaanlage haben? Wir machen doch verdammt genug Piepen!«
»Wie oft fahren wir auf der Autobahn?« fragte der Manager.
Kickaha erzählte Anana von Baums Vorschlag. Sie sagte: »Ich weiß nicht, soll ich lachen oder mich übergeben.«
»Ein bißchen von beidem könnte dir guttun«, sagte Kickaha. »Also, ich habe versprochen, daß ich es dir nicht ausreden

werde, wenn du dich für ihn entscheiden solltest statt für mich. Er schien übrigens hundertprozentig sicher zu sein, daß du das tun würdest.«

»Du verkaufst mich? Nun, dann grüble mal ein wenig, während ich mir überlege, wie ich mich entscheide«, sagte sie.

»Gut. Mache ich«, antwortete er. Er stand auf und schlenderte durch den Gang nach hinten, wo er aus dem Heckfenster schaute. Nach einer Weile kehrte er zurück und setzte sich wieder neben Anana.

Mit gedämpfter Stimme sagte er: »Ich glaube, da hängt ein großer schwarzer Lincoln Continental hinter uns. Ich habe einen der Männer erkannt. Ich habe ihn durch das Fernglas gesehen, als ich von der Höhle aus runterschaute.«

»Wie können die uns entdeckt haben?« fragte sie. Die Stimme klang gelassen, doch ihr Körper hatte sich versteift.

»Vielleicht haben sie uns gar nicht entdeckt«, sagte er. »Es kann ja reiner Zufall sein. Vielleicht lassen die sich gar nicht träumen, daß sie uns so nahe sind. Andererseits ...«

Nein, das war zu unwahrscheinlich. Aber wie hatten die Männer die Spur gefunden? Hatten sie sich entlang der Straße postiert und gesehen, daß sie in dem Bus vorbeifuhren? Oder war Orcs Organisation so perfekt, daß irgendwer aus dem Bus ihn informiert hatte?

Er ließ die letzte Überlegung als schlechthin paranoide Vorstellung fallen. Nur die Zeit würde ihn lehren, ob es sich um einen Zufall handelte oder nicht.

Bisher hatten die Männer in dem Wagen kein Interesse an dem Bus gezeigt. Sie schienen heftig zu streiten. Drei von ihnen waren dunkel und vierzig bis fünfzig Jahre alt. Der vierte war ein junger Blondling mit Cäsarenfrisur. Kickaha beobachtete sie genau, bis sich ihre Gesichter in sein Gedächtnis gebrannt hatten. Dann kehrte er wieder zu seinem Platz im Vorderteil des Busses zurück.

Eine Weile später wurde der Verkehr flüssiger. Der Bus kam nun durch trostlose Industrieviertel und an den Hinterfronten verfallender Gebäude vorbei. Der graue und grünlich gefärbte Smog wurde nicht dichter, doch seine ätzende Schärfe wurde immer deutlicher spürbar. Anana fragte: »Leben denn die Menschen immer in dieser Luft? Sie müssen recht abgehärtet sein!«

»Du weißt genausoviel darüber wie ich«, sagte Kickaha.

Baum erhob sich plötzlich neben Moo-Moo und erklärte dem Busfahrer: »Jim, wenn wir ans Civic Centre kommen, fahr raus und halte bei einem Schnellimbiß. Ich hab' Hunger.«

Die anderen protestierten. Man könne doch im Hotel essen, sobald man dort angekommen sei. Das würde doch bestenfalls nur noch eine halbe Stunde dauern. Wieso er es denn plötzlich so eilig habe ...

»Ich habe Hunger!« brüllte Baum. Er schoß irre Blicke durch die Gegend und stampfte wütend mit dem Fuß auf. »Ich bin hungrig! Ich mag nicht länger warten! Außerdem, wenn wir uns durch den üblichen Mob von Teenyboppers durchkämpfen müssen, kann das ganz schön lange dauern! Ich will *jetzt* was essen!«

Die anderen gaben achselzuckend nach. Offensichtlich war ihnen diese Show nicht neu. Baum sah aus, als würde er gleich zu kreischen beginnen und wie ein trotziges Kind auf den Boden trampeln, wenn es nicht nach seinem Willen gehen sollte.

Doch war es diesmal nicht Launenhaftigkeit. Moo-Moo kam mit rollenden Augen zu Kickaha und sagte: »Er will dir klarmachen, daß jetzt der Punkt gekommen ist, wo du in den Tabak schießen sollst, Roter. Am besten packst du deine irdischen Güter zusammen und gibst deiner Puppe einen Abschiedskuß.«

»Ach, die Sache hast du also schon ein paarmal erlebt?« fragte Kickaha grinsend. »Wieso bist du so sicher, daß Ann bei ihm bleibt?«

»Oh, bei ihr bin ich mir gar nicht sicher«, sagte Moo-Moo. »Ich habe an euch zweien etwas Sonderbares gespürt, und ich spüre es immer noch. Eigentlich sogar noch stärker.«

Und dann überraschte sie Kickaha: »Ihr zwei lauft vor irgendwas weg, nicht wahr? Vor den Bullen? Und vor noch was anderem. Schlimmer als die Bullen. Irgendwer ist jetzt ganz dicht hinter euch. Ich fühle Gefahr.« Sie drückte seinen Arm, beugte sich vor und flüsterte: »Wenn ich dir helfen kann, ich bin die nächste Woche im Beverly Hilton, und danach gehen wir nach San Francisco. Ruf mich an. Ich sage im Hotel, daß sie dich durchstellen sollen. Tag und Nacht.«

Kickaha empfand ein Gefühl der Wärme, weil sie sich so für ihn interessierte und ihm Hilfe anbot. Zugleich aber zwang etwas ihn, sich zu überlegen, daß dieses Mädchen möglicherweise mehr wußte, als irgendein zufälliger Freund wissen durfte. Konnte es sein, daß sie in irgendeiner Verbindung zu Red Orc stand?

Er verwarf diesen Gedanken. Sein Leben war stets so voller Gefahren gewesen, er war aus einer brenzligen Lage in die andere geschlittert, und er hatte sich eine Überlebenstechnik angewöhnt, bei der er zunächst immer mit der schlimmsten Möglichkeit rechnete und die brauchbaren Verfahren durchplante, das Schlimmste zu vermeiden. In diesem Fall handelte es sich wohl nur darum, daß Moo-Moo einfach besondere psychische Fähigkeiten besaß oder zumindest ein sehr sensibler Mensch war.

Der Bus bog von der Autostraße ab und fuhr zum Music Centre. Kickaha hätte gern die Hochhäuser genauer betrachtet, die dort standen. Sie erinnerten ihn an Manhattan. Doch er beobachtete statt dessen den großen schwarzen Lincoln und seine vier Insassen. Die Limousine war abgebogen, als der Bus von der Autobahn ausfuhr, und hing nur zwei Wagen weit hinter ihnen. Kickaha wollte gern glauben, daß auch dieses Abbiegen wieder nur ein Zufall gewesen sein mochte. Doch er bezweifelte es sehr.

Der Bus hielt an einer Ecke eines Parkplatzes, in dessen Mitte eine große Imbißbude stand. Die Bustüren öffneten sich, der Fahrer stieg als erster aus. Baum ergriff Ananas Hand und geleitete sie hinaus. Kickaha sah dies aus den Augenwinkeln; er beobachtete den Lincoln. Der hatte fünf Wagen weiter unten neben dem Imbißstand geparkt.

Baum war sofort von fünf, sechs jungen Mädchen umringt, die seinen Namen kreischten und irgend etwas Unverständliches riefen. Sie versuchten auch, ihn anzufassen. Baum strahlte sie an und wedelte sie mit den Händen aus dem Weg. Nach einigen Minuten heftigen Kampfes gelang es ihm und den anderen Männern dann, die Mädchen zu vertreiben.

Kickaha nahm seinen Instrumentenkoffer und folgte Moo-Moo aus dem Bus an einen Picknicktisch unter einem Sonnendach, wo Baum und Anana bereits saßen. Die Bedienung brachte Hot dogs, Milchmixgetränke und Coca-Cola. Kickaha lief das Wasser im Mund zusammen, als er seinen Hamburger erblickte. Es war schon, mein Gott, vierundzwanzig Jahre her, seit er zum letzten Mal eine Frikadelle gegessen hatte! Er biß hinein und kaute dann gemächlich. Da war etwas in dem Fleisch, irgend etwas nicht Identifizierbares, das er nicht mochte. Diese ekelhafte Substanz schien auch im Salat und in der Tomate zu sein.

Anana verzog das Gesicht und fragte in der Sprache der Lords: »Was steckt ihr denn in dieses Essen?«

Kickaha zuckte die Achseln. »Insektizide, vielleicht, obwohl es unwahrscheinlich ist, daß wir das bei der Verdünnung eins zu einer Million oder so entdecken würden. Aber etwas Fremdes steckt da bestimmt drin.«

Sie hatten mit ihrer Schokomilch mehr Glück. Sie war so sahnig und dick und köstlich, wie er sie in Erinnerung hatte. Auch Anana nickte zustimmend.

Die vier Männer saßen noch immer im Lincoln und blickten zu ihm und zu Anana herüber. Oder zumindest auf die Gruppe.

Baum schaute Kickaha über den Tisch an und sagte: »So, Finnegan. Jetzt isses soweit! Zisch ab!«

Kickaha blickte auf und antwortete: »Das Geschäft war so abgesprochen, daß ich verschwinde, wenn sie bereit ist, mit dir zu gehen.«

Baum lachte und sagte: »Ich wollte nur deinen Stolz nicht verletzen, mein lieber Hinterwäldler. Aber, wie du willst. Schau mir zu, vielleicht kannste was lernen dabei.«

Er beugte sich über Anana, die mit Moo-Moo redete. Moo-Moo warf einen Blick auf Baums Gesicht, stand sofort auf und ging fort. Kickaha beobachtete Baum und Anana. Die Unterhaltung war kurz, die Aktion abrupt und lautstark.

Sie schlug Baum so hart ins Gesicht, daß der Knall über dem Gebrabbel seiner Fans und dem Brausen des Verkehrs zu hören war. Alles um Baum erstarrte sekundenlang in Schweigen, dann stießen die Girlfans einige laute Wutschreie aus. Auch Baum brüllte zornig etwas und holte mit der rechten Faust nach Anana aus. Sie wich aus und glitt von der Bank, aber dann verstellten die Leute um Kickaha ihm die Sicht.

Er strich ein paar Münzen ein, die jemand auf dem Tisch liegengelassen hatte, verstaute sie in seiner Tasche und stürzte sich in die Schlacht. Beinahe wäre er allerdings von den drängelnden Leibern zu Boden gedrückt worden, die zu entkommen versuchten. Die Mädchen rammten ihn, bearbeiteten ihn mit ihren Krallen, hämmerten auf ihn ein, kreischten und traten mit den Füßen.

Plötzlich tat sich eine Lücke auf. Baum lag auf dem Zement, die Beine angezogen, die Hände umklammerten krampfhaft sein Geschlecht. Ein zusammengekrümmtes Mädchen neben ihm hielt sich den Bauch. Ein anderes Mädchen hing bäuchlings über einem Holztisch und würgte.

Kickaha packte Anana bei der Hand und schrie: »Komm hier weg! Das ist die Chance, auf die wir gewartet haben!«

Er zog sie an einer Hand – die andere hatte fest den Griff des Instrumentenkastens gepackt – im Laufschritt ans hintere Ende des Parkplatzes. Kurz bevor sie in eine enge Schlucht zwischen zwei hohen Gebäuden einbogen, blickte Kickaha sich um. Der Wagen mit ihren Beschattern war auf den Parkplatz gefahren, und drei der Männer stiegen soeben aus. Sie entdeckten ihre Jagdbeute und begannen auf sie zuzulaufen. Sie waren allerdings nicht dumm genug, Waffen zu ziehen, ehe sie nahe genug herangekommen waren. Und Kickaha hatte nicht die Absicht, sie nahe genug herankommen zu lassen.
Und dann, während sie aus der Gassenschlucht auf die nächste Straße rannten, dachte er: *Warum eigentlich nicht? Ich könnte jahrelang nach Red Orc suchen, aber wenn ich jemanden in die Finger bekommen kann, der für ihn arbeitet ...?*
Die nächste Straße war ebenso belebt wie die, aus der sie gerade gekommen waren. Sie rannten nicht mehr, gingen aber zügig vorwärts. Ein Streifenwagen, der in der gleichen Richtung fuhr, gab plötzlich Gas, das Rotlicht begann zu zucken. Der Wagen fuhr mit kreischenden Reifen um die Kurve, verfolgt von den Flüchen eines alten Mannes, der aussah wie ein Wermutbruder. Kickaha blickte nach hinten. Die drei Männer verfolgten sie noch immer, gaben sich aber keine Mühe, sie einzuholen. Einer von ihnen sprach in ein kleines Gerät, das er in der Hand hielt. Entweder sprach er mit dem Mann im Wagen oder mit seinem Boß. Inzwischen hatte Kickaha begriffen, daß die Funkgeräte mittlerweile sehr viel kleiner waren als damals 1946 und daß der Mann wahrscheinlich einen ganz gewöhnlichen Transceiver in Miniaturgröße benutzte. Andererseits hatte er möglicherweise auch einen Apparat, der allen unbekannt war – außer den Leuten von Red Orc.
Sie gingen weiter. Er drehte sich einmal um, als sie zwei Häuserblocks weiter waren. Der große schwarze Lincoln hielt, und die drei Männer stiegen wieder ein. Kickaha blieb vor einer

Pfandleihe stehen und schaute durch die verdreckten Scheiben auf das Strandgut menschlicher Hoffnungen. Er sagte: »Wir geben ihnen die Chance, uns einzuholen und uns zu stellen. Ich weiß nicht, ob sie Mumm genug haben, das am hellichten Tag zu versuchen, wenn aber ja, dann machen wir folgendes ...«

Der Lincoln fuhr an sie heran und hielt.

Kickaha drehte sich um und grinste die vier Männer im Wagen an. Die Vorder- und Hintertür auf der rechten Seite öffnete sich, drei Männer stiegen aus. Sie kamen auf das Paar zu. Die Hände in den Taschen. In diesem Moment kam eine jaulende Sirene die Straße heruntergeschossen. Die drei Männer zuckten zusammen und blickten zu dem Streifenwagen, der so plötzlich aufgetaucht war. Der Wagen schoß zwischen anderen Fahrzeugen hindurch, scherte scharf aus, um den Lincoln herum und sauste dann über die Kreuzung, gerade als die Ampel auf Rot sprang. Fuhr weiter – offensichtlich war die Streife nicht zu dem Zwischenfall um die Ecke unterwegs.

Die drei Männer hatten sich umgewandt und waren wie beiläufig zu dem Lincoln zurückgeschlendert. Kickaha nutzte ihre Besorgnis wegen des Streifenwagens aus. Ehe sie sich wieder umdrehen konnten, war er bereits hinter ihnen. Er drückte dem ältesten der Männer die Faustknöchel in den Rücken und sagte: »Ich brenne dir ein Loch durch den Bauch, wenn du Ärger machst!«

Anana drückte ihren Ringfinger dem jungen Mann mit dem blonden Wuschelkopf in den Rücken. Er wurde steif, sein Kinn sackte herunter, als könne er weder glauben, daß sich die Jagdbeute gegen sie gewendet hatte, noch daß sie dies auch noch unter den Augen von mindestens fünfzig Zeugen tat.

Hinter dem Lincoln begann ein zorniges Hupkonzert. Der Fahrer gestikulierte heftig, die drei sollten zurückkommen und wieder einsteigen, dann begriff er, als er Kickaha und Anana dicht hinter dem Rücken von zweien der Männer sah. Der dritte Mann hatte gehört, was Kickaha sagte, und winkte dem Fahrer zu, er solle weiterfahren. Der Lincoln fuhr mit kreischenden Reifen los und bog um eine Ecke, ohne Gas wegzunehmen.

»Das war geschickt!« sagte Kickaha zu dem Mann vor ihm. »Ein Punkt für euch!«

Der dritte Mann begann davonzugehen. Kickaha sagte: »Ich lege den Typ da um, wenn du nicht zurückkommst!«

»Leg ihn um!« sagte der Mann und ging weiter.

Kickaha sprach in der Sprache der Lords zu Anana: »Laß deinen Kerl gehen! Wir behalten den da und bringen ihn irgendwohin, wo wir ungestört mit ihm reden können.«

»Und was soll die anderen daran hindern, uns zu folgen?«

»Nichts. Es ist mir auch im Augenblick egal, ob sie's tun.«

Es war ihm nicht gleichgültig, doch er wollte nicht, daß die Feinde darüber Bescheid wußten.

Der Blondling grinste höhnisch und stakste davon. In der Art, wie er ging, verriet sich allerdings, wie erleichtert er war, ungeschoren davongekommen zu sein.

Dann machte Kickaha dem letzten Mann klar, was passieren würde, falls er versuchen sollte fortzulaufen. Der Mann schwieg. Er wirkte ungewöhnlich ruhig. Ein echter Profi, dachte Kickaha. Es wäre besser gewesen, den blonden Knaben festzuhalten, der wäre wohl keine so harte Nuß gewesen. Aber nun war es leider zu spät.

Sein Problem war: Wohin sollte er den Mann bringen, um ihn auszuhorchen? Sie befanden sich mitten in einer riesigen Metropole, in der sich weder er selbst noch Anana auskannten. Es mußte eigentlich hier irgendwo einige drittklassige Hotels geben, wenn man vom Äußeren der Gebäude und vieler Passanten Rückschlüsse ziehen konnte. Es müßte möglich sein, ein Zimmer zu nehmen und dort den Gefangenen zu verhören. Doch der Mann konnte alles verderben, einfach indem er den Mund aufmachte und um Hilfe schrie. Und selbst wenn sie ihn in ein Hotelzimmer schleppen konnten, würden seine Kumpel ihnen doch auf der Spur bleiben und Verstärkung herbeiholen. Ein Hotelzimmer würde also eine Falle sein.

Kickaha erteilte den Befehl, und sie zogen zu dritt los. Die Geisel ging zwischen Anana und ihm. Er betrachtete prüfend das Profil des Mannes: Er wirkte dumm, aber stark. Der Mann war etwa fünfzig, hatte eine dunkle, fahle Haut, braune Augen, eine große gebogene Nase, dicke Lippen und ein massives Kinn. Kickaha fragte nach seinem Namen, und der Mann sagte knurrend: »Mazarin.«

»Für wen arbeitest du?« fragte Kickaha.

»Für jemanden, mit dem du dich besser nicht anlegst«, sagte Mazarin.

»Du sagst mir, wer dein Boß ist und wie ich an ihn rankomme, und du bist frei wie ein Vogel«, sagte Kickaha. »Wenn nicht, dann werde ich dich so lange kochen, bis du es mir sagst. Du weißt ja, jeder hat seine Grenzen, und du kannst ja vielleicht 'ne ganze Menge Hitze vertragen, aber am Ende wirst auch du umfallen.«

Der Mann zuckte die Achseln und sagte: »Sicher! Aber was soll's?«

»Bist du wirklich dermaßen loyal?« fragte Kickaha.

Der Mann blickte ihn verächtlich an. »Bin ich nicht, aber ich überlege mir, daß du überhaupt keine Chance bekommst, irgendwas anzufangen. Und ich denke nicht daran, jetzt noch irgendwas zu sagen.«

Der Mann preßte die Lippen aufeinander und wendete den Blick ab.

Sie waren zwei Straßen weitergegangen. Kickaha wendete sich um. Der Lincoln war um die Ecke gekommen, hatte die beiden anderen Männer aufgenommen und fuhr nun langsam auf der dem Gehsteig nächsten Fahrspur entlang.

Kickaha zweifelte nicht daran, daß die drei im Wagen sich mit ihrem Chef in Verbindung gesetzt hatten und nun auf Verstärkung warteten. Es war ein richtiges Patt.

Dann mußte er wieder lächeln. Er sagte hastig ein paar Worte zu Anana. Sie drängten Mazarin an den Rinnstein und warteten, bis der Lincoln aufgeholt hatte, dann traten sie vor. Die drei Männer im Inneren des Wagens starrten sie an, als könnten sie ihren Augen nicht trauen. Sie wirkten auch ein wenig besorgt.
Der Wagen hielt, als Kickaha dem Fahrer zugewinkt hatte. Die beiden Männer auf der rechten Seite hatten ihre Waffen gezogen und zielten durch die Seitenscheibe. Sie versuchten allerdings, mit der anderen Hand die Pistolen so gut wie möglich zu verbergen.
Kickaha stieß Mazarin vorwärts. Sie gingen um den Kühler des Wagens herum und zu der Seite, auf der der Fahrer saß. Anana blieb auf der rechten Wagenseite in einer Entfernung von zwei Metern stehen.
Kickaha befahl: »Los, steig ein.«
Mazarin schaute ihn mit einem unergründlichen Gesichtsausdruck an. Er öffnete die hintere Wagentür und begann einzusteigen. Kickaha gab ihm einen Schubs und stieg neben ihm ein. Zur gleichen Zeit trat Anana an das Auto heran. Der Fahrer hatte sich umgedreht, die anderen zwei Männer hatten sich ebenfalls abgewandt, um Kickaha unter Beobachtung zu behalten. Sie aktivierte ihren Ring, der auf Betäubungsenergie eingestellt war, und richtete ihn auf den Kopf des Mannes auf dem rechten Vordersitz. Gleichzeitig betäubte Kickaha Mazarin, während der Mann vorn in sich zusammensank.
Der blonde Junge auf dem rechten Sitz im Fond richtete seine Pistole auf Kickaha und sagte: »Du hast wohl den Verstand verloren! Keine Bewegung, oder ich puste ein paar Löcher in dich!«
Der Energiestrahl des Ringes traf seinen Hinterkopf und breitete sich über die Schädelknochen aus. Wahrscheinlich erlitt dabei die Kopfhaut in allen Zellschichten Verbrennungen ersten Grades. Der Kopf sackte nach vorn, als wäre er von einem Faustschlag getroffen worden. Der Zeigefinger zuckte reflex-

artig, die 38er Automatik bellte einmal. Ein heftiger Laut im Inneren des Wagens, dann zuckte Mazarin zusammen, sackte nach hinten, die Arme flügelten windmühlenhaft, eine Hand stieß Kickaha gegen die Brust, und dann sank Mazarin langsam in Kickahas Schoß zusammen.
Der Fahrer schrie etwas und gab Gas. Anana sprang zurück, um nicht überfahren zu werden. Kickaha brüllte dem Fahrer Befehle zu, doch der Mann preßte weiter den Fuß aufs Gaspedal, ohne zu zögern. Er brüllte einen Fluch nach hinten. Offenbar wollte er weiterrasen, jedes Rotlicht überfahren, jede Kreuzung, in der Hoffnung, daß Kickaha zuviel Angst haben würde, ihn zu betäuben.
Kickaha betäubte ihn dennoch. Der Wagen verlangsamte die Fahrt sofort. Allerdings kam er nicht zum Halten und rammte das Heck eines anderen Autos, das an der Ampel auf grünes Licht wartete. Kickaha hatte sich hinter dem Fahrersitz zusammengerollt, um den Aufprall abzufangen. Der Aufprall warf Kickaha nach vorn, aber der Sitz und der Fahrer vor ihm fingen die Bewegungsenergie weitgehend auf.
Eine Sekunde später hatte er die Tür geöffnet und rollte sich aus dem Wagen. Der Mann im Wagen vor ihnen saß noch immer hinter dem Steuer, er saß wie betäubt. Kickaha drehte sich um und zog Mazarins Brieftasche aus seiner Jacke. Dann nahm er dem Fahrer ebenfalls die Brieftasche weg. Der Führerschein und die Wagenzulassung hingen weder am Steuer, noch waren sie im Handschuhfach zu finden. Kickaha durfte es sich nicht erlauben, hier länger zu verweilen. Er ging langsam davon, aber dann, als jemand hinter ihm zu schreien begann, fing er an zu rennen.
Er traf Anana an der Kreuzung, und sie bogen links in eine Straße ein. Nur ein Passant war hinter Kickaha hergelaufen, war jedoch stehengeblieben, als Kickaha ihn anstarrte. Er verfolgte sie nicht weiter.
Kickaha winkte ein Taxi herbei. Sie stiegen ein. Er erinnerte sich

an den Stadtplan von Los Angeles, den er im Bus studiert hatte, und befahl dem Fahrer, sie auf der Lorraine Straße, an der Südseite des Wilshire Boulevards, abzusetzen.
Anana fragte ihn nicht danach, was er vorhatte, denn er hatte sie gebeten, still zu sein. Er wollte nicht, daß der Taxifahrer sich später an eine fremde Frau erinnerte, die in einer fremden Sprache redete, obwohl ihm natürlich ihre Schönheit und die Wanderkleidung der beiden im Gedächtnis bleiben würden.
Er ließ den Fahrer vor einem Wohnhaus halten, bezahlte und gab dem Mann einen Dollar Trinkgeld. Dann stiegen Anana und er die Stufen hinauf und betraten das Haus. Die Eingangshalle war leer. Sie warteten, bis sie sicher sein konnten, daß das Taxi davongefahren war, dann gingen sie zum Wilshire zurück und nahmen dort einen Bus.
Einige Minuten später half Kickaha Anana beim Aussteigen, und sie fragte ihn: »Und was jetzt?« Allerdings schien sie im Augenblick nicht besonders an dem interessiert zu sein, was sie als nächstes unternehmen würden. Sie betrachtete interessiert die Tankstelle auf der anderen Straßenseite. Deren Architektur war Kickaha ebenfalls neu. Sie erinnerte ihn bestenfalls an die futuristischen Cartoons der Flash-Gordon-Serie. Anana hatte natürlich eine Vielzahl der unterschiedlichsten Stilarten gesehen. Schließlich lebte man als Frau ja nicht zehntausend Jahre und in einigen verschiedenen Universen, ohne alle erdenklichen Stilrichtungen an Gebäuden gesehen zu haben. Nur war diese Erde eben ein solch merkwürdiger Stilwirrwarr.
Kickaha sagte ihr, was er als weiteres Vorgehen geplant hatte. Sie würden sich nach Hollywood aufmachen und in einem der billigeren Viertel ein Hotel oder ein Motel suchen. Aus einer der Zeitschriften hatte er behalten, daß es in dieser Gegend von unruhigen Unseßhaften nur so wimmelte. Hippies nannte man sie jetzt. Zornige Jugendliche. Dort würde niemand sich daran stoßen, daß sie seltsame Kleidung trugen und daß ihr Gepäck so spärlich war.

Es dauerte kaum zwei Minuten, und sie fanden ein Taxi, das sie zum Sunset Boulevard fuhr. Dort liefen sie ziemlich lange die Straße hinunter. Die Sonne begann zu sinken. In der Stadt flammten immer mehr Lichter auf. Der Sunset Boulevard füllte sich mit Fahrzeugen, die dichtgedrängt, Stoßstange an Stoßstange, dahinkrochen. Auf den Gehsteigen tauchten immer mehr von diesen »Hippies« auf, über die er gelesen hatte. Es gab auch eine ganze Reihe von »Typen«, aber dies war wohl in Hollywood nicht anders zu erwarten.

Sie blieben stehen und fragten ein paar der ziellos herumstreifenden Jugendlichen nach einer Unterkunft. Ein Junge mit schulterlangem Haar und einem dichten Schnurrbart wie aus dem Jahre 1890, mit Backenbart und teuer wirkender Kleidung, erteilte ihnen eine brauchbare Auskunft. Er wollte noch weiter mit ihnen reden und lud sie sogar zum Essen ein. Es war klar, daß er von Anana fasziniert war, nicht von Kickaha.

Kickaha sagte: »Wir treffen uns noch.« Dann trennten sie sich, und eine halbe Stunde später saßen sie in ihrem Zimmer in einem Motel an einer Seitenstraße. Der Raum war nicht gerade luxuriös, doch für Kickaha mehr als angemessen, denn er hatte die letzten vierundzwanzig Jahre größtenteils unter sehr primitiven Umständen verbracht. Allerdings war es nicht so ruhig, wie er sich dies gewünscht hätte: Im Nebenzimmer wurde eine Party gefeiert. Ein Radio oder ein Plattenspieler röhrte eines der kreischenden Beispiele von Rockmusik vor sich hin; zahlreiche Füße stampften, viele Stimmen schrillten.

Während Anana duschte, untersuchte er den Inhalt der beiden Brieftaschen, die er den Männern abgenommen hatte. Frederic James Mazarin und Jeffrey Velazquez Ramos hießen sie laut Führerschein und wohnten am Wilshire Boulevard. Der Stadtplan zeigte ihm, daß die Adresse ziemlich am Ende des Wilshire-Zentrums lag. Er vermutete, die zwei wohnten in einem Hotel. Mazarin war achtundvierzig, Ramos sechsundvierzig Jahre alt.

Sonst enthielten die Brieftaschen Kreditkarten (die 1946 nahezu unbekannt gewesen waren, wenn er sich recht erinnerte), ein paar Fotos von den beiden mit Frauen, das Foto einer Frau, die Ramos' Mutter sein mochte, dreihundertzwanzig Dollar, und in Mazarins Brieftasche befand sich ein Zettel mit zehn untereinander geschriebenen Initialen und Telefonnummern parallel daneben.

Kickaha ging ins Badezimmer und öffnete die Schiebetür zur Dusche. Er sagte Anana, er werde auf die andere Straßenseite gehen, wo eine öffentliche Telefonzelle stand.

»Warum nimmst du nicht den Apparat hier?«

»Weil das Telefonat durch die Motelzentrale geht«, sagte er. »Ich will einfach nicht das geringste Risiko eingehen, daß man mir auf die Spur kommt oder mich abhört.«

Er ging mehrere Häuserblocks weit bis zu einem Drugstore, wo er sich Münzen geben ließ. Er stand einen Augenblick lang da und überlegte, ob er einen der Apparate in dem Laden benutzen sollte, beschloß aber dann, zu der Zelle beim Motel zurückzugehen, von wo aus er den Moteleingang beobachten konnte, während er telefonierte.

Er blieb einen Augenblick an der Taschenbuchkonsole stehen. Es war so lange her, seit er ein Buch gelesen hatte. Schön, er hatte die Tishquetmoac-Bücher gelesen, doch in denen wurden nur wissenschaftliche, historische und theologische Themen behandelt. Die Leute auf der *Atlantis* genannten Ebene seiner früheren Welt hatten zwar Romane veröffentlicht, doch er hatte nur sehr kurze Zeit unter ihnen verbracht, obschon er sich für später einmal vorgenommen hatte, länger zu bleiben. In der semitischen Zivilisation Khamshems und der germanischen von Drachenland hatte es ebenfalls ein paar Bücher gegeben, aber die Zahl der Romane war recht gering, die Vielfalt recht begrenzt gewesen. Wolffs Palast hatte eine Bibliothek von zwanzig Millionen Bänden enthalten – beziehungsweise Aufzeichnungen davon –, aber Kickaha hatte sich dort nicht lange genug aufgehalten, um viele davon zu lesen.

Er schaute sich die Auswahl an, gleichzeitig sich dessen bewußt, daß er sich eigentlich nicht die Zeit dafür nehmen durfte, und wählte schließlich drei Bücher aus. Eines war ein Buch von Tom Wolfe (nicht allerdings von jenem Thomas Wolfe, den er gekannt hatte), das den Eindruck erweckte, als würde er daraus etwas über den Zeitgeist der modernen Welt erfahren. Das zweite war ein Sachbuch von einem gewissen Asimov (der anscheinend derselbe Mann war, den er auch als Science-fiction-Autor in Erinnerung hatte), das dritte Buch über die Revolution der Schwarzen. Er trat an den Zeitungsstand und kaufte *Look, Life, The Saturday Review, The New Yorker*, das *Los Angeles-Magazin* sowie eine Reihe von Science-fiction-Magazinen.

Damit und mit der Abendausgabe der *Times* ging er zu der Telefonzelle zurück. Zuerst rief er Anana an, um sicherzugehen, daß bei ihr alles in Ordnung war. Dann nahm er Papier und Bleistift und rief nacheinander die Nummern an, die er auf dem Zettel in Mazarins Brieftasche gefunden hatte.

Dreimal meldeten sich Frauenstimmen. Sie behaupteten, nie etwas von einem Mazarin gehört zu haben. Drei weitere Anschlüsse meldeten sich nicht. Kickaha kreuzte diese für spätere Anrufe an. Eine weitere Nummer hätte die eines Wettbüros sein können, wollte man nach den Hintergrundgesprächen urteilen. Der Mann, der antwortete, war ebenso unverbindlich wie die Frauen. Der achte Anruf erreichte einen Barkeeper. Kickaha sagte, daß er nach Mazarin suche.

Der Barmann sagte: »Haste denn nix gehört, Mann? Mazarin hammse heute umgelegt!«

»Jemand hat ihn *umgelegt?*« fragte Kickaha, als wäre er zutiefst schockiert. »Wer hat das gemacht?«

»Weiß keiner. Der Typ fuhr mit Fred und 'n paar andren von den Jungs im Wagen, und plötzlich zieht der Mann Charley die

Knarre ausser Tasche, ballert Fred in die Brust und haut ab, aber erst nachdem er Charley, Ramos und Ziggy schlafen gelegt hat.«
»Mann?« sagte Kickaha. »Die waren doch auch Profis. Die müssen irgendwie unvorsichtig geworden sein. Sag mal, da wird aber der Boß ganz schön sauer sein, was? Der geht doch die Wand hoch!«
»Machste Witze, Freund? Nichts bringt Cambring dazu, die Wand hoch zu gehen. Hör mal, ich hab 'n Gast. Komm doch rüber und spendier mir 'n Drink, dann erzähl ich dir die blutigen Einzelheiten.«
Kickaha notierte sich den Namen Cambring und suchte dann im Telefonbuch. Es gab keinen Cambring in dem für Los Angeles und in keinem der umliegenden Städte.
Die neunte Nummer gehörte zu einer Autowerkstatt in Culver City. Der Mann sagte, er habe nie was von einem Mazarin gehört. Kickaha bezweifelte, daß das stimmte, aber er konnte es nicht ändern.
Die letzte Nummer stand neben den Buchstaben *R. C.* Er hoffte, daß dies R. Cambring bedeutete. Doch es antwortete eine Frau namens Roma Chalmers. Auch sie war in ihren Antworten genauso vorsichtig wie die übrigen.
Noch einmal rief er Anana an, um sicherzugehen, daß bei ihr alles in Ordnung war. Dann kehrte er in ihr Zimmer zurück und bestellte eine Mahlzeit vom Hähnchengrill. Er aß alles aus dem Paket auf, doch schmeckte das Zeug nach irgend etwas Unangenehmem, so, als fehlte etwas. Anana aß ebenfalls den Inhalt ihres Pakets auf, beklagte sich aber genauso.
»Morgen ist Samstag«, sagte er. »Wenn wir bis dann keine vielversprechenden Spuren gefunden haben, gehen wir uns ein paar Sachen zum Anziehen kaufen.«
Er duschte und hatte sich gerade abgetrocknet, als eine Flasche »Wild Turkey«-Bourbon und sechs Flaschen Tuborg geliefert wurden. Anana probierte beides, entschied sich aber für das

dänische Bier. Kickaha nippte an dem Bourbon und verzog das Gesicht. Der Besitzer des Getränkeladens hatte behauptet, das sei die beste Bourbonmarke der Welt. Es war zu lange her, daß er Whisky getrunken hatte, er würde dies alles neu lernen müssen. Sofern ihm dazu die Zeit bleiben würde – was er bezweifelte. Er entschloß sich, ein oder zwei Flaschen Tuborg zu trinken, das ihm wohlschmeckend erschien, möglicherweise deshalb, weil die Bierbrauerkunst auf seiner Welt der vielen Ebenen wohlbekannt war und er sich den Geschmack nicht abgewöhnt hatte.

Er lag in einem Sessel und trank, während er langsam, in Englisch, Anana aus der Zeitung vorlas. Vor allem suchte er dabei nach irgendwelchen Hinweisen auf Wolff, Jadawin oder den Scheller. Er richtete sich auf, als er auf einen Artikel über *Luzifers Lümmel* stieß. Man hatte die Bande halbnackt, mit Verletzungen und Verbrennungen auf der Straße vom Lake Arrowhead talwärts aufgegriffen. Der Polizei erzählten sie, eine rivalisierende Bande habe ihnen aufgelauert.

Eine Seite weiter entdeckte er einen Bericht über den Absturz eines Hubschraubers am Lake Arrowhead. Der Helikopter kam vom Santa Monica Airport und gehörte einem Mr. Cambring, der einmal vor Gericht gestanden hatte, aber nicht verurteilt worden war – angeblich wegen Bestechung von Beamten der Stadt bei einem Grundstücksgeschäft. Kickaha erklärte es Anana jubelnd. Was für eine Chance dies für sie bedeutete! Der Artikel gab Cambrings Adresse nicht an, also rief Kickaha zunächst das Büro der Top Hat Enterprises an, die im Besitz von Cambring war. Das Telefon klingelte lange, und er gab es schließlich auf. Dann rief er die *Los Angeles Times* an, und nachdem man ihn von einer Person zur anderen und von einer Abteilung zur nächsten weiterverbunden hatte, wobei er manchmal drei, vier Minuten lang warten mußte, erhielt er die gewünschte Information. Mr. Roy Arndell Cambring wohnte am Rimpau Boule-

vard. Ein Blick auf den Stadtplan zeigte, daß das Haus mehrere Blocks nördlich vom Wilshire Boulevard lag.
»Das hilft uns weiter«, sagte er. »Ich hätte Cambring natürlich durch einen Privatdetektiv ausfindig machen lassen können, aber das hätte Zeit gekostet. Gehen wir schlafen. Wir haben morgen eine Menge zu tun.«
Es sollte aber doch noch eine Stunde dauern, bis sie einschliefen. Anana wollte ruhig in seinen Armen liegen und von allem möglichen reden, über ihr Leben, ehe sie Kickaha getroffen hatte, aber vor allem davon, wie es war, seitdem sie ihn kannte. In Wahrheit kannten sie einander erst seit zwei Monaten, und ihr gemeinsames Leben war ziemlich hektisch verlaufen. Aber sie behauptete, Kickaha zu lieben, und sie verhielt sich, als wäre dem so. Er seinerseits liebte sie, doch besaß er genügend Erfahrung mit den Lords, um sich zu fragen, wie tief die Liebesfähigkeit von zehntausend Jahre alten Wesen sein mochte. Allerdings traf es zu, daß manche Lords den Augenblick sehr viel intensiver zu erleben vermochten als irgend jemand, dem er je begegnet war, einfach deshalb, weil jemand, der in der Ewigkeit lebt, jeden Augenblick verschlingen muß, als wäre es sein letzter; er konnte, durfte nicht an die endlosen Jahre denken, die vor ihm lagen.

Viertes Kapitel

Wie die Dinge nun lagen, war Kickaha mit Anana glücklich, obschon er sich noch glücklicher gefühlt hätte, wenn sie ein wenig Muße und Frieden gehabt hätten, damit er sie besser kennenlernen könnte. Und genau darüber beklagte sie sich. Aber nicht allzu sehr. Sie wußte, daß alles früher oder später ein Ende hat.

Mit diesen Gedanken sank er in den Schlaf. Irgendwann in der Nacht wachte er mit einem Ruck auf. Eine Sekunde lang glaubte er, es befände sich jemand im Zimmer, und er zog das blanke Messer hervor, das neben ihm unter der Decke lag. Seine Augen gewöhnten sich an die nicht zu tiefe Dunkelheit, denn durch die Jalousien fiel der Lichtschein der hellen Neonreklame und der Straßenbeleuchtung. Er konnte niemanden sehen.

Langsam, damit das Bett nicht knarrte, stand er auf und glitt vorsichtig durch das Zimmer, das Badezimmer und dann das Ankleidezimmer. Die Fenster waren noch von innen verriegelt, die Tür war abgeschlossen, der Schreibtisch, den er dagegen geschoben hatte, war nicht bewegt worden. Es lag auch niemand unter dem Bett.

Er kam zu dem Schluß, daß er zu lange unter Hochspannung geschlafen hatte und selbst im Zustand der Bewußtlosigkeit damit rechnete, einen Schlag zu erhalten.

Doch an der Sache mußte mehr als nur dies sein. Irgend etwas tief in ihm arbeitete und hatte ihn geweckt. Kurz vor dem Aufwachen hatte er geträumt. Aber was?

Es gelang ihm nicht, diesen Traum in den Griff zu bekommen und aus seinem Unterbewußtsein hervorzuziehen, obwohl er mehrmals nach ihm hangelte. Er schritt auf und ab, das Messer noch immer fest in der Hand, und versuchte, den Augenblick direkt vor dem Erwachen neu zu erschaffen. Nach einer Weile gab er es auf. Aber als er sich wieder niedergelegt hatte, konnte er nicht einschlafen. Er stand erneut auf, zog sich an und weckte dann sacht auch Anana. Bei der sanften Berührung auf ihrem Gesicht sprang sie aus dem Bett, das Messer im Griff.

Er war vernünftigerweise zurückgetreten. »Alles in Ordnung, Liebling«, sagte er. »Ich wollte dir nur sagen, daß ich losgehe, um Cambrings Haus auszubaldowern. Ich kann nicht mehr schlafen. Ich spüre, daß ich irgendwas Wichtiges zu tun habe. Ich habe solche Gefühle schon früher gehabt, und es hat sich immer gelohnt.«

Er sagte allerdings nicht, daß es sich manchmal mit ernster, fast tödlicher Gefahr bezahlt gemacht hatte.

»Ich komme mit dir.«

»Nein, das ist nicht nötig. Ich weiß dein Angebot zu schätzen, aber bleibe du schön hier und schlafe. Ich unternehme weiter nichts, nur ein bißchen Herumschnüffeln, und das aus sicherer Entfernung. Du brauchst dir nicht die geringsten Sorgen zu machen.«

»Na gut«, sagte sie, noch halb schläfrig. Sie vertraute seinen Fähigkeiten vollkommen. »Gib mir noch einen Gutenachtkuß, und dann ab mit dir. Bin ich froh, daß ich keine unruhige Seele bin!«

Die Eingangshalle war leer. Vor dem Motel hielten sich keine Passanten auf, nur ab und zu zischten ein paar Autos vorbei. Das dröhnende Röhren eines Jets, der zur Landung auf dem International Airport ansetzte, schien direkt über ihm zu sein, doch die Positionslichter zeigten, daß er mehrere Meilen südöstlich anflog. Kickaha trottete die Straße in südlicher Richtung hinunter und hoffte, daß keine Bullenstreife vorbeikommen möge. Er begriff aus seiner Zeitungslektüre, daß jemand, der in

dieser Stadt rannte, überall verdächtig war, und daß jemand, der zu dieser Nachtstunde in den Bezirken der wohlhabenderen Bürger zu Fuß ging, gleichfalls verdächtig war.
Er hätte ein Taxi bis in die Nähe seines Zieles nehmen können, zog es aber vor zu laufen. Er brauchte die Übung; denn wenn er lange in dieser Stadt lebte, würde er bald schlaff werden.
Der Smog schien mit der untergegangenen Sonne verschwunden zu sein. Jedenfalls brannten und tränten seine Augen nicht mehr, obwohl er ein bißchen atemlos wurde, nachdem er nur acht Blocks weit getrabt war. Es mußten unsichtbare Giftoxyde in der Luft hängen. Oder er verlor seine Kondition schneller, als er es für möglich gehalten hatte.
Nach dem Stadtplan lag Cambrings Haus etwa fünfeinhalb Kilometer vom Motel entfernt, nicht Luftlinie, sondern wie ein an den Boden gebundener Erdenmensch gehen mußte.
Sobald er den Rimpau Boulevard erreicht hatte, befand er sich inmitten relativ alter Herrschaftshäuser. Das Viertel wirkte, als lebten hier einst nur Reiche, doch das schien sich inzwischen geändert zu haben. Manche Häuser und Gärten waren heruntergekommen, andere waren in Mietapartments umgewandelt worden. Doch ein paar sahen immer noch sehr gepflegt aus.
Das Cambring-Haus war ein großer zweistöckiger Holzbau, der aussah, als wäre er um 1920 von jemandem erbaut worden, der in Nostalgie für den Architekturstil der Begüterten im Mittelwesten schwelgte. Es erhob sich über einer hohen Terrasse, mitten durch den Rasen ein Pfad, eine hufeisenförmige Auffahrt führte zum Haus. Auf ihr parkten drei Wagen. Auf dem Rasen vor dem Haus standen ein Dutzend große Eichen, mehrere Sykomoren und viele hohe Sträucher, die wohlbeschnitten zwischen den Bäumen verteilt waren. Das Ganze wurde von einer hohen Backsteinmauer eingeschlossen, nur die Vorderseite des Grundstücks lag offen. Im Erdgeschoß und im ersten Stock brannten Lichter hinter zugezogenen Vorhängen. Auch im Obergeschoß

der Garage brannte Licht, das er teilweise sehen konnte. Er ging an der Hausfront vorbei zur Ecke. Hier verlief die Backsteinmauer dicht am Gehsteig. Ein Stück weiter den Block hinunter verlief eine zweite Einfahrt, die zur Garage führte. Er hielt vor dem geschlossenen, von innen verriegelten Eisentor an.
Es war möglich, daß drinnen zwischen den Bäumen Elektrodetektoren angebracht waren, doch er würde dieses Risiko eingehen müssen. Außerdem würde es gut sein, sich darüber jetzt gleich Sicherheit zu verschaffen.
Er bezweifelte, daß Red Orc in diesem Haus lebte. Cambring mußte einer von Red Orcs Unterlingen sein, möglicherweise ganz tief unten in der Hierarchie. Der Lord der Erde würde es sich sicherlich in einem wahrhaft luxuriösen Heim bequem machen und sich hinter gut schützenden Mauern verbergen.
Er stellte seinen Ring auf Hautdurchbohrungsenergie in einer Distanz bis zu siebzig Meter ein und nahm das Messer zwischen die Zähne. Er kehrte nicht zur Vorderseite zurück, sondern stieg an der Flanke über die Mauer. Es war schwieriger, hier einzudringen, doch hatte er hier bessere Deckung.
Er trat auf die Straße zurück und rannte dann los, sprang über den Gehsteig und dann nach oben. Seine Finger fanden Halt am Rand der Mauer, und er zog sich mit Leichtigkeit auf die Mauerkrone. Dort lag er flach ausgestreckt und beobachtete Haus und Garage nach irgendwelchen Anzeichen von Aktivität. Es vergingen etwa vier Minuten. Zwei Blocks weiter raste ein Wagen mit hoher Geschwindigkeit um die Ecke und dann die Straße herunter. Es war möglich, daß die Leute im Haus ihn im Scheinwerferlicht sehen konnten. Er schwang sich hinüber und landete auf weichem Grasboden hinter einer Eiche. Wenn er gewollt hätte, so hätte er zum nächsten Ast springen, der nahe der Mauer gekappt worden war, und dann den Baum hinuntergleiten können. Er merkte sich dies als einen Fluchtweg.

Es war etwa drei Uhr morgens, wenn sein Zeitgefühl ihn nicht im Stich ließ. Er besaß keine Uhr, beabsichtigte aber, sich eine zu besorgen, da er jetzt in einer Welt lebte, in der die genaue Zeitmessung von Wichtigkeit war.

Die nächsten zehn Minuten verbrachte er damit, das Terrain unmittelbar um das Haus und die Garage verstohlen zu erforschen. Dreimal kletterte er einen Baum hinauf und versuchte durch Fenster zu schauen, sah jedoch nichts. Er schnüffelte um die Wagen herum, versuchte aber nicht die Türen zu öffnen, weil er annahm, daß sie wohl mit Alarmanlagen ausgerüstet waren. Es schien ihm wahrscheinlich, daß ein Gangster wie Cambring mehr Angst davor haben würde, eine Bombe in seinem Wagen vorzufinden, als vor einer Invasion seines Hauses. Der große schwarze Lincoln war nirgendwo zu sehen. Er nahm an, daß die Polizei ihn als Beweismaterial für den Mord beschlagnahmt hatte. Er las die Zulassungskennzeichen mehrmals, um sie sich zu merken, obschon er Papier und Bleistift hatte. Während seiner Jahre im Universum nebenan war er gezwungen gewesen, sich auf sein Gedächtnis zu verlassen, und er hatte es zu einer Stärke entwickelt, die er vor fünfundzwanzig Jahren für unglaublich gehalten haben würde. Analphabetentum besaß auch seine Vorteile. Wie viele gebildete Menschen auf Erden etwa konnten sich an die genaue Topographie einiger hundert Orte erinnern, eine Karte einer fünftausend Meilen langen Route zeichnen oder ein Epos von dreitausend Versen aus dem Kopf rezitieren?

Fünfzehn Minuten später hatte er alles an der Außenseite überprüft, soweit er konnte, und er wußte genau, wo die einzelnen Dinge sich in bezug aufeinander befanden. Jetzt war es an der Zeit zu gehen. Er wünschte, er hätte Anana nicht versprochen, nur die Außenseite zu observieren. Die Versuchung, ins Innere einzudringen, war beinahe übermächtig. Wenn er Cambring in die Hand bekommen und ein paar

Informationen aus ihm herausquetschen könnte ... Aber er hatte es versprochen. Und sie war wieder eingeschlafen, weil sie darauf vertraute, daß er sein Wort halten würde. Dies allein schon zeigte, wie tief sie ihn liebte, denn wenn den Lords eines mangelte, dann das Vertrauen zu anderen.
Er hockte eine Weile hinter einem Strauch im Seitengarten. Er wußte, er sollte sich eigentlich davonmachen, er wußte aber auch, daß er hoffte, irgend etwas würde geschehen, was ihn zur Aktion zwingen würde. Minuten verstrichen.
Dann hörte er im Haus ein Telefon klingeln. Im ersten Stock ging hinter dem vorhangbewehrten Fenster Licht an. Er erhob sich, schlich zum Haus und legte einen kleinen, schellenartigen Apparat an die Hauswand. Von ihm ging eine Schnur ab, die in einem Stöpsel endete, den er sich ins Ohr steckte. Er hörte plötzlich einen Mann sagen: »Jawohl, Sir. Habe verstanden. Aber wie haben Sie sie entdeckt, wenn ich fragen darf?«
Es folgte ein kurzes Schweigen, dann sagte der Mann: »Es tut mir leid, Sir. Ich wollte selbstverständlich nicht neugierig sein. Jawohl, Sir. Es wird nicht wieder passieren. Ja, Sir, ich habe bereits beim ersten Mal verstanden. Ich weiß genau, was ich zu tun habe. Ich rufe Sie an, wenn wir die Operation beginnen, Sir. Gute Nacht, Sir.«
Kickahas Herz schlug schneller. Cambring sprach möglicherweise direkt mit Red Orc. Wie auch immer, etwas Wichtiges war da im Anlaufen. Etwas Bedrohliches.
Er hörte Schritte und Summer. Die Stimme sagte, wahrscheinlich über ein Haustelefon: »Zieht euch an und kommt sofort nach oben! Aber dalli! Wir haben zu tun! Los, beeilt euch!«
Er überlegte, was er tun sollte. Wenn er etwas hören würde, das ihm klarmachte, daß sie nicht hinter ihm her waren, dann würde er warten, bis sie fort waren, und dann ins Haus einsteigen. Die Umstände hatten sich dermaßen grundlegend geändert, daß es töricht wäre, wenn er sich nicht ihre Abwesen-

heit zunutze machen würde. Anana würde das begreifen müssen.

Wenn er aber etwas hörte, das ihn und Anana betraf, würde er zur nächsten öffentlichen Telefonzelle rasen.

Er suchte in seiner Tasche und fluchte. Er hatte nur ein Fünfcentstück von seinen vorherigen Gesprächen übrigbehalten.

Sieben Minuten später kamen acht Männer aus der Vordertür. Kickaha beobachtete sie, hinter einem Baum versteckt. Vier stiegen in einen Mercedes, die anderen vier in einen Mercury. Er war nicht sicher, welcher von ihnen Cambring war, denn keiner sagte ein Wort, als sie das Haus verließen. Einer der Männer hielt einem hochgewachsenen Mann mit vollem Kraushaar und einer kühn geschwungenen Nase die Wagentür auf. Kickaha vermutete, daß dies Cambring sein müsse. Außerdem erkannte er zwei Männer: den Blondling und Ramos, den Fahrer des Lincoln. Ramos trug einen weißen Verband um die Stirn.

Die Wagen fuhren davon. Nun stand noch ein Auto auf der Auffahrt. Es waren auch noch Leute im Haus. Er hatte gehört, wie eine Frau mit verschlafener Stimme Cambring gefragt hatte, was denn los sei, und eine mürrische Männerstimme hatte sich beklagt, warum ausgerechnet ihr Besitzer zurückbleiben müsse. Er brauche ein bißchen Bewegung. Cambring hatte ihm schroff bedeutet, er solle den Mund halten. Sie sollten beide sich niemals unbewacht aus dem Haus begeben, das sei ein Befehl.

Kaum waren die Autos fort, da stand Kickaha bereits an der Eingangstür. Sie war verriegelt, doch ein kurzer Energiestoß aus dem Ring durchschnitt das Metall. Er drückte die Tür langsam nach innen und trat in einen Raum, der nur durch eine Lampe über der Treppe am anderen Ende beleuchtet war. Als seine Augen sich an das spärliche Licht angepaßt hatten, erkannte er an der gegenüberliegenden Wand ein Telefon. Er trat dorthin, zündete ein Streichholz an und wählte Ananas Nummer. Es klingelte nur dreimal, bis sie antwortete.

Er sprach leise: »Anana, ich bin in Cambrings Haus! Er und seine Gang sind unterwegs, um uns zu schnappen. Pack deine Kleider und verschwinde schnell, verstehst du? Zieh dich erst gar nicht an! Steck alles in einen Sack und verschwinde! Hinter dem Motel ziehst du dich an, und wir treffen uns, wo wir es abgemacht haben. Verstanden?«

»Warte!« sagte sie. »Kannst du mir nicht sagen, was los ist?«

»Nein!« sagte er leise und legte den Hörer auf. Er hatte im Flur über sich Schritte gehört, dann das Knarren der Stufen unter dem Gewicht eines langsam heruntersteigenden schweren Körpers.

Kickaha stellte den Ring auf Betäubungsenergie ein. Er brauchte eine Person, die er ausfragen konnte, und er bezweifelte, daß die Frau soviel über die Operationen wußte wie dieser Mann.

Das leichte Knarren brach ab. Kickaha kauerte am Fuß der Treppe und wartete. Plötzlich flammten die Lichter in dem großen Raum auf, und ein Mann schoß hinter einer Wand hervor, die ihn verborgen hatte. Er kam mit einem Satz die Treppe herunter und wirbelte dabei herum. In der Rechten trug er eine große Automatik, wahrscheinlich einen 45er. Er landete mit dem Gesicht zu Kickaha und sackte dann nach hinten, bewußtlos, denn sein Kopf war von dem Aufprall des Strahls nach rückwärts gerissen worden. Das Schießeisen fiel auf den dicken Teppich.

Kickaha hörte die Frau oben fragen: »Walt? Was ist los? Walt? Ist etwas nicht in Ordnung?«

Kickaha hob den Revolver auf und legte den Sicherheitshebel um. Dann steckte er ihn in den Gürtel. Er stieg die Treppe hinauf und erreichte die oberste Stufe in dem Augenblick, in dem dort die Frau ankam. Sie riß den Mund auf, um zu schreien, doch er preßte ihr die Hand darüber und hielt ihr sein Messer vor die Augen. Sie wurde schlaff, als glaubte sie, sie könne ihn milde stimmen, indem sie sich nicht zur Wehr setzte. Sie hatte recht damit, für den Augenblick jedenfalls.

Die Frau war eine große, sehr wohlgeformte Blondine von etwa fünfunddreißig in einem durchsichtigen Negligé. Ihr Atem stank nach Whisky. Aber nach gutem Whisky.
»Sie und Cambring und alle anderen in diesem Haus haben nur eine Bedeutung für mich«, sagte er. »Als ein Mittel, wie ich an den Big Boß rankommen kann. Das ist alles. Ich kann Sie ohne Kratzer gehen lassen, und es ist mir dann schnurzegal, was Sie danach anfangen, wenn Sie mir nicht in die Quere kommen. Oder ich kann Sie umlegen. Hier und gleich. Außer ich bekomme die Information, die ich haben will. Haben Sie mich verstanden?«
Sie nickte.
Er sagte: »Ich lasse Sie los. Aber ein Schrei, und ich werde unangenehm. Kapiert?«
Wieder nickte sie. Er nahm die Hand von ihrem Mund. Sie war bleich und zitterte.
»Zeigen Sie mir ein Bild von Cambring!« befahl er.
Sie drehte sich um und führte ihn in ihr Schlafzimmer, wo sie auf ein Foto auf der Ankleidekommode deutete. Es war ein Foto jenes Mannes, den er für Cambring gehalten hatte. »Sind Sie seine Frau?« fragte er.
Sie räusperte sich und sagte: »Ja.«
»Sonst noch wer im Haus, außer Walt?«
Heiser sagte sie: »Nein.«
»Wissen Sie, wohin Cambring vorhin gefahren ist?«
»Nein.« Wieder mußte sie sich räuspern. »Ich will von diesen Geschichten nichts wissen.«
»Er ist losgezogen, um mich und meine Frau für euren Big Boß zu schnappen«, sagte Kickaha. »Der Big Boß würde uns zweifellos umbringen, nachdem er uns gefoltert hat, um herauszubekommen, was er wissen will. Also werde ich keine Spur Mitleid mit irgendwem haben, der mit ihm zusammensteckt – wenn Sie sich weigern mitzuspielen.«

»Aber ich weiß doch überhaupt nichts!« keuchte sie. »Roy erzählt mir nie etwas! Ich weiß nicht einmal, wer der Big Boß ist!«

»Wer ist Cambrings direkter Vorgesetzter?«

»Ich weiß nicht. Bitte, glauben Sie mir doch, ich weiß es nicht! Er bekommt Befehle von irgendwem, ja, aber ich weiß nicht, von wem!«

Sie sagte möglicherweise die Wahrheit. Also kam als nächstes in Frage, Walt aufzuwecken und herauszufinden, was dieser wußte. Kickaha hatte nicht viel Zeit zur Verfügung.

Er zwang die Frau vor sich die Treppe hinunter. Der Mann war noch immer bewußtlos. Kickaha befahl der Frau, aus dem nächsten Badezimmer ein Glas Wasser zu holen. Er schüttete es Walt ins Gesicht. Der Mann erholte sich einen Augenblick später, war aber noch immer zu angeschlagen, um eine Gefahr darzustellen. Es sah aus, als würde er sich gleich übergeben müssen – auf der Haut seiner Stirn und Nase breitete sich ein großer dunkler Fleck aus, seine Augen wirkten tiefrot.

Die Befragung dauerte nicht lange. Der Mann, dessen voller Name Walter Erich Vogel lautete, behauptete gleichfalls, er wisse nicht, wer Cambrings Boß sei. Auch wußte er nicht, wohin Cambring gefahren war. Kickaha glaubte ihm dies, denn Cambring hatte kein Wort über sein Ziel gesagt. Anscheinend wollte er das seinen Leuten unterwegs sagen. Und Cambring rief seinen Boß ab und zu an, doch war die Nummer nur in seinem Kopf notiert.

»Es ist der alte Trick wie bei den kommunistischen Zellen«, sagte Vogel. »Also könnten Sie mich bis zum Jüngsten Tag foltern, und Sie würden doch nichts rauskriegen, einfach weil ich nichts weiß.«

Kickaha ging wieder zum Telefon und wählte noch einmal die Nummer des Motels. Die beiden behielt er genau im Auge. Er war nicht überrascht, als Cambring antwortete.

»Cambring«, sagte er, »hier spricht der Mann, hinter dem Sie hergeschickt wurden. Und jetzt hören Sie genau zu, denn dies ist eine Nachricht für Ihren Big Boß. Sie werden ihm sagen oder – durch wen auch immer, der ihm Nachrichten übermittelt – ausrichten lassen, daß ein Schwarzer Scheller sich frei auf der Erde herumtreibt.«
Es folgte ein Schweigen, ein bestürztes, wie Kickaha hoffte, dann sagte Cambring: »Was ist? Von was zum Teufel reden Sie eigentlich? Was ist ein Schwarzer Scheller?«
»Sagen Sie einfach Ihrem Boß, daß ein Schwarzer Scheller aus Jadawins Welt ausgebrochen ist. Der Scheller ist in diesem Gebiet hier, jedenfalls war er es gestern noch. Vergessen Sie nicht, ein *Schwarzer Scheller.* Gestern hier aus Jadawins Welt angekommen.«
Wieder Schweigen, dann sagte Cambring: »Hören Sie! Der Boß weiß, daß Sie entwischt sind. Aber er sagte, wenn ich 'ne Gelegenheit kriege, mit ihnen zu reden, soll ich sagen, daß Sie rüberkommen sollen. Der Boß wird Ihnen nichts tun. Er will bloß mit Ihnen reden.«
»Sie mögen recht haben«, antwortete Kickaha. »Aber ich kann es mir nicht leisten, das Risiko einzugehen. Nein, sagen Sie Ihrem Boß was. Sagen Sie ihm, daß ich nicht hinter ihm her bin. Ich bin kein Lord. Ich bin nur auf der Suche nach einem anderen Lord und seiner Frau, die auf diese Welt gekommen sind, um den Schwarzen Schellern zu entkommen. Ich werde Ihnen sogar sagen, wer dieser Lord ist. Es ist Jadawin. Vielleicht erinnert sich Ihr Boß an ihn. Jadawin, aber er hat sich sehr verändert. Er ist nicht daran interessiert, Ihren Boß herauszufordern. Nichts interessiert ihn weniger. Das einzige, was er will, ist, in seine eigene Welt zurückzukehren. Sagen Sie ihm das. Allerdings bezweifle ich, daß das viel nützen wird. Ich werde Sie morgen gegen Mittag hier anrufen, dann können Sie ihrem Boß noch weitere Mitteilungen von mir übermitteln. Ich rufe Sie hier an.

Vielleicht will Ihr Boß dann hier sein, damit er direkt mit mir sprechen kann.«
»Von was zum Teufel quatschen Sie da eigentlich?« fragte Cambring. Er klang sehr verärgert.
»Richten Sie Ihrem Boß nur aus, was ich gesagt habe. Er wird es schon verstehen«, sagte Kickaha und legte auf. Er grinste. Wenn es etwas gab, was einem Lord Angst einjagen konnte, dann war das ein Schwarzer Scheller.
Wie er vermutet hatte, gehörte der Sportwagen der Frau. Sie sagte, sie würde oben die Wagenschlüssel holen müssen. Er sagte, das sei gut, doch er und Vogel würden mitkommen. Sie gingen in ihr Schlafzimmer, und Kickaha versetzte Vogel einen leichten Schlag mit dem Ringstrahler auf den Hinterkopf. Er nahm Vogels Brieftasche an sich, zerrte ihn in einen Wandschrank und ließ ihn dort weiterschnarchen. Dann forderte er Geld von der Frau, und sie gab ihm sechshundert Dollar in Zwanzigern und Fünfzigern. Es machte ihm Spaß, daß es ihm bisher gelungen war, auf Kosten des Feindes zu leben.
Um sie beschäftigt zu halten, zerrte er einige Vorhänge herunter und setzte sie mit einem kurzen Ringstrahl in Brand. Sie kreischte und rannte ins Badezimmer, um Wasser zu holen. Eine Sekunde später fuhr er den Jaguar über die Auffahrt hinaus. Hinter ihm drangen Schreie aus dem Haus, wo die Frau mit den Flammen kämpfte.
An der Ecke, zwei Häuserblocks östlich des Motels, ließ er die Scheinwerfer zweimal auf- und abblinken, um Anana aufmerksam zu machen. Zwischen den Häusern tauchte eine dunkle Gestalt auf. Sie näherte sich vorsichtig, bis sie ihn erkannt hatte. Sie warf ihre Rucksäcke und den Instrumentenkoffer auf den Rücksitz, stieg ein und fragte: »Woher hast du dieses Fahrzeug?«
»Habe ich Cambring abgenommen.« Er gluckste und fuhr fort: »Ich habe Cambring eine Nachricht für Red Orc hinterlassen. Sagte ihm, daß ein Schwarzer Scheller frei herumstrolcht. Das

sollte ihn eigentlich ablenken. Vielleicht bekommt er solchen Schiß, daß er einen Waffenstillstand anbietet.«

»Nicht Red Orc«, sagte sie. »Außer er hat sich geändert. Was ja möglich wäre. Ich habe mich geändert. Und mein Bruder Luvah. Und du sagst, Jadawin auch.«

Er berichtete ihr von seiner Idee, wie er sich mit Wolff in Verbindung setzen wollte. »Es hätte mir bereits früher einfallen sollen, aber wir hatten einfach zuviel um die Ohren. Und außerdem habe ich ziemlich viel über die Erdgebräuche vergessen.«

Zunächst würden sie sich nach einer neuen Unterkunft umsehen. Dennoch war er nicht sicher, ob sie sich auch dort überhaupt sicher fühlen konnten. Es war erstaunlich, daß man sie überhaupt lokalisiert hatte. Red Orc mußte eine ziemlich große Organisation in Bewegung gesetzt haben, um sie zu entdecken.

»Wie ist ihm das gelungen?« fragte sie.

»Ich stelle mir vor, seine Leute haben jedes Hotel und Motel im Distrikt Los Angeles angerufen. Das würde aber eine solche Riesenarbeit sein, daß ich mir denke, sie haben nur einen kleinen Prozentsatz der Hotels abklappern können. Vielleicht machten sie Stichprobenanrufe. Oder sie gingen alle nacheinander durch und hatten Glück.«

»Wenn das sich so verhält, dann sind wir auch im nächsten Hotel nicht sicher.«

»Ich glaube einfach nicht, daß sogar der Lord der Erde über eine Organisation verfügt, die groß genug ist, alle Hotels und Motels in so kurzer Zeit zu überprüfen«, sagte er. »Aber wir verziehen uns aus dem Gebiet und gehen ins Valley, ins ›Tal‹, wie sie es hier so hübsch altmodisch nennen.«

Aber als sie dann ein Motel im Laurel Cañon fanden, geriet Kickaha in Schwierigkeiten.

Der Mann am Empfang wollte seinen Führerschein und die

Zulassungsnummer des Wagens wissen. Kickaha wollte ihm die Wagennummer eigentlich nicht geben, aber da der Mann keine Anstalten machte, ihn zu überprüfen, gab er ihm eine erfundene Nummer. Dann zeigte er ihm Ramos' Führerschein. Der Empfangschef notierte die Nummer und warf einen kurzen Blick auf das Foto. Ramos hatte ein quadratisches Gesicht, eine große Schnabelnase, schwarze Augen und einen Wust schwarzer Haare. Dennoch schien dem Mann nichts aufzufallen.

Kickaha hingegen schöpfte Verdacht. Der Junge wirkte allzu glatt. Vielleicht war es ihm ja wirklich ganz egal, ob Kickaha die Person war, die er zu sein behauptete, aber andererseits konnte es auch ganz anders sein. Kickaha sagte nichts, nahm die Schlüssel entgegen und führte Anana aus der Eingangshalle. Statt jedoch in ihr Zimmer im ersten Stock hinaufzusteigen, blieb er hinter der Tür stehen, wo man ihn nicht sehen konnte. Eine Minute später hörte er den Portier mit jemandem telefonieren. Er schaute hinein. Der Portier saß mit dem Rücken zur Tür. Kickaha schlich auf Zehenspitzen näher.

»... nicht seiner«, sagte der Portier. »Klar, ich hab das Kennzeichen gleich überprüft, als sie hinaufgingen. Der Wagen steht um die Ecke. Hören Sie, Sie ...«

Er brach ab, weil er den Kopf gewendet und Kickaha gesehen hatte. Er wendete sich wieder ab, ganz langsam, und sagte: »Schön, wir sehen uns.«

Er nahm die Kopfhörer ab, stand auf und sagte lächelnd: »Was kann ich für Sie tun?«

»Wir wollen noch was essen, ehe wir zu Bett gehen. Wir haben den ganzen Tag noch nichts gegessen«, sagte Kickaha, gleichfalls lächelnd. »Wo ist das nächste gute Restaurant?«

Der Portier sprach langsam, als überlege er, welches Restaurant ihnen genehm sein könnte. Kickaha sagte: »Wir sind nicht verwöhnt. Jedes soll uns recht sein.«

Einen Augenblick später fuhr er mit Anana davon. Der Portier

stand an der Eingangstür und schaute ihnen nach. Er hatte gesehen, wie sie ihre Rucksäcke und den Kasten in den Wagen gelegt hatten, also glaubte er wahrscheinlich nicht, daß sie zurückkommen würden.
Kickaha überlegte, daß sie die Nacht im Wagen schlafen konnten, vorausgesetzt, die Polizei suchte nicht nach ihnen. Und am nächsten Tag würden sie ein paar Sachen zum Anziehen und einen oder zwei Koffer kaufen müssen. Er würde diesen Wagen loswerden müssen, aber es war ein sehr großes Problem, ohne die richtigen Papiere einen Wagen zu mieten oder zu kaufen.
Er fuhr an einer Tankstelle vor und bat den Tankwart vollzutanken. Der Junge war redselig und voller Neugier. Er wollte wissen, woher sie kämen. Von oben in den Bergen? Ach, er würde auch gern Bergwanderungen machen ...
Kickaha erfand eine Geschichte. Er und seine Frau hätten sich so rumgetrieben, sich aber dann entschlossen herunterzukommen und sich L.A. anzuschauen. Sie hätten nicht viel Geld; sie dächten daran, den Wagen zu verkaufen und sich einen gebrauchten VW zuzulegen. Sie suchten nach einem Platz, wo sie heute übernachten könnten und wo man nicht allzu viele Fragen stellte, wenn man Scheine in der richtigen Farbe vorzuweisen hätte.
Der Tankwart nannte ihnen ein Motel in der Nähe von Tarzana in Van Nuys, das alle Bedingungen Kickahas erfüllen würde. Er griente und winkte ihnen zu, sicher, daß sie mit irgend etwas Illegalem (oder Aufrührerischem) zu schaffen hatten, und wünschte ihnen Glück. Vielleicht würde er ihnen sogar einen guten Preis für den Jaguar verschaffen können.
Eine halbe Stunde später sanken Anana und er in die Motelbetten und schliefen sofort ein.
Er stand um zehn Uhr auf. Anana schlief noch fest. Nachdem er geduscht und sich rasiert hatte, weckte er sie lange genug auf, um ihr zu erklären, was er vorhatte. Er ging über die Straße in

ein Restaurant, verzehrte ein Riesenfrühstück, kaufte eine Zeitung und kehrte wieder in ihr Zimmer zurück. Anana schlief noch immer. Er rief die Annoncenabteilung der *Los Angeles Times* an und diktierte eine Anzeige für die Spalte »Persönliches«. Als Adresse gab er das Motel und einen erfundenen Namen an. Er hatte eigentlich Ramos' Namen angeben wollen, für den Fall, daß der Mensch von der *Times* nachfragte. Aber er wollte jede Verbindung zwischen Cambring und der Anzeige vermeiden, wenn es ging. Er versprach, den Scheck sofort zu senden, und dann, sobald er aufgelegt hatte, vergaß er es vollkommen.

Dann las er die »Persönlichen Anzeigen« in der Morgenausgabe. Er fand keine Nachrichten, die man als von Wolff kommend hätte interpretieren können.

Als Anana erwachte, sagte er: »Während du frühstückst, gehe ich zu einer Telefonzelle und rufe Cambring an. Ich bin sicher, er hat die Nachricht an Red Orc weitergereicht.«

Cambring antwortete sofort, als hätte er neben dem Apparat gewartet. Kickaha sagte: »Hier ist Ihr Freund von gestern nacht, Cambring. Haben Sie meine Information über den Schwarzen Scheller weitergegeben?«

Cambrings Stimme klang, als würde er mühsam seinen Zorn unterdrücken.

»Ja, das habe ich.«

»Und was hat er gesagt?«

»Er hat gesagt, daß er Sie gern treffen möchte. Zu einer Kriegskonferenz.«

»Wo?«

»Wo immer es Ihnen recht ist.«

Gut, dachte Kickaha. *Er glaubt doch nicht, daß ich so dumm bin und in seine gute Stube komme. Aber er ist so selbstsicher, daß er meint, er kann mir eine Falle stellen, gleichgültig, wo ich ihn treffe. Wohlgemerkt, falls er selbst überhaupt erscheint. Er müßte dazu eigentlich viel zu gerissen sein, also bezweifle ich es. Aber er wird jemanden schicken müssen, der ihn vertritt, und derjenige müßte in der Hierarchie höher stehen als Cambring, also einen Schritt näher zum Lord hin.*

»Ich sage Ihnen in einer halben Stunde, wo wir uns treffen werden«, sagte Kickaha. »Aber ehe ich aufhänge – hatte Ihr Boß mir sonst noch etwas zu sagen, was ich wissen müßte?«

»Nein!«

Kickaha hängte den Hörer auf. Er fand Anana in einer Nische des Restaurants. Er setzte sich und sagte: »Ich weiß nicht, ob Red Orc Wolff in seine Gewalt gebracht hat oder nicht. Ich weiß nicht einmal mit Sicherheit, ob Cambring meine Nachricht über Wolff und Chryseis ausgerichtet hat, doch Orc weiß, daß das Dimensionstor zweimal aktiviert wurde, bevor wir durchkamen, und daß einer der Passanten ein Schwarzer Scheller war. Ich glaube nicht, daß er Wolff und Chryseis hat, denn wenn er sie hätte, würde er sie als Köder benutzen, um mich in die Falle zu locken. Er würde wissen, daß ich mit fliegenden Fahnen angaloppieren würde, um sie zu retten.«

»Vielleicht«, sagte sie. »Vielleicht aber hat er das Gefühl, daß er dir nicht zu sagen braucht, daß er Wolff und Chryseis hat. Vielleicht fühlt er sich so sicher, daß er uns erwischen kann, ohne etwas über sie zu erwähnen. Oder vielleicht hält er mit seinem Wissen nur hinter dem Berg – bis zu einer ihm passenderen Gelegenheit.«

»Ihr Lords denkt aber wirklich an sämtliche Winkelzüge«, sagte Kickaha. »Einen solch mißtrauischen Haufen wie euch haben die Sterne noch nie gesehen ...«

»Schau mal, wer da anderen predigt«, sagte sie auf englisch.

Sie kehrten auf ihr Zimmer zurück, nahmen ihre Packs und den Koffer und gingen zum Wagen. Sie fuhren ab, ohne sich abzumelden, da Kickaha es nicht für klug hielt, irgend jemanden wissen zu lassen, was sie unternahmen, sofern er es verhindern konnte. In Tarzana ging er in ein Kaufhaus und suchte Kleidung für sich und Anana aus. Dies dauerte eine ganze Stunde, aber es störte ihn nicht, Cambring warten zu lassen. Sollten er und sein Boß doch ein bißchen schwitzen.

Während er auf die Änderung seiner Hosen wartete, tätigte er den Anruf. Wieder war Cambring sofort am Apparat.

»Also, wir werden folgendes tun«, sagte Kickaha. »Ich werde an einem Ort nicht weit von Ihrem Haus sein. Ich rufe Sie an, sobald ich dort bin, und ich gebe Ihnen zwölf Minuten, zu unserem Treffpunkt zu kommen. Sind Sie dann nicht da, ziehe ich weiter. Oder wenn es wie eine Falle aussieht, dann verschwinde ich gleichfalls, und dann habt ihr mich zum letzten Mal gehört und gesehen – bei einem *verabredeten* Treffen, meine ich. Dann kann sich Ihr Boß selber um den Scheller kümmern.«

»Was zum Teufel ist ein Scheller, von dem Sie andauernd reden?« fragte Cambring ärgerlich.

»Fragen Sie Ihren Boß«, sagte Kickaha, der wußte, daß Cambring das nicht wagen würde. »Hören Sie, ich werde an einem Ort sein, wo ich nach sämtlichen Seiten freie Sicht habe. Ich will, daß nur zwei Männer sich nähern. Sie, weil ich Sie kenne, und Ihr Boß. Sie kommen nicht näher als auf fünfzig Meter heran, und ihr Boß geht dann allein weiter. Kapiert? Dann, *so long!*«

Mittags, er hatte eine halbe Frikadelle mit einem Glas Milch verzehrt, rief er Cambring erneut an. Er befand sich in einem Restaurant, das nur ein paar Blocks von dem Treffpunkt entfernt lag. Wieder hob Cambring ab, ehe es zum dritten Mal läutete. Kickaha erklärte ihm, wo er ihn treffen solle und zu welchen Bedingungen.

»Und denken Sie daran«, sagte er, »wenn ich rieche, daß etwas faul ist, verschwinde ich wie ein Osterhase mit Geburtswehen.«

Er legte auf. Er fuhr mit Anana, so schnell es der Verkehr erlaubte. Sein Ziel war das Kunstmuseum des Los Angeles

County. Kickaha parkte um die Ecke und legte die Wagenschlüssel unter die Fußmatte, für den Fall, daß nur einer von ihnen beiden zum Wagen zurückkehren konnte. Sie gingen zu Fuß hinter dem Museum vorbei und dann über den Parkplatz. Anana war zurückgeblieben, damit irgend jemand, der sie beobachtete, nicht merken sollte, daß sie zu Kickaha gehörte. Ihr langes, schimmerndes Schwarzhaar hatte sie zu einem griechischen Knoten hochgesteckt, sie trug eine weiße, tiefausgeschnittene Rüschenbluse und sehr eng sitzende grün-rot gestreifte Hot pants. Eine dunkle Brille verdeckte ihre Augen, und sie trug einen Malerblock und Stifte. Außerdem trug sie eine große Ledertasche, die eine Anzahl von Gegenständen enthielt, die jeden einigermaßen wissenschaftlich erfahrenen Erdenbewohner verblüfft haben würden.

Während Kickaha ein Taxi heranwinkte, ging sie langsam über den Rasen. Kickaha gab dem Taxifahrer eine Zwanzigdollarnote zum Zeichen seiner lauteren Absichten und als Hinweis auf das kommende Trinkgeld. Er erklärte ihm, er solle mit laufendem Motor auf dem Parkplatz warten und bereit sein loszufahren, sobald Kickaha es ihm sagte. Der Fahrer zog die Augenbrauen hoch und fragte: »Sie ham doch nich vor, das Museum auszurauben?«

»Ich habe nichts Gesetzwidriges vor«, sagte Kickaha. »Halten Sie mich meinetwegen für exzentrisch. Ich fahre nur manchmal gern ganz rasch ab.«

»Wenn's irgend so was wie 'ne Ballerei gibt, haue ich ab«, sagte der Fahrer. »Mit Ihnen oder ohne. Und ich sag den Bullen Bescheid. Bloß damit Sie's wissen, klar?«

Kickaha zog es vor, mehr als nur einen Fluchtweg zu haben. Wenn Cambrings Leute in der Nachbarschaft herumkreuzten, mochten sie den gestohlenen Wagen entdecken und Kickaha eine Falle stellen. Eigentlich hätte er wetten mögen, daß sie genau das tun würden. Wenn aber der Fluchtweg zum Taxi abgeschnitten sein sollte und er zum Wagen fliehen mußte, und wenn dieser frei war, dann würde er den Wagen benutzen. Er hatte jedoch das Gefühl, daß der Taxifahrer nicht vertrauenswürdig war – nicht daß er ihm verübelte, daß er ihn beargwöhnte.

Er reichte ihm noch eine Zehndollarnote und sagte: »Rufen Sie die Bullen jetzt gleich, wenn Sie wollen. Mir ist das egal. Ich bin sauer.«

Er hoffte, daß der Fahrer ihn nicht beim Wort nehmen würde, drehte sich um und ging über den Beton des Parkplatzes und dann über den Rasen zu den »La Brea Tar Pits« mit den Fossilien. Anana saß auf einer Zementbank und zeichnete ein Mammut, das in der schwarzen Masse zu versinken schien. Sie war eine hervorragende Künstlerin, und jeder, der ihr über die Schulter schaute, würde sofort erkennen, daß sie ihr Handwerk verstand.

Auch Kickaha trug eine Sonnenbrille, außerdem ein purpurrotes kragen- und ärmelloses Hemd, Jeans und einen breiten Ledergürtel mit protziger Silberschnalle. Sein langes rotes Haar verbarg den Receiver, der an dem Knochen hinter seinem Ohr saß. Der Apparat an seinem Arm enthielt einen Audio-Transmitter und einen Strahler mit der sechsfachen Potenz seines Ringes.

Kickaha plazierte sich am gegenüberliegenden Ende des Pits. Er stand in der Nähe des Zaunes, hinter dem die Skulptur eines riesigen prähistorischen Bären aufragte. Etwa fünfzig Menschen waren auf dem Gelände verstreut, aber keiner von ihnen sah aus, als gehörte er zu Cambrings Männern. Allerdings besagte dies nicht viel.

Kurz darauf sah er einen breiten grauen Rolls-Royce auf den Parkplatz einbiegen. Zwei Männer stiegen aus und kamen in gerader Linie über den Rasen auf ihn zu. Der eine war Ramos. Der andere war groß, ging schwungvoll und trug einen Ge-

schäftsanzug, dunkle Gläser und einen Hut. Kickaha erkannte, als sie näherkamen, einen pferdegesichtigen Mann von ungefähr fünfzig Jahren. Und da zweifelte Kickaha sofort, daß es sich um Red Orc handeln könne, denn kein Lord, und sei er zwanzigtausend Jahre alt, wirkte jemals älter als etwa dreißig.
Ananas Stimme erklang hinter seinem Ohr: »Es ist nicht Red Orc!«
Er blickte sich erneut um. Links von ihm standen zwei Männer am Brunnen neben dem Museum, rechts von ihm zwei weitere, etwa zwanzig Meter hinter Anana. Es konnte sich um Cambrings Leute handeln.
Sein Herz schlug rascher. Im Nacken verspürte er ein Frösteln. Er schaute durch den Zaun über den Pit zum Wilshire Boulevard hinüber. Dort war ständiges Parkverbot. Dennoch hielt dort ein Wagen, und ein Mann stand gebückt unter der geöffneten Kühlerhaube. Ein zweiter Mann saß vorn, ein dritter im Fond.
»Er versucht mich zu schnappen«, sagte Kickaha. »Ich glaube, ich habe sieben seiner Männer ausgemacht.«
»Willst du deinen Plan aufgeben?« fragte sie.
»Wenn ich das mache, dann weißt du ja Bescheid«, sagte er. »Achtung! Hier kommen sie!«
Ramos und der Marionettenmann blieben vor ihm stehen. Der Marionettenmann sagte: »Paul?« Dies war der Name, den Kickaha Cambring als Kennwort angegeben hatte.
Kickaha nickte. Er sah einen weiteren großen Wagen auf den Parkplatz einbiegen. Die Entfernung war zu groß, als daß er Gesichtszüge hätte erkennen können, doch der Fahrer hätte Cambring sein können, obwohl er einen Hut und eine dunkle Brille trug. Es saßen noch drei Männer im Wagen.
»Sind Sie Red Orc?« fragte Kickaha. Er wußte, daß der Lange wahrscheinlich einen Apparat bei sich trug, der das Gespräch an den Lord übermittelte, wo immer der sich aufhalten mochte.

»Wer? Wer ist *Redark?*« fragte der Lange. »Ich heiße Kleist. Also, Mr. Paul, würden Sie so freundlich sein, mir zu sagen, was Sie wünschen.«

Kickaha redete in der Sprache der Lords: »Red Orc! Ich bin kein Lord, sondern ein Erdling, der ein Schleusentor in Jadawins Universum entdeckt hat. Vielleicht erinnern Sie sich an Jadawin. Ich bin zur Erde zurückgekehrt, obwohl ich dies gar nicht wollte, um den Scheller zur Strecke zu bringen. Ich habe kein Verlangen, hier länger zu verweilen. Ich will nur den Scheller töten und dann in meine Welt, die mich adoptiert hat, zurückkehren. Ich habe kein Interesse daran, Sie herauszufordern.«

Kleist sagte: »Was quasseln Sie da? Reden Sie Englisch, Mann!«

Ramos wirkte beunruhigt. Er sagte: »Der is' ausgeflippt!«

Plötzlich blickte Kleist verblüfft drein. Kickaha vermutete, daß er gerade Befehle erhielt.

»Mr. Paul«, sagte Kleist. »Ich bin bevollmächtigt, Ihnen Generalamnestie anzubieten. Kommen Sie doch einfach mit uns, und wir stellen Sie dem Mann vor, den Sie zu sprechen wünschten.«

»Kein Geschäft zu machen«, sagte Kickaha. »Ich bin gern bereit, mit Ihrem Boß zusammenzuarbeiten, aber ich begebe mich nicht in seine Gewalt. Vielleicht ist er ja in Ordnung, aber ich habe keinen Grund, ihm zu trauen. Trotzdem würde ich gern mit ihm zusammenarbeiten, soweit es darum geht, den Scheller zu erledigen.«

Kleists Gesicht verriet, daß er die Anspielung auf den Scheller nicht begriff.

Kickaha blickte sich erneut um. Die Männer links und rechts von ihm schoben sich unmerklich näher heran. Die beiden Männer in dem Wagen auf dem Wilshire waren ausgestiegen. Einer beugte sich mit dem dritten Mann unter die Kühlerhaube, der andere hingegen schaute durch den Zaun zu Kickaha herüber. Als er merkte, daß dieser ihn ansah, wendete er sich langsam ab.

Kickaha sagte zornig: »Es war vereinbart, daß nur zwei von euch kommen dürfen! Ihr wollt mich in eine Falle locken! Ihr glaubt doch nicht im Ernst daran, daß ihr mich hier mitten unter all den Leuten kidnappen könnt?«
»Aber, aber, Mr. Paul!« sagte Kleist. »Sie irren sich! Seien Sie doch nicht so nervös! Wir sind ja nur zu zweit, und wir sind hier, um mit Ihnen zu reden, weiter nichts.«
Anana sagte: »Ein Polizeiwagen hält gerade hinter dem Wagen auf der Straße.«
Kleist und Ramos sahen einander an. Es war deutlich, daß auch sie den Streifenwagen bemerkt hatten. Doch sie verhielten sich, als beabsichtigten sie keineswegs zu verschwinden.
Kickaha sagte: »Wenn Ihr Boß möchte, daß ich ihm helfe, dann muß er sich etwas ausdenken, mir meine Rückreise zu garantieren.«
Er beschloß, seinen Knalleffekt doch lieber jetzt gleich explodieren zu lassen. Der Lord wußte, daß eine Frau bei Kickaha war, und wenn er auch nicht wissen konnte, daß sie ein Lord war, so mußte er dies doch zumindest vermuten. Kickaha hielt sich noch nicht lange genug wieder auf der Erde auf, als daß die Männer des Lords ihn in Ananas Begleitung gesehen hätten. Und da Red Orc wußte, daß das Dimensionstor zweimal vor Kickahas Ankunft aktiviert worden war, mußte er auch vermuten, daß die andere Reisegruppe – oder Reisegruppen – ebenfalls Lords waren.
Also war jetzt der Zeitpunkt, Red Orc davon zu berichten. Damit würde Kickaha seine Verhandlungsposition stärken, und vielleicht würde der Versuch, ihn jetzt gefangenzunehmen, abgebrochen.
»Sie sagen Ihrem Boß«, erklärte er, »daß sich derzeit vier andere Lords auf der Erde aufhalten.«
Kickaha scheute sich keineswegs zu übertreiben, wenn er damit den Feind verwirren oder verstören konnte. Vielleicht kam ja

irgendwann einmal ein Punkt, an dem er die zwei nichtexistenten Lords als Druckmittel benutzen konnte.
»Außerdem«, fügte er hinzu, »sind hier zwei Erdlinge, die aus Jadawins Welt gekommen sind. Ich selbst und eine Frau, die mit Jadawin zusammen ist.«
Das müßte ihm zu schaffen machen, dachte Kickaha. Und seine Neugier noch viel stärker anstacheln. Er muß sich doch fragen, wie zwei Erdlinge überhaupt in Jadawins Welt gelangen konnten und wie sie wieder hierher zurückkamen.
»Und sagen Sie Ihrem Boß«, fuhr Kickaha fort, »daß keiner von uns, außer dem Scheller, irgendwelche bösen Absichten gegen ihn hegt. Wir wollen nur den Scheller eliminieren, und dann wollen wir, verdammt noch mal, so schnell wie möglich aus diesem beschissenen Universum verschwinden.«
Kickaha war der Meinung, daß Red Orc in der Lage sein müßte, das zu begreifen. Welcher einigermaßen vernunftbegabte Lord würde auch auf die Idee kommen, die Kontrolle über die Erde einem anderen Lord wegnehmen zu wollen? Welcher Lord würde hier verweilen wollen, wenn er in ein weitaus angenehmeres, wenn auch vielleicht kleineres Universum überwechseln könnte?
Kleist schwieg eine Weile. Sein Kopf war leicht seitlich geneigt, als lausche er einem unsichtbaren Dämon, der auf seiner Schulter hockte. Dann sagte er: »Was macht das schon für einen Unterschied, wenn es vier Lords hier gibt?«
Es war offenkundig, daß Kleist einen Satz wiederholte und die Bedeutung überhaupt nicht begriff.
Wieder sprach Kickaha in der Sprache der Lords: »Red Orc! Sie haben den Mechanismus vergessen, den jeder Lord im Gehirn hat. Das Alarmsignal, das im Kopf eines jeden Lords aufschrillt, wenn er in die Nähe der Metallglocke eines Schellers gerät! Und wenn vier Lords nach dem Scheller suchen, sind die Chancen, ihn zu finden, einfach größer!«

Kleist hatte mittlerweile den Anschein gänzlich aufgegeben, als stünde er nicht in direkter Verbindung zu seinem Chef. Er sagte: »Woher soll er wissen, daß nicht *Sie* ein Scheller sind?«
»Wenn ich ein Scheller wäre, warum sollte ich mich dann mit Ihnen in Verbindung setzen und Sie darüber informieren, daß ein gefährlicher Feind sich frei in Ihrer Welt herumtreibt?«
»Er sagt«, berichtete Kleist, und sein Gesicht wurde zunehmend ausdrucksloser, während er sprach, als verwandle er sich in eine mechanische Reproduktionsmaschine, »ein Scheller würde versuchen, alle Lords so rasch wie möglich zu orten. Immerhin sind die Lords die einzigen – außer den Schellern –, die wissen, daß es überhaupt Scheller gibt. Und auch die einzigen, die etwas gegen sie unternehmen können. Also würden Sie – als Scheller – versuchen, ihn zu finden. Genau das, was Sie nun versuchen. Selbst wenn es Sie das Leben kostet. Die Scheller sind notorisch dafür bekannt, daß sie einen der Ihren bedenkenlos opfern, wenn sie dadurch einen Vorteil erringen.
Außerdem sagt er, woher er wissen soll, daß diese sogenannten Lords nicht Ihre Schellerkumpane sind?«
Kickaha sprach in der Sprache der Lords: »Red Orc! Sie strapazieren meine Geduld! Ich habe mich an Sie gewandt, weil ich weiß, wie weitreichend Ihre Möglichkeiten sind! Sie haben eigentlich kaum eine Wahl, Red Orc! Wenn Sie mich zwingen, den Kontakt zu Ihnen abzubrechen, werden Sie nicht herausfinden, ob ich ein Scheller bin oder nicht, und Ihre Träume werden Alpträume sein – von herumkriechenden Schellern! Tatsächlich sieht es doch so aus, daß Ihre einzige Möglichkeit, herauszufinden, daß ich *kein* Scheller bin, darin besteht, mit mir zusammenzuarbeiten. Aber zu meinen Bedingungen! Darauf bestehe ich!«
Es gab nur eine Methode, einen Lord kleinzukriegen, nämlich indem man noch arroganter war als er.
Ananas Stimme: »Der Wagen ist weg. Die Polizei muß sie verscheucht haben. Der Polizeiwagen ist auch fort.«

Kickaha hob den Arm und murmelte in den Transmitter: »Wo sind die anderen?«
»Rücken näher. Stehen am Zaun und tun, als betrachteten sie die Skulpturen. Aber sie bewegen sich auf dich zu.«
Er blickte Kleist und Ramos über den Rasenstreifen hin an. Die zwei ihm verdächtigen Wagen waren nun leer, nur in einem saß noch ein Mann, den er vorher für Cambring gehalten hatte. Die übrigen Männer streunten zwischen den Leuten herum, die auf dem Rasen ihr Picknick abhielten. Kickaha sah zwei Typen, die finster, entschlossen und brutal wirkten – das konnten Cambrings Männer sein.
»Wir werden uns nach links absetzen«, sagte er. »Um den Zaun herum und über den Wilshire hinüber. Wenn sie uns folgen, dann muß das zu Fuß geschehen. Zunächst jedenfalls.«
Er warf Anana einen kurzen Blick zu. Sie hatte sich von der Bank erhoben und kam gemächlich auf ihn zugeschlendert.
Kleist sagte: »Schön, schön. Ich habe Vollmacht, auf Ihre Bedingungen einzugehen.«
Er lächelte entwaffnend und trat einen Schritt näher. Ramos schien sich zu verkrampfen.
»Könnten wir nich' wo anders hingeh'n? Es ist ziemlich schwierig, hier mit einem zu reden. Aber gut, wo immer Sie es woll'n.«
Kickaha fühlte sich angeekelt. Er war gerade nahe daran gewesen, sich einverstanden zu erklären und mit Red Orc gemeinsame Sache zu machen. Durch ihn hätte man den Scheller und Wolff und Chryseis entdecken können, und danach mochten dann die Dämme brechen, und der Teufel mochte sich den Lahmsten holen. Doch der Lord betrug sich ganz dem Kodex der Lords entsprechend: Er verließ sich auf seine Macht und sein Geschick, alles und jeden kaufen zu können, wie es ihm beliebte.
Kickaha unternahm einen letzten Versuch. »Stopp! Keinen

einzigen Schritt näher! Fragen Sie Ihren Boß, ob er sich an Anana, seine Nichte, oder an Jadawin, seinen Neffen, erinnern kann? Erinnert er sich, wie sie aussehen? Wenn er sie identifizieren kann, dann weiß er auch, daß ich die Wahrheit sage.«

Kleist sagte nichts, dann nickte er. »Aber sicher doch! Mein Chef ist einverstanden. Geben Sie ihm die Möglichkeit, diese Leute zu sehen.«

Es war sinnlos. Nun wußte Kickaha, wie der Denkprozeß von Red Orc ablief. Es hätte ihm früher klarwerden müssen. Red Orc dachte, daß der Verstand der Scheller sich im Gehirn von Anana und Wolff festgesetzt haben könnte.

Kleist lächelte immer noch und griff langsam in seine Brusttasche, damit Kickaha nicht argwöhnte, er zöge eine Waffe. Er zog einen Kugelschreiber und einen Notizblock hervor und sagte: »Ich schreibe Ihnen hier eine Nummer auf, die Sie anrufen können, und ...«

Keine Sekunde lang hatte Kickaha angenommen, daß der Kugelschreiber nur ein Schreibgerät war. Offensichtlich hatte Orc Kleist einen Strahler anvertraut. Kleist hatte keine Ahnung, aber er war zum Tode verurteilt. Er hatte während des Gesprächs zuviel mitbekommen, und er wußte über eine Waffe Bescheid, die es auf der Erde bislang eigentlich noch gar nicht geben durfte.

Aber es war nicht genug Zeit, Kleist dies klarzumachen, damit er vielleicht den Lord im Stich ließe.

Kickaha sprang genau in dem Augenblick zur Seite, als Kleist den Stift auf ihn richtete. Kickaha war schnell, aber nicht schnell genug, der Strahl streifte seine Schulter und wirbelte ihn zu Boden. Er rollte weiter und sah, wie Kleist die Arme in die Höhe warf, wie der Schreibstift davonflog, wie Kleist taumelnd einen Schritt nach hinten tat und dann rücklings zu Boden fiel. Kickaha sprang auf und hechtete nach dem Stift, obwohl sich die linke Schulter und der linke Arm anfühlten, als hätte ihn ein

Holzbalken getroffen. Ramos jedenfalls unternahm nichts, um den Kugelschreiber zu erwischen. Wahrscheinlich wußte er gar nicht, was das wirklich war.

Frauen kreischten, Männer brüllten, und es gab ein großes Durcheinander.

Als Kickaha aufstand, begriff er, warum. Kleist und drei seiner Männer lagen bewußtlos auf dem Boden. Sechs weitere Männer rannten auf sie zu – dies waren wohl später Angekommene – und schubsten die Menge aus dem Weg.

Der vierte der Männer, die sich an ihn herangeschlichen hatten, zog einen Revolver aus dem Schulterhalfter.

Ramos sah es und brüllte: »Nein! Keine Waffen! Das weißt du doch!« Kickaha zielte mit dem Kugelschreiber, der glücklicherweise durch einen Gleitschieber und nicht durch ein Codewort aktiviert wurde, und der Mann schien zusammenzuklappen und vom Erdboden abzuheben. Er fiel zurück, landete auf seinen Hinterbacken, streckte sich aus und wurde still. Die Arme seitwärts gestreckt, das Gesicht grau. Die Waffe lag mehrere Meter vor seinen Füßen.

Kickaha drehte sich um und sah Anana auf ihn zugerannt kommen. Sie hatte ihren Strahl zur gleichen Zeit wie Kickaha abgeschossen, und so hatte der Revolverheld eine doppelte Dosis erhalten.

Kickaha sprang vor, schnappte sich die Waffe und wirbelte sie über den Zaun in den Teer-Pit. Dann rannten sie beide um den Zaun herum, den Hang hinauf bis zum Gehsteig. Es gab hier keinen Fußgängerüberweg, und der Verkehr war sehr dicht. Aber der Verkehr floß auch sehr langsam, weil einen halben Block weiter unten die Ampel auf Rot stand.

Sie rannten zwischen den Autos hindurch und zwangen die Fahrer, hart auf die Bremsen zu steigen. Hupen blökten, mehrere Fahrer schimpften laut aus den Wagenfenstern.

Auf der anderen Seite angekommen, blickten sie hinter sich.

Der Verkehr floß nun wieder flüssiger, und ihre sieben Verfolger waren, jedenfalls für den Augenblick, machtlos.
»Die Sache ist schiefgelaufen«, sagte Kickaha. »Ich hatte gehofft, mir Kleist schnappen und ihn mitnehmen zu können. Er hätte die Verbindung zu Red Orc sein können.«
Anana lachte, wenn auch ein wenig nervös. »Keiner kann dich beschuldigen, daß es dir an Selbstvertrauen mangelt«, sagte sie. »Und was jetzt?«
»Die Polypen werden ziemlich bald aufkreuzen«, sagte er. »Da. Schau mal! Cambrings Männer ziehen sich alle zurück. Ich wette, die haben den Befehl bekommen, Kleist und die anderen rauszuholen, bevor die Polizei eintrifft.«
Er packte Anana bei der Hand und rannte mit ihr ostwärts auf die Straßenecke zu. Sie fragte: »Was machst du denn?«
»Wir gehen unten an der Ampel wieder rüber, während die alle noch beschäftigt sind, und laufen dann wie der Blitz die Curson Street runter. Dort ist Cambring!«
Sie fragte nichts weiter. Aber dem Feind zu entkommen und sich dann freiwillig zwischen seine Zähne zu werfen, das erschien ihr als selbstmörderisch.
Jetzt standen sie den Männern in etwa hundert Metern Entfernung genau gegenüber. Kickaha blickte zwischen den Bäumen am Straßenrand hindurch und sah, daß die unverletzten Männer Kleist und die anderen stützten. In der Ferne jammerte eine Sirene. Aus der Art, wie Cambrings Männer sich beeilten, wurde deutlich, daß sie nicht daran zweifelten, daß die Polizei ihretwegen herbeieilte.
Cambring stand mit angstvollem Gesicht an seinem Wagen. Er wurde steif, als er den Kugelschreiber im Rücken spürte und Kickahas Stimme hörte.
Cambring drehte sich nicht um, sondern stieg auf den Vordersitz, wie befohlen. Anana und Kickaha stiegen hinten ein und duckten sich. Kickaha hielt den Stift gegen Cambrings Nacken gepreßt.

Einmal wagte Cambring einen kurzen Protest. »Damit kommt ihr nicht durch! Ihr seid wahnsinnig!«
»Ach, halt doch einfach die Klappe!« sagte Kickaha.
Eine halbe Minute später traf Kleist, von zwei Männern halb getragen, am Wagen ein. Kickaha stieß die Hintertür auf und richtete den Kugelschreiber auf sie. »Steckt Kleist auf den Vordersitz!« sagte er.
Die zwei Männer, die Kleist stützten, blieben stehen. Die anderen, die Nachhut, griffen nach ihren Schießeisen. Kickaha rief laut: »Ich lege Kleist und Cambring um! Und euch auch! Damit!«
Er ließ den Kugelschreiber kreisen. Inzwischen war auch den anderen klargeworden, daß es sich um irgendeine Art Waffe handelte, wenn sie auch nicht genau wußten, um was für eine. Sie schienen größere Angst davor zu haben als vor einem Revolver. Wahrscheinlich gerade deshalb, weil sie nicht wußten, worum es sich dabei handelte.
Sie erstarrten. Kickaha sagte: »Ich nehme die zwei da mit! Die Bullen werden jede Minute hier sein! Ihr haut also besser ab! Und paßt recht gut auf euch auf!«
Die zwei, die Kleist trugen, schoben ihn nach vorn auf den rechten Vordersitz. Cambring mußte Kleist zurückstoßen, weil der schwer gegen ihn sackte wie ein Müllsack. Kickaha glitt rasch aus dem Wagen und setzte sich auf den Fahrersitz. Anana hielt unterdessen die anderen mit dem Kugelschreiber in Schach.
Er startete, brachte den Wagen im Rückwärtsgang mit kreischenden Reifen zum Halten, wendete und röhrte vom Parkplatz. Der Wagen schaukelte heftig, als sie über die Schwelle zwischen dem Parkplatz und der Straße fuhren. Kickaha schrie Anana etwas zu, und sie griff über den Sitz, fummelte hinter Kleists Ohr und nahm den Receiver fort. Es war ein Metallscheibchen, so dünn wie eine Briefmarke und ungefähr pfenniggroß. Sie klebte sich den Receiver hinter das Ohr, nahm Kleist

auch die Armbanduhr ab und streifte sie sich selbst über das Handgelenk.

Nun hatte Kickaha also Cambring und Kleist. Aber was konnte er mit ihnen anfangen?

Anana sog plötzlich heftig die Luft ein und gab Cambring einen Stoß. Cambring war Kickaha über die Schulter gesunken. Mit einer reaktionsschnellen Ellbogenbewegung hatte er versucht, Cambring abzufangen, weil er sekundenlang glaubte, daß dieser ihn angreifen wolle. Dann begriff er, daß Cambring ohnmächtig gegen ihn gesackt war.

Mit einem zweiten Blick vergewisserte er sich: Cambring war entweder tot, oder er lag im Sterben. Seine Haut hatte die graublaue Färbung von Leichen.

Anana sagte: »Sie sind alle beide tot.«

Kickaha ließ den Wagen an den Randstein gleiten und hielt. Er machte ihr heftige Handzeichen. Sie starrte ihn einen Augenblick lang begriffsstutzig an, dann verstand sie, was er ihr mitzuteilen versuchte. Rasch entledigte sie sich des Receivers und der Armbanduhr Kleists, als hätte sie plötzlich entdeckt, daß sie die Kleider eines Leprakranken trug.

Kickaha griff nach hinten, zog sie eng an sich und flüsterte ihr ins Ohr: »Ich nehme den Receiver und die Uhr mit einem Taschentuch und stecke sie in den Kofferraum, bis wir sie loswerden können. Ich bin sicher, du würdest jetzt Red Orcs Stimme hören können, wenn du den Receiver noch hinter dem Ohr kleben hättest. Er würde dir wahrscheinlich sagen, daß er soeben Cambring ausgeschaltet hat und daß er dich gleichfalls eliminieren wird, wenn du nicht kapitulierst.«

Er nahm Cambrings Arm hoch und lockerte mit einem Bleistift das Uhrarmband. Darunter zeichnete sich eine kaum merkliche Hautverfärbung ab. Ebenfalls mit dem Bleistift löste er das Scheibchen hinter Cambrings Ohr. Dort zeigte sich ein kleiner runder, malvenfarbener Fleck.

Kleist stöhnte. Seine Augenlider flatterten, dann verdrehten sich die Augen nach oben. Kickaha fuhr wieder los und nahm die Straße nach Norden. Während sie in dem dichten Verkehr dahinkrochen, gelang es Kleist, sich ein wenig aufzurichten. Dazu mußte er wieder Cambring gegen Kickaha kippen. Anana sprach einen heftigen Befehl aus, und Kleist zerrte Cambring vom Sitz und stieß ihn auf den Boden. Da Cambrings Körper soviel Raum einnahm, mußte Kleist mit fast bis zum Kinn hochgezogenen Knien sitzen.

Er stöhnte wieder. Dann sagte er: »Ihr habt ihn umgebracht!«

Kickaha erklärte ihm, was geschehen war. Kleist wollte ihm nicht glauben. Er murmelte: »Für wie blöde haltet ihr mich eigentlich?«

Kickaha griente und sagte: »Also schön, du glaubst nicht daran, daß diese Dinger höchst wirksam sind, obwohl ich es dir gerade erklärt habe. Ich könnte sie dir ja wieder anpappen, dann würdest du merken, daß ich die Wahrheit gesagt habe. Allerdings würdest du das gar nicht mehr zur Kenntnis nehmen, weil du nämlich bereits tot wärest. Und dann hätte dein Boß uns einen Punkt voraus.«

Kickaha fuhr weiter, bis er ein Parkschild sah, das auf einen Platz hinter einem Geschäftsgebäude wies. Er fuhr den Weg hinunter und dann auf den Platz. Es war ein kleiner Parkplatz, auf drei Seiten von dem Komplex des Geschäftshauses begrenzt. Es gab keine Fenster, von denen aus man sie hätte beobachten können, und im Augenblick hielt sich auch kein Mensch auf dem Parkplatz oder auf der Zufahrt auf. Kickaha parkte. Dann stieg er aus und bedeutete Kleist, auch er solle aussteigen. Anana drückte Kleist den Kugelschreiber in die Seite.

Kickaha zerrte Cambrings Leiche aus dem Auto und rollte sie unter einen Lieferwagen. Dann stiegen sie wieder ein und fuhren in Richtung auf ihr Motel fort.

Kickaha war unruhig. Vielleicht hatte er Red Orc bis zu dem

Punkt hochgejagt, wo der den Rolls als gestohlen melden würde. Bislang hatte er ja die Polizei nicht eingeschaltet, aber Kickaha hatte nicht den geringsten Zweifel, daß der Lord die staatlichen Organe einsetzen würde, falls er es für nötig erachtete. Dieser Lord mußte über enormen politischen und finanziellen Einfluß verfügen, selbst wenn er eine unbekannte Größe blieb. Und wenn Kickaha und Anana von der Polizei festgenommen würden, dann würde es dem Lord nicht schwerfallen, die beide durch seine Leute schnappen zu lassen. Er brauchte nichts weiter zu tun, als die Kaution zu stellen, zu warten, bis sie ein paar Blocks von der Polizeistation entfernt waren, und sie dort abzupassen.

Und wenn Kleist irgend etwas wissen sollte, was Kickaha eventuell nützlich sein konnte, um auf die Spur von Red Orc zu gelangen, dann würde der Lord sicherlich dafür sorgen, daß Kleist nicht mehr imstande war, etwas zu verraten.

Allerdings war Kleist in diesem Moment keineswegs zur Mitarbeit bereit. Er antwortete nicht einmal auf Kickahas Fragen. Schließlich sagte er: »Ach spar dir doch den ganzen Wind! Aus mir kriegste sowieso nichts raus!«

Am Motel angekommen, stieg Kleist sehr, sehr langsam aus dem Wagen und blickte sich um, als würde er am liebsten davonrennen wollen oder laut um Hilfe rufen. Doch Kickaha hatte ihn gewarnt: falls er eine falsche Bewegung machen sollte, würde er einen so starken Energiestoß aus dem Kugelschreiber erhalten, daß ihm der Kopf von den Schultern fliegen würde. Also trottete er brav vor Kickaha in das Motelzimmer. Und Kickaha wartete nicht einmal, bis Anana die Tür geschlossen hatte, sondern betäubte seinen Gefangenen sofort mit dem Minimalschlag aus dem Stiftstrahler.

Ehe er sich davon erholen konnte, war Kleist bereits ein Serum injiziert worden, das Kickaha aus Wolffs Palast in der anderen Welt mitgebracht hatte.

Fünftes Kapitel

Während der nächsten Stunde erfuhren die beiden ziemlich viel über die Funktionsweise und die Angehörigen dieser Gang, die Kleist nur als »die Gruppe« bezeichnete. Sein unmittelbarer Vorgesetzter war ein Mann namens Alfredo Roulini, der angeblich in Beverly Hills lebte. Allerdings war Kleist noch nie in sein Haus gebeten worden. Roulini erteilte seine Anordnungen stets telefonisch, oder er traf sich mit Kleist und anderen Untergebenen in Kleists oder Cambrings Haus.

So, wie Kleist ihn beschrieb, konnte Roulini nicht Red Orc sein. Kickaha tigerte auf und ab, runzelte die Brauen, kämmte mit den Fingern sein langes rotes Haar.

»Red Orc muß wissen, jedenfalls muß er es annehmen, daß wir Roulinis Namen und Adresse von Kleist erhalten haben. Also wird er Roulini warnen, und sie werden eine Falle für uns aufstellen. Er war ja vielleicht bisher selbstsicher und arrogant und übermäßig von sich selber überzeugt, aber inzwischen ist ihm klargeworden, daß wir keine Säuglinge sind. Wir haben ihm zuviel Ärger bereitet. Wir werden kaum in Roulinis Nähe kommen können, und selbst wenn es uns gelingen sollte, gehe ich eine Wette ein, daß er ebensowenig über die wirkliche Identität und den Aufenthaltsort von Red Orc weiß wie Kleist.«

»Wahrscheinlich stimmt das«, sagte Anana. »Also können wir nur eins tun, nämlich Red Orc zwingen, ans Licht zu kommen.«

»Ich dachte genau das gleiche«, sagte er. »Aber wie willst du ihn aus dem Bau locken?«

Anana stieß hervor: »Durch den Scheller!«

Kickaha antwortete: »Bisher wissen wir aber noch nicht, wo der

Scheller sich aufhält. Und wenn mir der Gedanke auch zuwider ist – wir werden es vielleicht nie herausfinden.«
»Sag so was nicht«, gab sie zurück. »Wir müssen ihn aufspüren!«
Ihre Hartnäckigkeit, das wußte er genau, rührte nicht von irgendeiner Besorgnis wegen der Erdbewohner her. Sie war nur schreckerfüllt bei der Vorstellung, daß die Scheller eines Tages mächtig genug werden und sich von der Erde in andere Universen einschleusen könnten, in die Taschenwelten, die der Herrschaftsbereich der Lords waren. Sie war nur um sich selbst besorgt – und natürlich auch um ihn. Vielleicht sogar um Luvah, ihren verletzten Bruder, der zurückgeblieben war, um Wolffs Palast zu bewachen. Aber sie würde nie wieder in Ruhe schlafen können, ehe sie nicht hundertprozentig sicher war, daß in den eintausendundacht bekannten Universen keine Scheller mehr lebten.
Auch Red Orc würde keinen ruhigen Schlaf mehr finden können.
Kickaha fesselte Kleists Hände auf dem Rücken, fesselte ihm die Beine und verklebte ihm den Mund. Anana konnte nicht begreifen, warum er den Mann nicht einfach tötete. Kickaha erklärte ihr – wie er dies schon mehrmals getan hatte –, daß er nicht töten würde, außer wenn er es für absolut unvermeidbar erachten sollte. Außerdem hätten sie ja bereits so genügend Schwierigkeiten, als daß sie auch noch eine Leiche auf ihrer Spur zurücklassen dürften.
Er nahm Kleist die Brieftasche ab und verstaute ihn im Schrank. »Da kann er bis morgen liegen, bis die Putzfrau ankommt. Aber ich denke, wir ziehen besser weiter. Gehn wir über die Straße und essen wir etwas. Wir müssen etwas im Magen haben.«
Sie überquerten die Straße an der Kreuzung und wanderten dann einen halben Block bis zu dem Restaurant. Sie fanden eine Nische an einem Fenster, von wo aus sie ihr Motel beobachten konnten.

Während des Essens informierte er sie über seine Pläne. »Ein Lord wird einen Pseudo-Scheller genauso rasch angreifen wie einen echten, weil er nicht sicher wissen kann, was er nun ist. Wir produzieren also unseren eigenen Scheller und wirbeln ein bißchen Reklamestaub auf, damit Red Orc auch sicher davon erfährt.«

»Es besteht aber immer noch die starke Möglichkeit, daß er sich nicht persönlich zeigt«, sagte Anana.

»Und wie soll er wissen, ob der Scheller echt ist oder nicht, wenn er sich nicht selbst davon überzeugt?« fragte er. »Oder sich den Scheller anschleppen läßt?«

»Aber dann könntest du nicht fortkommen!« sagte sie.

»Vielleicht nicht, aber ich bin ja noch gar nicht dort. Wir müssen die Sache nach Gefühl spielen. Ich sehe keine andere Möglichkeit. Du?«

Sie standen auf und bezahlten ihre Coupons an der Kasse. Anana flüsterte ihm zu, er solle durch die große Fensterscheibe zum Motel hinunterschauen. Es fuhr gerade ein Polizeiwagen auf das Gelände des Motels. Kickaha sah, wie zwei Polizisten ausstiegen und sich die Zulassungsnummer des Rolls anschauten. Dann trat einer in das Büro des Managers, während der andere sich im Innenraum des Rolls umschaute. Einen Augenblick später kam der eine Polizist mit dem Motelmanager zurück, und alle drei betraten das Zimmer, das Anana und Kickaha vor kurzem verlassen hatten.

»Sie werden Kleist im Schrank finden«, murmelte Kickaha. »Wir nehmen uns ein Taxi zurück nach Los Angeles und suchen uns anderswo ein Zimmer.«

Sie hatten nur das, was sie am Leib trugen: das Horn Shambarimens in seinem Etui, ihre Strahlerringe und ein paar Energiepatronen, den als Schreibstift kaschierten Strahler, ihre Ohrempfänger und Armbanduhrsender sowie das Geld, das sie Baum, Cambring und Kleist abgenommen hatten. Kleist hatte weitere hundertfünfunddreißig Dollar bei sich gehabt.

Sie traten in die Hitze hinaus, in den Smog, der ihnen in die Augen stach und beißend in die Stirnhöhlen drang. Kickaha nahm an einem Zeitungsstand eine *Los Angeles Times* und wartete dann auf ein Taxi. Bald tauchte auch eines auf, und sie fuhren aus dem Tal fort. Unterwegs überflog er die »Persönlichen Anzeigen«, in denen er auch seine Notiz fand. Keine der anderen Anzeigen klang so, als hätte Wolff sie aufgegeben. Die beiden verließen das Taxi, wanderten zwei Straßen weit und nahmen ein zweites Taxi, das sie zu einer Stelle brachte, die Kickaha willkürlich gewählt hatte.

Sie liefen eine Weile planlos umher. Er ließ sich die Haare schneiden und erstand sich einen Hut. Außerdem schnorrte er dem Angestellten eine Damenhutschachtel ab. In einer Drogerie kaufte er Haarfärbemittel und ein paar andere Dinge, Rasierzeug, Zahnbürsten und Zahnpasta, eine Nagelfeile. Bei einem Trödler erwarb er zwei Koffer, ein Messer, das hervorragend in der Hand lag, und eine Messerscheide.

Zwei Straßen weiter unten mieteten sie sich in einem drittklassigen Hotel ein. Der Mann am Empfang schien einzig daran interessiert zu sein, ob sie vorauszahlen konnten oder nicht. Kickaha trug seinen Hut und die dunkle Sonnenbrille, und er hoffte, daß der Mann ihnen keine allzu große Aufmerksamkeit schenken würde. Wenn man dem Fuselgestank nach billigem Whisky in seinem Atem glauben durfte, dann war seine Aufmerksamkeit im Augenblick etwas reduziert.

Anana blickte sich in dem Zimmer um und sagte: »Wo wir gerade herkommen, das war eine Scheune. Aber im Vergleich *hierzu* war es ein Palast!«

»Ich habe schon Schlimmeres erlebt«, sagte er. »Hoffen wir nur, die Kakerlaken sind nicht so groß, daß sie uns davonschleppen können.«

Sie brauchten eine Weile, um sich die Haare zu färben. Sein bronzener Rotschopf wurde dunkelbraun, ihr Haar, das so

schimmerndschwarz war wie das eines Mädchens aus Polynesien, verwandelte sich in Maisgelb. »Also eine Verschönerung ist es nicht gerade, aber es ist mal etwas anderes«, sagte sie. »So, und jetzt auf zu einem Metallwarenladen.«
Aus dem Telefonbuch suchten sie sich mehrere Geschäfte in ihrem Viertel aus. Sie zogen zu dem nächstgelegenen Laden, der Blechschmiedearbeiten anbot, und Kickaha gab genau an, was er wünschte, und bezahlte im voraus. Während er mit dem Handwerker sprach, hatte er dessen Charakter studiert. Er kam zu dem Schluß, daß der Mann jedes Geschäft machen würde, bei dem die Bezahlung hoch und das Risiko gering waren.
Er entschloß sich, das Horn zu verstecken. So sehr sich alles in ihm sträubte, es nicht griffbereit zu haben, so konnte er doch nicht länger das Risiko eingehen, daß eventuell Red Orc es in die Finger bekam. Hätte er es beispielsweise nicht bei sich gehabt, als er aus dem Motel fortging, dann wäre es jetzt in den Händen der Polizei. Und wenn dann Red Orc davon Wind bekam – und das war nur zu wahrscheinlich –, dann würde er sich seiner nur allzu rasch bemächtigen.
Sie gingen zu einer Greyhound-Busstation, und Kickaha steckte das Horn und das Etui in ein Schließfach.
»Ich habe dem Knilch zwanzig Mäuse extra gegeben, damit er sich dahinterklemmt«, sagte er. »Er hat versprochen, daß es um fünf fertig ist. Inzwischen würde ich vorschlagen, daß wir uns in der Kneipe gegenüber von unserem palastartigen Domizil etwas erholen. Da können wir unser ›Hotel‹ im Auge behalten, falls sich dort irgend etwas Interessantes abspielt.«
Die »Schmeißfliege« war eine schmierige Bierkneipe, aber es gab am Frontfenster einen leeren Tisch in einer Nische. Das Fenster war von einer dunklen Sonnenblende bedeckt, doch zwischen den Lamellen war genug Raum, so daß Kickaha den Eingang ihres Hotels beobachten konnte. Er bestellte eine Cola für

Anana und für sich selbst ein Bier. Er trank fast nichts von seinem Bier, bestellte aber in Abständen von einer Viertelstunde ein neues, um die Bedienung bei Laune zu halten. Während er beobachtete, fragte er Anana über Red Orc aus. Er wußte so unendlich wenig über ihren Feind.

»Er ist mein *krathlrandroon*«, sagte Anana. »Also der Bruder meiner Mutter. Er hat sein Heimatuniversum vor fünfzehntausend Erdenjahren verlassen, um sich selber eines zu bauen. Das war fünftausend Erdenjahre vor meiner Geburt. Aber wir hatten Statuen und Bilder von ihm, und er kam einmal zurück, als ich ungefähr fünfzehn war, also weiß ich, wie er damals ausgesehen hat. Aber ich weiß natürlich nicht, wie er jetzt aussieht. Trotzdem, wenn ich ihn wiederträfe, würde ich ihn wahrscheinlich sofort wiedererkennen. Wir haben eine starke Familienähnlichkeit, weißt du. Eine sehr starke. Wenn du jemals einem Mann begegnest, der das männliche Gegenstück zu mir ist, dann blickst du Red Orc ins Gesicht. Abgesehen vom Haar. Seines ist nicht schwarz, sondern wie dunkle Bronze. Wie deines. Genau wie deines.«

Sie fügte hinzu: »Und wenn ich es mir jetzt so recht überlege ... wieso ist mir das eigentlich früher nie aufgefallen? Du siehst ihm ziemlich ähnlich!«

»Na, nun mach mal 'nen Punkt!« sagte Kickaha. »Das würde ja bedeuten, daß ich wie du aussehe! Also, das bestreite ich!«

»Wir beide könnten Cousins sein, glaube ich«, sagte sie.

Kickaha lachte, aber dabei war sein Gesicht heiß, und er fühlte sich irgendwie beengt.

»Als nächstes wirst du mir dann erklären, daß ich der lange verlorengeglaubte Sohn von Red Orc bin.«

»Es ist mir nicht bekannt, daß er Söhne hat«, sagte sie nachdenklich. »Aber du könntest sein Kind sein. Doch, ja!«

»Ich kenne meine Eltern«, sagte er. »Kleine Bauern aus dem Mittelwesten. Und sie wußten auch, wer ihre Vorfahren waren.

Mein Vater stammte von Iren ab – was sonst, mit einem Namen wie Finnegan, um Himmels willen! –, meine Mutter war norwegisch und zu einem Viertel Catawba-Indianerin.«

»Ich habe ja gar nichts beweisen wollen«, sagte sie. »Ich habe nur auf ein paar unbestreitbare Ähnlichkeiten hingewiesen. Und jetzt, wo ich darüber nachdenke – deine Augen haben genau dieses seltsame helle Blattgrün ... ja, genau das gleiche ... Ich hatte es ganz vergessen ... Red Orc hat deine Augen.«

Kickaha legte die Hand auf die ihre und sagte: »Hör auf!«

Er spähte durch die Jalousie. Sie drehte sich um, schaute und sagte: »Ein Streifenwagen!«

»Ja. Mitten auf der Straße geparkt, genau vor dem Hotel. Und beide Polizisten gehen rein. Vielleicht überprüfen sie ja jemand anderen. Also keine Panik!«

»Wann bin ich je in Panik ausgebrochen?« fragte sie kalt.

»Meine ergebenen Entschuldigungen. Es war nur so eine dumme Redensart.«

Es vergingen fünfzehn Minuten. Dann fuhr hinter dem Streifenwagen ein Zivilfahrzeug vor. Drei Männer in Zivilkleidung saßen drinnen. Zwei von ihnen stiegen aus und betraten das Hotel. Der Wagen fuhr davon. Kickaha sagte: »Die zwei sahen wie Kripobeamte aus.«

Die Bullen in Uniform kamen aus dem Hotel und fuhren weg. Die beiden vermutlichen Detektive blieben weitere dreißig Minuten im Hotel. Dann gingen sie bis zur Straßenecke und blieben dort eine Minute stehen, sich dabei unterhaltend. Danach kehrte einer zurück. Er betrat allerdings nicht wieder das Hotel, sondern überquerte die Straße.

Kickaha bemerkte: »Er ist auf die gleiche Idee wie wir gekommen! Er will das Hotel von hier aus beobachten!« Er stand auf und sagte: »Komm! Wir verschwinden nach hinten raus! Komm neben mir hergeschlendert, aber nicht zu langsam!«

Der Hinterausgang war in Wirklichkeit ein zweiter Eingang, der auf eine Sackgasse führte, die nur zur Straße hin offen war. Die beiden gingen in Richtung auf das Eisenwarengeschäft.

»Entweder hat die Polizei den Tip von Red Orc bekommen«, sagte Kickaha, »oder sie überprüfen uns wegen Kleist. Es spielt keine Rolle. Wir sind auf der Flucht, und Red Orc hat alle Trümpfe in der Hand. Solange er uns herumschubsen kann, werden wir nicht näher an ihn herankommen. Vielleicht!«

Sie hatten noch mehrere Stunden Zeit, ehe der Blechschmied mit seiner Arbeit fertig sein würde. Kickaha führte Anana in ein anderes Lokal, eines, das ein paar Klassen feiner war. Sie setzten sich wieder. Er mahnte: »Du hast kaum angefangen, mir die Geschichte deines Onkels zu er zählen.«

»Da gibt es wirklich nicht allzuviel zu berichten«, sagte sie. »Für eine lange Zeit war Red Orc unter den Lords eine Schreckensfigur. Er hat erfolgreich die Universen von mindestens zehn Lords überfallen und ihre Herren getötet. Dann wurde er schwer verwundet, als er in die Welt meiner Schwester Vala eindrang. Red Orc ist außerordentlich verschlagen, ein trickreicher und mächtiger Mann. Aber meine Schwester Vala vereinigt in sich alle Eigenschaften einer Kobra und einer Tigerin. Sie verletzte ihn schwer, wie ich schon sagte, aber dabei wurde auch sie verwundet. Tatsächlich ist sie dabei fast gestorben. Red Orc allerdings konnte entkommen und kehrte in dieses Universum zurück, das erste, das er erschaffen hat, nachdem er seine Heimatwelt verlassen hatte.«

Kickaha richtete sich steif auf und sagte: *»Was?!«*

Seine Hand schlug aus und kippte sein Bierglas um. Er kümmerte sich nicht darum, sondern starrte nur Anana ins Gesicht.

»*Was* hast du da gesagt?«

»Soll ich den ganzen Quark noch einmal wiederholen?«

»Nein, nein! Nur das letzte ... Du hast gesagt, er ist in dieses Universum zurückgekehrt, in das erste, das *er erschaffen hat!*«

»Ja. Und? Was ist daran so bestürzend?«
Kickaha neigte nicht oft zum Stottern. Doch jetzt bekam er die Worte nicht über die Lippen.
Schließlich stammelte er: »Hör m-mir z-z-zu! Ich akzeptiere die Vorstellung von den Taschenuniversen der Lords, weil ich mein halbes Leben in einem davon verbracht habe und weil ich weiß, daß es andere gibt, denn ein Mann hat es mir gesagt, von dem ich weiß, daß er nicht lügt – und weil ich den Lords anderer Universen begegnet bin, so auch dir! Und ich weiß, daß es wenigstens eintausendundacht dieser relativ kleinen, handgeschneiderten Welten gibt ... Aber ich hatte stets geglaubt ... ich glaube es noch immer ... es ist einfach unmöglich ... Meine Welt ist eine *natürliche* Welt, ebenso wie du behauptest, daß die deine, Gardazrintah, einem natürlich entstandenen Universum angehört.«
»*Das* habe ich niemals gesagt«, bemerkte sie leise. Sie nahm seine Hand und drückte sie sanft.
»Mein Lieber, Kickaha – beunruhigt dich das wirklich so sehr?«
»Anana, du mußt dich irren«, sagte er. »Hast du eine Ahnung, *wie* riesig *dieses* Universum ist? Es ist eigentlich unendlich! Kein Mensch hätte jemals diese unglaublich komplizierte und gigantische Welt *erschaffen* können! Mein Gott, der nächste Stern liegt vier und mehr Lichtjahre entfernt, der am weitesten entfernte liegt Milliarden Lichtjahre weit weg, und dahinter muß es andere Milliarden mal Milliarden Lichtjahre entfernte Sterne geben!
Und denke nur an das Alter dieses Universums! Dieser Planet allein ist schon zweieinhalb Milliarden Jahre alt, so waren jedenfalls die letzten Schätzungen, die ich gehört habe! Das ist eine Menge älter als fünfzehntausend Jahre, also die Zeit, seitdem die Lords sich aus ihrer Heimatwelt aufgemacht haben, um ihre Taschenuniversen zu schaffen! Eine ganze Menge älter ist das!«

Anana lächelte und tätschelte ihm die Hand, als wäre sie seine Großmutter und er ein sehr kleiner Junge.
»Na, na! Liebster, das ist doch kein Grund, sich so aufzuregen. Ich frage mich, warum Wolff es dir nicht gesagt hat. Wahrscheinlich hat er es vergessen, als er sein Gedächtnis verlor. Und als er es wiederfand, hat er sich nicht mehr an alles erinnert. Oder vielleicht hielt er es für dermaßen selbstverständlich, daß er nie auf den Gedanken kam, daß du es nicht wissen könntest. Genau wie ich es ja auch für ganz selbstverständlich angenommen hatte, daß du es weißt.«
»Wie kannst du die unendliche Ausdehnung dieser Welt oder das Alter der Erde leugnen? Wie willst du die Entwicklung des Lebens erklären?« fragte er triumphierend. »Also? Wie erklärst du die Entwicklung? Die unbezweifelbaren Beweise, die wir in den Fossilien haben. Die Kohlenstoff-14-Methode der genauen Datierung, die Kalium-Argon-Datierung? Ich habe über diese neuen Methoden in einer Zeitschrift da im Bus gelesen, und die Beweise sind wissenschaftlich unwiderlegbar!«
Er schwieg, während die Bedienung ihre leeren Gläser wegnahm. Kaum war sie gegangen, machte er wieder den Mund auf, schloß ihn aber sogleich wieder. Der Fernsehapparat über der Bar brachte die Nachrichten, auf dem Bildschirm waren zwei gezeichnete Gesichter zu sehen.
Er sagte zu Anana: »Schau mal da hin!«
Sie drehte sich um und sah die Zeichnungen gerade noch, ehe sie ausgeblendet wurden.
»Aber die sahen ja wie wir aus!« flüsterte sie.
»Jaaa. Phantomzeichnungen der Polizei«, sagte er. »Die Bluthunde haben jetzt wirklich eine Spur aufgenommen! Reg dich nicht auf! Ruhig! Wenn wir jetzt aufstehen, sieht uns vielleicht jemand und erkennt uns. Aber wenn wir ruhig sitzen bleiben und uns nur um uns kümmern, was – wie ich hoffe – auch alle anderen tun, dann ...«

Wäre es ein Farbfernseher gewesen, dann wäre die Ähnlichkeit bei weitem nicht so drastisch gewesen, da sie sich ja die Haare gefärbt hatten.
Doch in Schwarzweiß wirkten die Zeichnungen beinahe fotografisch genau.
Jedoch schaute kein Mensch zu ihnen herüber, und es erschien durchaus als wahrscheinlich, daß niemand außer den Trunkenbolden an der Bar überhaupt auf das Fernsehen geachtet hatte. Und die machten nicht den Eindruck, als würden sie sich gern umdrehen und sie anstarren.
»Was haben sie in dem Ding gesagt?« flüsterte Anana mit einer Kinnbewegung auf den Apparat zu.
»Ich weiß nicht. Es war zu laut, ich konnte es nicht verstehen. Und ich kann natürlich keinen an der Bar fragen.«
Kickaha überdachte seine Pläne noch einmal. Vielleicht sollte er die Vorstellung aufgeben, daß er Red Orc aus seinem Versteck herauskitzeln könnte. Einiges konnte man ja riskieren, aber nun, da die Polizei direkt nach ihnen fahndete, wo sein Gesicht und das Ananas in jedem Haushalt in Kalifornien bekannt war, wollte er lieber nicht das geringste Aufsehen erregen. Außerdem war seine Idee sowieso nur einer jener verrückten, sprunghaften Gedanken gewesen, wie sie durch das Gestrüpp seines Hirns hoppelten. Es war zu phantastisch, zu raffiniert, aber aus eben diesem Grunde hätte sein Plan auch Erfolg haben können. Allerdings war der Zeitpunkt vorbei. Sobald er seinen Plan in Aktion setzte, würde das Red Orcs Männer und die Polizei in Erscheinung rufen, aber Red Orc selbst würde sich nicht zeigen, denn er würde ja wissen, wo Kickaha sich befand.
»Setz dir jetzt die dunkle Brille auf!« sagte er. »Es ist genug Zeit vergangen, und keiner wird Verdacht schöpfen und uns mit den Fahndungsbildern in Verbindung bringen.«
»Du brauchst mir nicht alles haargenau zu erklären«, gab Anana schnippisch zurück. »Ich bin nicht ganz so hirnlos, wie du zu

glauben scheinst!« Er schwieg einen Augenblick lang. In einigen wenigen Minuten waren ihm so viele Ereignisse auf den Schädel gestürzt, als wären es Schmiedehämmer. Es verlangte ihn verzweifelt danach, das Thema über den Ursprung und die Natur seines Universums weiter zu diskutieren, aber sie hatten keine Zeit. Zu überleben, Wolff und Chryseis zu finden, den Scheller aufzuspüren und ihn zu töten, das war jetzt vordringlich. Und in diesem Augenblick war das Überleben die allerwichtigste Aufgabe.

»Wir besorgen uns neues Gepäck«, sagte er. »Und wir holen die Schelle ab, natürlich. Vielleicht kann ich sie später mal verwenden, wer weiß das schon?«

Er bezahlte ihren Verzehr, und sie gingen. Zehn Minuten später hatten sie ihre Glocke. Der Blechschmied hatte brauchbare Arbeit geleistet. Natürlich würde die Schelle der genaueren Untersuchung durch einen Lord nicht standhalten. Doch in einiger Entfernung oder von jemandem gesehen, der mit derlei nicht vertraut war, würde sie als der kostbarste Besitz eines Schellers durchgehen. Die Schelle war glockenförmig, nur war der Glockenmund verschlossen, der Umfang war etwa anderthalbmal so groß wie Kickahas Kopf. Das Ding bestand aus Aluminiumblech und war mit einem rasch trocknenden Lack besprüht worden. Kickaha bezahlte den Handwerker und verstaute die Schelle in der Hutschachtel, die er in dem Geschäft erbettelt hatte.

Sechstes Kapitel

Eine halbe Stunde später wanderten sie durch den MacArthur-Park.

Neben den Weltverbesserern auf ihren Seifenkisten trieben sich eine Menge von Saufbrüdern, Hippietypen und ein paar Motorradrowdys herum. Dazwischen viele, viele Leute, die einfach nur so dasaßen, sich am frischen Gras erfreuten oder die Außenseiter begafften.

Sie umrundeten einen dichten Strauch und blieben abrupt stehen.

Rechts stand eine Betonbank. Auf ihr saßen zwei stoppelbärtige, hohlwangige, blaunasige Wermutbrüder und ein junger Mann. Der Bursche war gut gebaut, trug langes, schmutziges blondes Haar und einen etwa dreitägigen Bart. Seine Kleider waren – sofern möglich – sogar noch verdreckter und zerfetzter als die der Süffelköppe. Neben ihm stand ein Pappkarton von etwa fünfzig Zentimeter Kantenlänge.

Anana wollte etwas sagen, verbiß sich aber die Worte.

Ihre Haut war bleich geworden, die Augen waren weit geöffnet, sie umklammerte ihre Kehle und schrie.

Der Alarm, der ihr ins Gehirn gepflanzt war, dieses Alarmsystem, das sie mit sich trug, seit sie vor zehntausend Jahren erwachsen geworden war – nur dies konnte für einen solchen Ausbruch von Terror verantwortlich sein.

Die Nähe der Schelle eines Schellers löste diesen Alarmmechanismus in ihrem Gehirn aus. Ihre Nerven stöhnten, als wären sie mit einer Warnsirene verbunden. Die uralte Angst vor den Schellern hatte sie gepackt.

Der blonde Mann sprang auf, packte seinen Karton und rannte davon. Kickaha verfolgte ihn. Anana schrie immer noch. Die Wermutbrüder schrien ebenfalls, und viele Leute kamen herbeigerannt.
Unter anderen Umständen hätte er jetzt lachen müssen. Er hatte ursprünglich nämlich beabsichtigt, seine Hutschachtel mit der falschen Schelle genau an einen solchen Ort zu bringen, einen Park, in dem sich Saufbrüder und anderes menschliches Strandgut herumtrieben, und dort dann einen Wirbel zu veranstalten, der in die Zeitungen kommen sollte. Und das hätte Red Orc aus seiner Höhle herausgekitzelt. So hatte Kickaha jedenfalls gehofft.
Und jetzt waren sie, wie es die Ironie des Schicksals wollte, über den richtigen Scheller gestolpert.
Wenn der Scheller intelligent genug gewesen wäre, seine Schelle irgendwo zu verstecken, wäre er in Sicherheit gewesen. Kickaha und Anana wären friedlich an ihm vorbeigezogen und wären nie auf die Idee gekommen, daß er der Scheller sein könnte.
Plötzlich hörte er auf zu laufen. Warum sollte er den Scheller verfolgen, selbst wenn er ihn einholen könnte? Die Jagd würde viel zu großes Aufsehen erregen.
Er nahm den als Schreibstift kaschierten Strahler und stellte den winzigen Gleitregler am Lauf auf einen sehr schmalen, fleischdurchdringenden Strahl ein. Er zielte auf den Rücken des Schellers, aber im gleichen Augenblick, als hätte der Scheller geahnt, was kommen würde, ließ er sich zu Boden fallen. Die Schachtel rollte davon, und auch der Scheller rollte sich ab und verschwand dann hinter einer leichten Böschung. Kickahas Strahl ging über ihn hinweg, traf einen Baum und brannte ein Loch in den Stamm. Aus der Rinde stieg Rauch auf. Kickaha desaktivierte den Strahler. Wenn er länger als ein paar Sekunden aktiviert war, brauchte er einen neuen Energiepack.
Der Kopf des Schellers tauchte auf, seine Hand hob sich, und sie

hielt einen schmalen schwarzen Gegenstand. Er zielte auf Kickaha, der seitlich einen Satz in die Luft machte. Gleichzeitig warf er seine Hutschachtel von sich. Der Karton wurde von einem weißen Blitz getroffen, und die Schachtel und ihr Inhalt brachen in zwei Hälften auseinander und fielen zu Boden. Kurz über der Erde brannte die Schachtel lichterloh.

Kickaha warf sich zu Boden und gab einen Schuß ab. Das Gras über der Böschung wurde braun. In der nächsten Sekunde schoß der Scheller erneut. Kickaha rollte sich weg, sprang auf und rannte im Zickzack davon. Anana kam auf ihn zugelaufen, die Hand mit dem riesigen Ring nach vorn gestreckt. Kickaha wirbelte herum, um ihr zu helfen, und sah, daß der Scheller seine Schachtel ergriffen hatte und bereits wieder davonlief. Von allen Seiten kamen Leute auf sie zu. Darunter auch zwei Polizisten.

Kickaha dachte: Meine Kapriolen und die des Schellers müssen für die Zeugen recht seltsam ausgesehen haben ... Diese beiden Burschen, jeder mit einer Schachtel, die mit Kugelschreibern aufeinander zielen, die sich ducken, ausweichen und Räuber und Gendarm spielen. Und die Frau, die geschrien hatte, als wäre plötzlich Frankensteins Monster vor ihr aufgetaucht, kam nun auch noch ins Spiel ...

Einer der Polizisten rief ihnen etwas zu.

»Die dürfen uns nicht erwischen!« sagte Kickaha. »Sonst stecken wir in der Scheiße! Los, hinter dem Scheller her!«

Sie begannen mit höchster Geschwindigkeit zu laufen. Wieder riefen die Bullen etwas. Kickaha blickte sich um. Beide hatten ihre Pistolen noch nicht gezogen, aber es würde nicht lange dauern, bis sie es taten.

Sie holten gegenüber dem Scheller auf, die Polizisten fielen zurück. Allerdings ging Kickahas Atem schon sehr heftig.

Aber wie immer seine Kondition sein mochte, die des Schellers war schlechter. Er wurde rasch langsamer. Dies bedeutete, daß er sich bald wieder umdrehen würde, also mußte Kickaha flink sein. Noch ein paar Sekunden, und er würde den Scheller in Schußweite haben. Er würde ihm beide Beine abschießen. Und das würde das Ende der wahrscheinlich größten Gefahr für den Menschen sein – wenn man von dem Menschen selbst absah.

Der Scheller raste die Betonstufen in einem Ausbruch wahnwitziger Energie hinauf und war auf der erhöhten Straße. Kickaha bremste und blieb vor den letzten Stufen stehen. Er rechnete damit, daß der Scheller nur darauf wartete, daß sein Kopf auftauchte. Anana erreichte ihn. Zwischen keuchenden Atemzügen stieß sie hervor: »Wo ist er?«

»Wenn ich das wüßte, würde ich nicht hier herumstehen«, sagte er.

Er machte kehrt und rannte geduckt die steile Böschung des Hangs entlang. Als er zehn Meter von der Treppe entfernt war, warf er sich auf den Bauch und kroch zur Krone des Hangs hinauf. Der Scheller würde sich jetzt fragen, was er anstellte. Wenn er intelligent war, mußte er wissen, daß Kickaha nicht blindlings im Sturmschritt über die Treppe kommen würde. Er würde also beide Seiten der Treppe im Auge behalten, um seinen Feind zuerst zu entdecken.

Kickaha blickte nach rechts. Anana hatte begriffen und kam gleichfalls herangeschlichen. Sie drehte ihm den Kopf zu, lächelte und winkte. Er gab ihr durch Zeichen zu verstehen, daß sie beide gleichzeitig über den Rand schauen sollten. Wenn der Scheller auch nur eine Sekunde lang durch das Auftauchen von zwei Personen gelähmt war und sich nicht entscheiden konnte, auf wen er zuerst schießen sollte, dann war er so gut wie tot.

Das heißt, falls die Bullen hinter ihnen sich nicht einmischten. Ihre Rufe wurden lauter, dann bellte eine Pistole, und in Kickahas Nähe flog Erde auf.

Kickaha gab das Zeichen, und sie streckten beide gleichzeitig die

Köpfe über den Rand. Im gleichen Augenblick knallte auf der Straße vor ihnen ein Revolver.

Der Scheller lag mitten auf der Straße auf dem Rücken. Ein Wagen hielt neben ihm, ein großer schwarzer Lincoln, und mehrere Männer waren damit beschäftigt, den Scheller aufzuheben und in das Auto zu laden. Einer von ihnen war Kleist.

Kickaha fluchte. Er hatte den Scheller Orcs Leuten genau in die Arme getrieben. Wahrscheinlich hatten sie die Gegend durchstreift und nach einem Mann mit einem großen Karton gesucht. Oder jemand hatte – oh, welch umwerfende Ironie! – Kickaha mit seiner Hutschachtel gesehen und geglaubt, er sei der Scheller!

Er winkte Anana zu, und sie sprangen beide zugleich auf und rannten auf das Auto zu. Weiteres Geschrei von den Polizisten, aber keine Schüsse mehr. Die Männer neben der Limousine blickten auf, als sie gerade den Scheller in das Wageninnere schieben wollten. Er war vollkommen schlaff. Die Männer sprangen in den Wagen, und das Auto schoß mit kreischenden Reifen und dem Gestank verbrannten Gummis in eine Lücke in der Autoschlange.

Kickaha zielte auf das Heck des Wagens ; er hoffte, einen Reifen zu treffen oder den Benzintank zur Explosion zu bringen. Aber nichts geschah. Der Wagen verschwand heulend um eine Kurve. Sein Strahler war leer.

Sie konnten nichts weiter tun, als wieder davonzulaufen. Und inzwischen würden die Polypen Hilfe angefordert haben. Die Flüchtenden hatten nur einen einzigen Vorteil: den sehr dichten Stoßverkehr. Er würde die Polizeiwagen daran hindern, allzu rasch hier einzutreffen.

Eine halbe Stunde später hockten sie in einem Taxi, und weitere zwanzig Minuten danach hielten sie vor einem Motel. Der Manager betrachtete sie neugierig und zog die Augenbrauen hoch, als er sah, daß sie ohne Gepäck waren. Kickaha erklärte,

sie seien die Vorhut einer kleinen Rockgruppe und ihr Gepäck komme nach. Sie hätten innerhalb einer Viertelstunde aus San Francisco einfliegen müssen.
Sie nahmen den Zimmerschlüssel, gingen über den Hof und in ihr Zimmer. Dort verriegelten sie die Tür, schoben das Schreibpult gegen die Klinke und legten sich auf das Doppelbett, um eine Viertelstunde zu schlafen. Dann duschten sie und zogen ihre verschwitzten Kleider wieder an. Sie richteten sich nach den Angaben des Motelmanagers und wanderten zu einem Einkaufszentrum, wo sie sich ein paar neue Sachen und die nötigen Toilettenartikel erstanden.
»Wenn wir so weitermachen und dauernd Kleider kaufen, um sie am selben Tag wieder loszuwerden«, sagte Kickaha, »dann sind wir bald pleite. Und ich werde doch wieder rauben müssen.«
Als sie wieder in ihrem Zimmer waren, schlug er begierig die »Persönlichen Anzeigen« der letzten Ausgabe der *Los Angeles Times* auf. Er überflog die Spalten, dann rief er plötzlich »Juhu!« und sprang in die Luft. Anana setzte sich auf dem Bett auf und fragte: »Was ist los?«
»Nichts ist los! Das ist die erste gute Sache, die uns passiert, seit wir hier sind! Ich hatte eigentlich nicht damit gerechnet, daß es funktionieren würde! Aber er ist ein ganz raffinierter alter Fuchs, dieser Wolff! Er denkt genau wie ich! Da, lies mal, Anana!«
Er schob ihr die Zeitung hin. Blinzelnd drehte sie sich weg, um besser sehen zu können, dann las sie langsam laut die Worte:
»Hrowakas Kid. Du bist durchgekommen. Stats Wilshire u. San Vicente. 9 h nachm. C. schickt lieben Gruß.«
Kickaha zog das Mädchen vom Bett und tanzte mit ihr durch das Zimmer. »Wir haben es geschafft! Wir haben's geschafft! Sobald wir alle beisammen sind, kann uns nichts mehr aufhalten!«
Anana umarmte und küßte ihn. Dann sagte sie: »Ich bin sehr

glücklich. Vielleicht hast du recht, dies ist der Wendepunkt. Mein Bruder Jadawin! Früher hätte ich versucht, ihn zu töten. Aber das ist vorbei. Ich kann es kaum erwarten.«

»Nun, wir werden nicht sehr lange warten müssen«, sagte er. Er zwang sich zu kühler Überlegung. »Ich sollte besser herausfinden, was los ist.« Er schaltete den Fernseher ein. Der Nachrichtensprecher auf dem einen Kanal brachte nichts über sie, darum schaltete er auf einen anderen Kanal um. Eine Minute später wurde er belohnt.

Er und Anana wurden gesucht, um Aussagen über die Entführung Kleists zu machen. Der Manager des Motels, in dem man Kleist gefesselt gefunden hatte, hatte eine Beschreibung der mutmaßlichen Kidnapper geliefert. Kleist selbst hatte zunächst keine Anzeige erstattet, doch dann wurde Cambrings Leiche entdeckt. Die Polizei hatte einen Zusammenhang zwischen Cambring sowie Kickaha und Anana aufgrund des Zusammenstoßes bei den Teerlöchern im La Brea hergestellt. Es gab noch eine weitere Beschuldigung: den Diebstahl von Cambrings Wagen.

Kickaha fand die Nachrichten keineswegs belustigend, doch er konnte sich ein leises Kichern nicht verkneifen, als er daran dachte, wie frustriert Red Orc sich fühlen mußte. Der Lord hätte sicherlich eine weniger schwerwiegende Anschuldigung gegen sie vorgezogen, etwa nur den gestohlenen Wagen, damit er sie gegen Kaution freibekommen und dann schnappen konnte, wenn sie die Polizeistation verließen. Doch bei einer Beschuldigung wegen eines Kapitalverbrechens wie Entführung würde er sie wahrscheinlich nicht freibekommen können.

Die Anschuldigungen an sich waren ernst genug, aber anscheinend doch nicht schwerwiegend genug, um ihre Personenbeschreibung und Phantombilder in den Fernsehnachrichten zu bringen. Was aber den Fall so interessant machte, war die Tatsache, daß die Fingerabdrücke des in den Fall verwickelten

Mannes sich als die von Paul Janus Finnegan erwiesen hatten, eines ehemaligen Soldaten, der 1946 aus seiner Wohnung in Bloomington verschwunden war, wo er die Universität besucht hatte.

Und vierundzwanzig Jahre später war er in Van Nuys unter sehr seltsamen, ja fragwürdigen Umständen wieder aufgetaucht. Und das aufregendste an der Sache, kommentierte der Sprecher, sei, daß Zeugen Finnegan als etwa fünfundzwanzig Jahre alt beschrieben, während er in Wirklichkeit zweiundfünfzig sei!

Außerdem hatte man ihn nach der Erstsendung der Phantombilder als einen der Männer identifiziert, die in einem mysteriösen Verfolgungsrennen im MacArthur-Park eine Rolle gespielt hatten.

Der Sprecher endete mit einem Kommentar, den er wohl für komisch hielt. Möglicherweise sei ja dieser Finnegan vom Quell ewiger Jugend zurückgekehrt. Oder vielleicht hätten die entsprechenden Zeugen etwas zuviel aus einer ein wenig anderen Quelle getankt.

»Durch dieses ganze öffentliche Aufsehen«, sagte Kickaha, »stecken wir jetzt in der Klemme. Ich hoffe, unser Motelmanager hat die Sendung nicht gesehen.«

Es war halb neun. Um neun sollten sie Wolff beim Stats Restaurant Ecke Wilshire und San Vicente treffen. Wenn sie ein Taxi nähmen, könnten sie dort sein und hätten noch eine Menge Zeit übrig. Er schlug vor, daß sie zu Fuß gehen sollten, denn er traute den Taxis nicht. Und obwohl sie eines benutzen würden, wenn es unbedingt sein mußte, sah Kickaha einfach keinen Grund dafür, eines zu nehmen, nur um einen Fußweg zu vermeiden. Besonders da sie das Training nötig hatten.

Anana jammerte, sie sei hungrig und wolle so rasch wie möglich in ein Restaurant und essen. Er erklärte ihr grienend, daß Leiden gut für die Seele sei. Sein eigener Bauch krampfte sich ebenfalls vor Hunger zusammen, und seine Rippen waren spürbarer als

noch vor ein paar Tagen. Doch er wollte sich nicht in etwas hineintreiben lassen, wenn er es verhindern konnte.
Unterwegs fragte Kickaha sie weiter über Red Orc und die angebliche Erschaffung der Erde aus.
»Im Anfang war das Universum der Lords, und es ist das einzige, von dem wir wissen. Dann, nach zehntausend Jahren der Zivilisation, stellten meine Ahnen die Theorie der künstlichen Universen auf. Und sobald die mathematischen Grundlagen des Konzepts erarbeitet waren, war es nur noch eine Frage der Zeit und des Willens, bis das erste Taschenuniversum entstand. Danach enthielt dann ein und derselbe ›Raum‹ zwei Welten von Raummaterie, doch sie mußten für die Bewohner der anderen Welt unzugänglich bleiben, weil jedes Universum ›im rechten Winkel zum anderen‹ stand. Es ist dir doch klar, daß der Ausdruck ›im rechten Winkel‹ gar nichts bedeutet? Es ist nur ein Versuch, jemandem eine Sache zu erklären, die man eigentlich nur dem verständlich machen kann, der die mathematische Basis des Konzepts begreift. Ich selber habe zwar ein Universum entworfen und geschaffen, aber ich habe die Mathematik nie begriffen, ja nicht einmal, wie die Weltbaumaschinen funktionieren.
Das erste Kunstuniversum wurde zweihundert Jahre vor meiner Geburt gebaut. Es wurde von einer Gruppe von Lords errichtet – übrigens nannten sie sich damals noch nicht Lords –, und mein Vater Urizen und sein Bruder Orc gehörten zu ihnen. Orc hatte bereits einen Zeitraum durchlebt, der zweitausend Erdenjahren entspricht. Er war Physiker, dann Biologe und schließlich auch noch Soziologe.
Der erste Schritt bestand darin, daß man sozusagen einen Ballon im Nicht-Raum aufblies. Kannst du dir das vorstellen? Ich auch nicht, aber so hat man es mir erklärt. Du bläst also einen Ballon im Nicht-Raum auf. Das heißt, du schaffst einen kleinen Raum oder ein kleines Universum, in das du deine

Maschinen einschleusen kannst. Diese dehnen den Raum so weit aus, daß er fast oder ganz dem Raum-Zeit-Kontinuum des originalen Universums entspricht. Die neue Welt wird weiter ausgedehnt, so daß du noch größere Maschinen hineinschleusen kannst. Die wieder dehnen das Universum noch weiter aus, und du schleust noch mehr Maschinen in den ausgedehnten Raum.

Von den ersten Schöpfungsanfängen dieser neuen Welt an hast du etwas gebaut, das vielleicht ganz anderen physikalischen ›Gesetzen‹ unterworfen ist als das ursprüngliche Universum. Es hängt davon ab, daß man die Raum-Zeit-Materie so gestaltet, daß irgend etwas – sagen wir die Schwerkraft – anders wirkt als in der ursprünglichen Welt.

Allerdings war das erste neue Universum ziemlich primitiv, wenn man so will. Es umfaßte keinerlei neue Prinzipien. Es war eigentlich nur eine genaue Kopie des ursprünglichen Universums. Also, nicht ganz genau in dem Sinn eine Kopie der Welt, wie sie damals war, sondern wie sie in unserer Ur-Vergangenheit gewesen war.«

»Und die Kopie war dies hier – meine Welt?« fragte Kickaha. »Die Erde?«

Sie nickte. »Es – dieses Universum – war das erste künstliche. Und es entstand ungefähr vor fünfzehntausend Erdenjahren. Das Sonnensystem unterschied sich nur in Winzigkeiten von dem Sonnensystem der Lords. Und deine Erde unterschied sich nur ganz wenig von dem Heimatplaneten der Lords.«

»Du willst sagen . . .?«

Er schwieg, und sie gingen fast einen halben Häuserblock weit stumm, dann sprach er: »Also das erklärt, was du gemeint hast, als du sagtest, daß diese Welt ziemlich jungen Datums ist. Ich wußte, daß das nicht stimmen konnte, weil die Datierungen durch Kali-Argon und Xenon-Argon unwiderlegbar beweisen, daß diese Erde über zweieinhalb Milliarden Jahre alt ist – und

man hat Fossilien von Hominiden gefunden, die mindestens eine Million und siebenhundertfünfzigtausend Jahre alt sind. Und dann haben wir die Datierungsmethode mit Kohlenstoff-14, die bis auf fünfzigtausend Jahre in die Vergangenheit genau sein soll, wenn ich mich richtig an den Artikel erinnere.
Aber du sagst, daß die Felsmassen deiner Welt, die viereinhalb Milliarden Jahre alt waren, in diesem Universum nachgebaut wurden. Also wirken sie so, als wären sie tatsächlich viereinhalb Milliarden Jahre alt, obwohl sie erst vor fünfzehntausend Jahren entstanden sind.
Und wir finden Fossilien, die zweifelsfrei beweisen, daß es vor sechzig Millionen Jahren Dinosaurier gab, und wir entdecken Steinwerkzeuge und die Skelettreste von Menschen, die vor einer Million Jahren lebten. Aber es sind nur Duplikate aus eurer Welt.«
»Das stimmt haargenau«, sagte sie.
»Aber die Sterne!« rief er aus. »Die Milchstraßen, die Supernovae, die Quasare, die Millionen, die Milliarden von ihnen, die Milliarden Lichtjahre von uns entfernt sind! Die Millionen Sternsysteme allein in unserer Milchstraße, die einen Durchmesser von nur hunderttausend Lichtjahren hat! Die Rotabweichung des Lichts von Galaxien, die sich von uns mit einem Viertel der Lichtgeschwindigkeit entfernen und die Milliarden Lichtjahre weit weg sind! Die Pulsare, die – ach, mein Gott, das alles!?« Er warf die Hände in die Luft, um die Endlosigkeit und Ewigkeit des Universums anzudeuten.
»Dieses Universum ist das erste und das größte von allen Kunstuniversen«, sagte sie. »Also, nicht das größte, weil das zweite ebenso groß war. Sein Durchmesser beträgt die dreifache Entfernung zwischen eurer Sonne und dem Planeten Pluto. Wenn die Menschen jemals ein Raumschiff bauen, um zum nächstgelegenen Stern zu reisen, werden sie an der Umlaufbahn Plutos vorbeifliegen und dann eine Entfernung durchmessen

müssen, die doppelt soweit ist wie die zwischen Pluto und der Sonne. Und dann ...«

»Dann?«

»Dann gerät das Raumschiff in das Gebiet, in dem es zerstört wird. Es läuft gegen ein – wie soll ich es nennen? Ein Kraftfeld, das ist der einzige Ausdruck, der mir einfällt. Und das Schiff würde in einer Energieexplosion verschwinden. Ebenso jedes andere Schiff oder die Schiffe, die nach ihm kämen. Die Sterne sind nicht für die Menschen gedacht. Besonders, weil es keine Sterne gibt.«

Kickaha wollte heftig protestieren. Er spürte Empörung. Doch er zwang sich, ruhig zu fragen: »Wie willst du das erklären?«

»Die Raummaterie außerhalb der Umlaufbahn des Pluto ist ein Trugbild. Ein winziges Scheinbild. Das heißt, relativ klein.«

»Die Lichteffekte von den Sternen, die Sternennebel und so weiter? Die Rotverschiebung? Die Lichtgeschwindigkeit? All das ist Trug?«

»Es gibt einen Zerrfaktor, der für alle notwendigen Illusionen sorgt.« Also war alle über Pluto hinausreichende Astronomie, waren alle Hypothesen über die Entstehung des Kosmos, über die Beschaffenheit des Kosmos, war all dies falsch.

»Aber warum haben die Lords es für nötig gehalten, dieses Trugbild eines unendlichen, sich ständig weiter ausdehnenden Universums mit Abermilliarden von Himmelskörpern aufzubauen? Warum haben sie den Himmel nicht einfach bis auf die Planeten und den Mond leer gelassen? Wozu diese äußerst grausame Täuschung? Oder sollte ich lieber nicht fragen? Ich hatte vergessen, daß die Lords *eben grausam* sind!«

Sie klopfte ihm auf die Hand, blickte in seine Augen hinauf und sagte dann: »Die Lords sind nicht allein grausam. Du hast vergessen, daß ich dir gesagt habe, daß dieses Universum eine genaue Kopie unseres eigenes Universums ist. Und ich meinte, eine *genaue!* Vom Zentrum aus, also von der Sonne, bis zu den äußersten Begrenzungen dieses Universums ist eure Welt ein Abklatsch der unseren. Und das umfaßt auch das Trugbild eines extrasolaren Weltraums.«

Er blieb stehen und fragte: »Du meinst damit ...? Du meinst, daß die Ursprungswelt der Lords ebenfalls nur eine künstliche Welt war?«

»Ja. Nachdem drei Raumschiffe über unseren entferntesten Planeten hinaus zum nächstgelegenen Stern geschickt worden waren – er lag nur vier Komma drei Lichtjahre entfernt, wie wir dachten –, schickten wir ein viertes Schiff aus. Aber dieses Schiff verlangsamte seinen Flug, als es sich dem Gebiet näherte, in dem die früheren in einer Lichtexplosion verschwunden waren. Es wurde nicht zerstört, aber es konnte nicht weiter vorstoßen als die ersten drei. Ein Kraftfeld stieß es ab. Oder es wurde an diesem Punkt von dem Raummaterie-Kontinuum zurückgeworfen.

Nach einigen Überlegungen kamen wir zögernd zu dem Schluß, daß es im Äußeren Weltraum keine Sterne gibt. Jedenfalls nicht so, wie wir uns das vorgestellt hatten.

Diese Erkenntnis vermochten nicht viele zu verdauen. Ja, diese Entdeckung hatte derartige Auswirkungen, daß unsere Zivilisation für eine recht lange Zeit in einem Zustand einer halben Verrücktheit war.

Einige Historiker behaupteten, daß es diese Erkenntnis gewesen sei, daß wir in einer künstlichen, vergleichsweise begrenzten Welt lebten, die uns angeregt – angestachelt – hat, Mittel und Wege zu suchen, um uns unsere eigenen synthetischen Welten zu schaffen. Denn wenn wir selbst das Produkt von Wesen waren, die unser Universum geschaffen hatten, also auch uns selber, dann mußten ja auch wir uns unsere Welten schaffen können. Und so ...«

»Aber dann ist das irdische Universum ja nicht einmal aus zweiter Hand!« sagte Kickaha. »Aber wer könnte eure Welt geschaffen haben? Wer sind die Lords von euch Lords?«

»Wir wissen es bisher noch nicht«, sagte sie. »Wir haben noch keine Spur von ihnen oder ihrer Heimatwelt gefunden, auch von keiner anderen Kunstwelt, die sie vielleicht geschaffen haben könnten. Sie leben auf einer Polaritätsebene, die unsere Möglichkeiten übersteigt und die, soweit ich weiß, immer außerhalb unserer Reichweite liegen wird.«

Kickaha dachte: Eine solche Entdeckung hätte doch die Lords eigentlich zu Demut und Bescheidenheit veranlassen müssen. Vielleicht war dies ja im Anfang auch so gewesen. Aber sie hatten sich wohl rasch wieder gefangen und sich daran gemacht, sich ihre eigene Kosmotektur zu bauen und ihr eigenes solipsistisches Leben zu leben.

Und dann hatten sie bei ihrer Suche nach der Unsterblichkeit die Scheller geschaffen, jene Frankenstein-Ungeheuer, hatten dann nach langen Kämpfen die Scheller besiegt und für immer beseitigt – so hatten sie jedenfalls geglaubt. Aber jetzt war ein Scheller ausgebrochen und ... Nein, er war nicht frei! Er war in Red Orcs Händen, und der würde sicher dafür sorgen, daß der Scheller starb und daß seine Schelle irgendwo ganz tief vergraben wurde, vielleicht auf dem Grunde des Pazifik.

»Also, ich schlucke, was du mir da erzählst«, sagte er. »Allerdings nur unter Würgen. Und was ist mit den Menschen auf der Erde? Wo kommen die her?«

»Eure Ahnen vor fünfzehntausend Jahren wurden in den Biolaboratorien der Lords entworfen. Eine Ausfertigung wurde für deine Erde hergestellt, eine zweite, ein genaues Gegenstück, für die zweite Erde. Red Orc baute zwei identische Universen, und er setzte auf die Oberfläche jeder dieser Erden genau die gleichen Menschen. Bis in jede Einzelheit identische Wesen.

Orc plazierte die Kinder an verschiedenen geographischen Stellen, die Kaukasoiden, die Negroiden und Negritos, die Mongolen, die Amerinder und die Australoiden. Die Kinder wurden von den Lords als Steinzeitmenschen aufgezogen. Jeder

Gruppe wurde eine eigene Sprache gelehrt, übrigens waren das künstliche Sprachen. Man brachte ihnen auch bei, wie man Werkzeuge aus Stein und Holz anfertigt, wie man jagt, welche Verhaltensregeln für das soziale Überleben sie annehmen mußten und so weiter. Und dann verschwanden die Lords. Die meisten kehrten in ihr Heimatuniversum zurück, wo sie dann weitere Pläne für eigene Welten schmiedeten. Einige blieben auf den beiden Erden, um unerkannt die Entwicklung zu verfolgen. Im Lauf der Zeit wurden sie alle von Red Orc entweder umgebracht oder aus den beiden Universen vertrieben. Aber das war schon tausend Jahre später.«

»Einen Moment«, sagte Kickaha. »Darüber habe ich nicht nachgedacht. Ich habe das alles immer für selbstverständlich gehalten. Aber ich dachte immer, alle Lords seien Kaukasier.«

»Das liegt nur daran, daß du eben zufällig nur kaukasoiden Lords begegnet bist«, sagte sie. »Wie viele kennst du denn übrigens überhaupt?«

Er grinste und sagte: »Sechs.«

»Ich schätze, es sind noch etwa tausend am Leben, und von denen ist ein Drittel negroid und ein Drittel mongolisch, um bei eurer terrestrischen Etikettierung zu bleiben. In unserer Welt ist das Gegenstück zu euren Australoiden ausgestorben, und unsere Polynesier und Amerinder wurden von den Mongolen und Kaukasoiden absorbiert.«

»Und das andere Erd-Universum?« fragte er. »Haben sich dort die Völker ähnlich wie wir entwickelt? Oder gibt es da beträchtliche Abweichungen?«

»Das kann ich dir wirklich nicht sagen. Das weiß nur Red Orc«, sagte sie. Er hatte so viele Fragen, etwa, warum es eine Anzahl von Dimensionstoren auf der Erde gab, die nicht unter Red Orcs Kontrolle standen. Ihm fiel ein, daß sie vielleicht Tore aus den alten Tagen waren, als viele Lords sich auf der Erde aufhielten.

Aber er hatte keine Zeit, noch weitere Fragen zu stellen. Sie überquerten jetzt den San Vicente am Wilshire, und Stats Restaurant lag nur noch ein paar Dutzend Meter weit weg. Es war ein niedriges Gebäude aus Naturstein und Ziegeln mit einem großen Glasfenster in der Front. Kickahas Herz hämmerte heftig. Die Aussicht, Wolff und Chryseis wiederzusehen, machte ihn glücklicher, als er es seit langem gewesen war. Dennoch verließ ihn seine Vorsicht nicht.

»Wir gehen erst mal direkt daran vorbei«, sagte er. »Wir werden uns das erst einmal genau anschauen.«

Sie befanden sich genau dem Restaurant gegenüber. Drinnen saßen etwa ein Dutzend Menschen beim Essen, dazu gab es zwei Kellnerinnen und eine Frau an der Kasse. In einer Nische hockten zwei Polypen in Uniform; ihr schwarzweißer Wagen stand auf dem Parkplatz westlich von dem Haus. Weder Wolff noch Chryseis waren da.

Allerdings war es noch nicht ganz neun Uhr, und vielleicht würde Wolff sich vorsichtig nähern wollen.

Sie waren vor dem Schaufenster eines Kleiderladens stehengeblieben. Von hier aus konnten sie jeden sehen, der das Lokal betrat oder es verließ. Zwei Gäste standen auf und kamen heraus. Die Polizisten machten keine Anstalten zu gehen. Ein Wagen fuhr auf die kleine Plaza, bog auf einen freien Parkplatz ein, die Lichter gingen aus. Ein Mann und eine Frau – beide weißhaarig – stiegen aus und betraten das Restaurant. Der Mann war zu kurz geraten und zu hager, als daß er Wolff hätte sein können, und die Frau war zu groß und massiv für Chryseis. Es verging eine halbe Stunde. Weitere Gäste kamen an, andere gingen fort. Keiner von ihnen ähnelte Kickahas Freunden. Um Viertel vor zehn verschwanden die Polizisten.

Anana fragte: »Könnten wir nicht jetzt hineingehen? Ich bin dermaßen verhungert, daß mein Magen sich schon selber auffrißt.«

»Die Geschichte riecht mir nicht koscher«, sagte er. »Es sieht zwar nichts irgendwie falsch aus, nur Wolff ist eben nicht da. Wir werden noch eine Weile warten, vielleicht taucht er ja noch auf. Aber wir gehen nicht in diesen Schuppen rein. Das alles kommt mir zu sehr wie eine Falle vor.«

»Ich sehe da ganz unten noch ein Restaurant«, sagte sie. »Könnte ich nicht da schnell hinlaufen und was zu essen besorgen?«

Sie ochsten ihre Aussprache von »zwei Cheeseburgers mit allem, außer Zwiebeln« und »zwei Schoko-Milchshakes, sehr dick« durch. So als Überbrückung. Er erklärte ihr, was sie an Wechselgeld zurückbekommen mußte, und bat sie dann, sich zu beeilen. Eine Sekunde lang kam ihm der Gedanke, ob es nicht besser wäre, ihr zu sagen, sie solle es lassen. Wenn etwas Unvorhergesehenes passieren sollte und er sich ohne sie aus dem Staub machen mußte, dann würde sie ziemlich tief in Schwierigkeiten stecken. Sie kannte sich noch immer nicht so recht in dieser Welt aus.

Andererseits knurrte auch ihm der Magen.

Widerwillig sagte er: »Also gut. Aber beeile dich. Und wenn irgendwas passiert und wir getrennt werden, dann treffen wir uns am Motel.«

Er schaute abwechselnd zu dem Restaurant zu seiner Linken und hinter ihr her die Straße hinunter.

Ungefähr fünf Minuten später kam sie mit einer großen weißen Papiertüte zurück. Sie überquerte zweimal die Straße, um zu dem Häuserkarree zu gelangen, und kam dann auf ihn zu.

Sie hatte gerade ein paar Schritte von der Straßenecke weg getan, als ein Wagen, der sie überholt hatte, anhielt. Zwei Männer stürzten heraus und rannten auf sie zu. Kickaha begann auf sie zuzulaufen. Anana ließ die Tüte fallen, dann sank sie zu Boden. Es hatte keine Detonation einer Waffe gegeben, keine Flammenspur, nichts, was darauf hingewiesen hätte, daß eine Waffe verwendet worden wäre. Die zwei Männer liefen zu ihr hin. Der

eine hob sie auf, der andere drehte sich um und wartete auf Kickaha.
Gleichzeitig stieg noch ein Mann aus dem Auto und rannte auf Kickaha zu. Mehrere andere Fahrzeuge fuhren hinter dem haltenden Wagen auf und hupten, dann bogen sie aus und fuhren weiter. Ihre Lichter ließen einen vierten Mann am Lenkrad erkennen.
Kickaha sprang zur Seite und auf die Straße. Ein Auto hupte wütend und scherte aus, um ihn nicht zu überfahren. Die zornige Stimme des Fahrers drang aus dem Fenster: »Du wahnsinniger Vollidiot ...«
Inzwischen hatte Kickaha seinen Strahlerstift aus der Tasche gezogen. Ein paar rasche Worte regulierten die Waffe auf Durchschlagswirkung. Er hatte zunächst nur im Sinn, nicht von den Strahlern der Männer getroffen zu werden, und als nächstes mußte er den Wagen lahmlegen.
Er ließ sich auf die Straße fallen und rollte sich weg. Aus dem Augenwinkel nahm er einen nadeldünnen, glühendheißen Strahl wahr. Aus seinem eigenen Strahler schoß die Energie und strich über die Reifen des Wagens auf der der Straße zugewandten Seite. Die Pneus explodierten mit einem lauten Knall, und der Wagen sackte zur Seite, als die unteren Hälften der Felgen abfielen.
Der Fahrer sprang heraus und lief hinter den Wagen.
Kickaha schoß hoch und rannte über die Straße zu einem Auto, das an der Ecke geparkt stand. Er warf sich vor, prallte hart auf dem Asphalt auf und rollte weiter. Als er hinter das Auto gekrochen war und von dort hervorspähte, sah er, daß ein zweites Auto in einiger Entfernung hinter dem ersten anhielt. Anana wurde von den Männern aus dem ersten Auto hineingetragen.
Er sprang auf und brüllte, aber mehrere andere Autos zischten vorbei, so daß er nicht schießen konnte. Bis sie vorbei waren,

hatte der zweite Wagen eine Kehrtwendung gemacht. Weitere Wagen auf der Gegenspur fuhren zwischen Kickaha und dem Auto, in dem Anana war, vorüber. Jetzt hatte er keine Chance mehr, den Strahler auf die Hinterreifen des davonfahrenden Wagens zu richten. Und gerade in diesem Augenblick, wie wenn sich alles gegen ihn verschworen hätte, kam auf seiner Straßenseite ein Streifenwagen heran und hielt. Kickaha war sich darüber klar, daß er sich keinem Verhör aussetzen durfte. In Windeseile rannte er davon.

Hinter ihm begann eine Sirene zu heulen, und ein Mann schrie ihm etwas zu, dann schoß er in die Luft.

Kickaha rannte noch schneller, auf den San Vicente hinaus, wobei er den Verkehr fast zum Erliegen brachte, als er zwischen den kreischend bremsenden Wagen hindurchwedelte. Er sprang über die Mittelbarriere, und als er die andere Straßenseite erreicht hatte, riskierte er einen Blick über die Schulter: Einer der Polizisten balancierte auf der Planke, konnte aber wegen der vorbeiströmenden Wagen nicht weiter.

Der Streifenwagen wendete und schien herüberkommen zu wollen. Kickaha lief weiter, bog um die Ecke, rannte zwischen zwei Häusern durch und kam hinter ihnen wieder auf den San Vicente. Der wartende Polizist stieg ein. Kickaha kauerte im Schatten, bis der Streifenwagen, immer noch mit heulender Sirene, wieder wegfuhr. Er bog um die gleiche Ecke, die auch er genommen hatte.

Er kehrte zum Stats Restaurant zurück und schaute durchs Fenster. Keine Spur von Wolff oder Chryseis. Ein zweiter Polizeiwagen kam mit Blinklicht, aber ohne Sirene heran.

Kickaha überquerte den Parkplatz, und dann verschwand er hinter einem Haus. Er brauchte eine ganze Stunde, doch dann hatte er die Streifenwagen abgeschüttelt, indem er zwischen Häusern hindurchschlich, Straßen überquerte, sich ab und zu versteckte. Er trat kurz an einen Auto-Imbißstand, kaufte etwas zu essen und machte sich zu seinem Motel auf.

Davor parkte ein Polizeiwagen. Wieder einmal ließ er sein Gepäck zurück und verschwand in der Nacht.
Etwas allerdings mußte er sofort tun. Er wußte, daß Red Orc Anana eine Droge geben würde, die sie zwang, jede seiner Fragen zu beantworten. Und dann hätte es möglich sein können, daß Red Orc herausfand, daß das Horn Shambarimens mit in diese Welt geschleust worden war und daß es sich jetzt in einem Schließfach im Zentralbusbahnhof befand. Dann würde Red Orc natürlich Leute dorthin schicken, und er würde nicht zögern, die ganze Station in die Luft zu sprengen. Orc wäre das gleichgültig, wenn er nur dieses Horn in die Hände bekommen würde.
Kickaha erwischte ein Taxi und ließ sich zur Busstation fahren. Dort holte er die Sachen aus dem Schließfach und ging zu Fuß mehrere Straßen weit, ehe er wieder ein Taxi zum Zentralbahnhof nahm. Dort verstaute er das Horn wieder in einem Schließfach. Er wollte den Schlüssel nicht mit sich herumtragen. Er kaufte sich ein Paket Kaugummi und kaute dann sämtliche Streifen, bis er einen großen Gummiball hatte. Während er kaute, wanderte er vor dem Bahnhof herum. Dabei untersuchte er einen Baum am Rande einer Parkfläche und entschied, dies sei ein ideales Versteck. Er knetete den Schlüssel in den Gummiball und steckte das Ganze in ein kleines Loch im Baum, knapp über Augenhöhe.
Wieder nahm er sich ein Taxi und fuhr in das Viertel zwischen dem Sunset und Fairfax.

Siebentes Kapitel

Er wachte gegen acht Uhr auf einer alten Matratze auf dem blanken Fußboden in einem großen, nach Schimmel riechenden Raum auf. Neben ihm schlief Rod (die Kurzform von Rodriga). Rodriga Elseed, wie sie ihren Namen angab, war ein großes, dünnes Mädchen mit bemerkenswert üppigen Brüsten, einem hübschen, aber von Sommersprossen übersäten Gesicht, weiten dunkelblauen Augen und gelbbraunem Haar, das ihr bis auf die Hüften fiel. Sie hatte ein rot-blau kariertes Holzfällerhemd, verschmutzte Seemannshosen und zerschlissene Mokassins an. Die Zähne waren ebenmäßig und weiß, aber ihr Atem roch nach zu wenig Nahrung und zu viel Marihuana.

Während Kickaha durch die samstagnächtliche Menge den Sunset Boulevard entlanggeschlendert war, hatte er sie und ein anderes Mädchen sowie einen Jungen auf dem Gehsteig hocken und schwatzen sehen.

Das Mädchen sah Kickaha und lächelte ihm zu. Sie sagte: »Hallo, Freund. Du siehst aus, als wärest du lange gelaufen.«

»Das hoffe ich nicht«, sagte er und lächelte zurück. »Das könnte nämlich den Bullen auch auffallen.«

Es war ganz leicht gewesen, mit den dreien Bekanntschaft zu schließen, und als Kickaha erklärte, er würde ihnen etwas zu essen kaufen, merkte er, daß ihr Interesse sich deutlich vertiefte. Nachdem sie gegessen hatten, wanderten sie über den Sunset und fanden alles »groovy« oder »bescheuert« oder »super«. Er lernte in dieser Nacht eine Menge über ihre Subkultur. Und als er erwähnte, daß er kein Dach überm Kopf habe, luden sie ihn anstandslos ein, in ihrer »Höhle« zu übernachten. Diese erwies sich als ein großes, vergammeltes altes Spukhaus, in dem ungefähr fünfzig Leute (zehn mehr oder zehn weniger, je nachdem) hausten und für Miete und sonstige Kosten zusammenwarfen, wenn sie das Geld hatten. Wenn sie keines hatten, waren sie trotzdem willkommen, bis sie wieder Mäuse hatten.

Rodriga Elseed (er war sicher, daß dies nicht ihr richtiger Name war) war vor kurzem aus Dayton/Ohio hereingetrudelt. Sie hatte sich dort von ihren verkrampften repressiven Eltern abgesetzt. Sie war siebzehn und hatte keine Ahnung, was sie anfangen sollte. Momentan wollte sie nur einfach sie selbst sein, erklärte sie.

Kickaha spendete noch ein paar Scheine für Marihuana, und Jackie, das zweite Mädchen, verschwand für eine Weile. Nachdem sie zurückgekommen war, machten sie sich zu dem großen Haus auf, das sie als »Grafschaft« bezeichneten. Dort verzogen sie sich in dieses Zimmer. Kickaha rauchte mit ihnen, weil er spürte, sie würden ihn viel leichter als Kumpel annehmen, wenn er mitmachte. Der Rauch hatte weiter keine Wirkung auf ihn, er brachte ihn nur zum Husten.

Nach einer Weile begannen Jackie und Dar, der Junge, sich zu lieben. Rodriga und Kickaha gingen spazieren. Sie sagte, daß sie ihn gern leiden möge, daß sie aber glaubte, mit ihm nach so kurzer Bekanntschaft nicht ins Bett gehen zu können. Kickaha sagte, daß er das verstehe. Er war nicht im mindesten verstimmt. Er wollte nur schlafen. Eine Stunde später kehrten sie in das Zimmer zurück. Es war leer, und sie ließen sich schlaftrunken auf die schmierige Matratze fallen.

Aber diese Nacht voll Schlaf hatte Kickahas Angst nicht verscheuchen können. Er fühlte sich niedergeschlagen, weil Anana in Red Orcs Hand war, und er argwöhnte, daß auch Wolff und Chryseis seine Gefangenen waren. Red Orc mußte irgendwie geahnt haben, daß die Annonce von Kickaha stammte, und er hatte darauf geantwortet. Doch hätte er nicht so detailgenau antworten können, wenn er nicht Wolff in der Gewalt hatte und aus ihm herausholte, was dieser über Kickaha wußte.

Da er die Lords kannte, glaubte Kickaha, daß es wahrscheinlich war, daß Red Orc Wolff und Chryseis foltern würde, auch wenn er nur die Droge verwenden mußte, die sie zwingen würde, ihm alles zu sagen, was er wissen wollte. Danach würde er sie wieder foltern und sie schließlich töten.

Und er würde das gleiche mit Anana machen. Selbst in diesem Augenblick ...

Es schüttelte ihn, und er sagte: »Nein!«

Rodriga öffnete die Augen und fragte: »Waaas?«

»Schlaf weiter«, sagte er, doch sie setzte sich auf und zog die Knie an die Brust. Sie schaukelte vor und zurück. Dann sagte sie: »Irgendwas quält dich, *amigo*. Ganz schwer! Schau, ich will mich ja nicht aufdrängen, aber wenn ich irgendwas für dich tun kann ...«

»Ich muß meine Sachen selber erledigen«, sagte er.

Er durfte das Mädchen nicht in die Geschichte hineinziehen, selbst wenn sie ihm irgendwie hätte helfen können. Bei dem ersten Kontakt mit Red Orcs Männern würde sie umgebracht werden. Sie war nicht eine blitzschnelle, äußerst zähe und trickreiche Frau, wie Anana es war. Ja, das stimmt, sagte er bei sich selbst: es *war!* Vielleicht lebte sie in diesem Augenblick schon nicht mehr.

Tränen stiegen ihm in die Augen.

»Dank dir, Rod. Aber ich muß jetzt gehen. Ich sehe dich dann später. Vielleicht.«

Sie stand vom Boden auf und sagte: »Paul, an dir ist irgendwas ein bißchen merkwürdig. Du bist jung, aber du quasselst nicht ganz genauso wie wir. Nicht ganz richtig, du verstehst, was ich meine? Mir kommst du ganz einfach ein bißchen unheimlich vor. Nein, ich meine nicht, daß du ein Gänsehauttyp bist. Ich meine, als wenn du nicht so richtig in diese Welt gehörtest. Ich weiß, wie das ist: ich habe dieses Gefühl ziemlich oft. Daß ich auch nicht hierhergehöre. Aber es ist bei dir anders, du bist *wirklich* von außerhalb dieser Welt. Du bist doch nicht irgendein Wesen aus einem UFO, oder?«

»Hör mal, Rod, ich bin dir dankbar für dein Hilfsangebot. Ehrlich. Aber du kannst nicht mit mir kommen, du kannst nichts für mich tun. Jedenfalls jetzt nicht. Später, wenn es sich so ergeben sollte, daß du wirklich etwas für mich tun kannst, dann werde ich es dich wissen lassen, und ich werde dir dankbar sein, wenn du dann etwas für mich tust.«

Er beugte sich vor, küßte sie auf die Stirn und sagte: »*Hasta la vista,* Rodriga! Vielleicht auch *adios!* Aber hoffen wir trotzdem, daß wir einander wiederbegegnen.«

Kickaha ging durch die Straßen, bis er auf ein kleines Restaurant stieß. Über seinem Frühstück schätzte er die Lage ab.

Eines war sicher: Das Problem mit dem Scheller war erledigt. Es war unwichtig, ob Kickaha oder Red Orc ihn töteten. Wichtig war nur, daß er tot war und daß die Scheller ein für allemal aus dem Verkehr gezogen waren.

Aber Red Orc hatte nun alle seine Feinde – außer einem – in der Hand, und den letzten würde er auch bald erwischen. Es sei denn, dieser Feind erwischte Red Orc zuerst. Natürlich hatte der Lord nicht seine ganzen Machtmittel eingesetzt, um Kickaha zu fangen, weil seine erste Sorge dem Scheller galt. Doch jetzt konnte er sich auf den letzten Widerständler konzentrieren.

Auf irgendeinem Weg mußte Kickaha den Lord aufspüren, bevor der Lord ihn entdeckte. Und zwar sehr rasch!

Als er zu Ende gegessen hatte, erstand er sich eine *Times.* Auf der Straße überflog er im Gehen die Spalten des Blatts. Es stand nichts darin über ein Mädchen, das entführt worden war, nichts von einem Auto, dem auf dem Wilshire die halben Felgen weggesäbelt worden waren. Er fand eine kurze Notiz, daß die Polizei Paul J. Finnegan, den geheimnisvollen Mann, gesichtet hatte, daß er aber entfliehen konnte, dann folgte eine kurze Zusammenfassung dessen, was man über sein Leben bis 1946 wußte.

Kickaha bemühte sich, ruhig zu werden und systematisch nachzudenken. Nie zuvor war er so erregt gewesen, so durcheinander. Er besaß nicht die Macht, die höchstwahrscheinlich in diesem Augenblick an seiner Geliebten und an seinen Freunden vorgenommene Folterung zu verhindern. Es gab *keine* Möglichkeit, in das Haus des Lords einzudringen und ihn zu stellen. Wenn er sich selbst dem Lord überantwortete, dann würde er sich auf seine Erfindungsgabe und seine Kühnheit verlassen können, sobald er nur erst vor dem Lord stand.

Sein Wirklichkeitssinn rettete ihn. Natürlich würde man ihn nur nach einer gründlichen Durchsuchung zum Lord bringen, nachdem man sicher war, daß er keine versteckten Waffen oder Trickinstrumente bei sich trug. Er würde in Fesseln und vollkommen hilflos dastehen.

Es sei denn, der Lord hielt sich an den alten Brauch, der vorschrieb, daß man einem außergewöhnlich intelligenten und geschickten Mann immer einen Ausweg offenhalten müsse. Wie raffiniert und wirksam die Fallen auch sein mochten, die die Lords in ihren Palästen aufbauten, sie ließen stets einen Ausweg offen, wenn der Eindringling achtsam und kühn genug war, ihn zu erkennen. So lautete die Regel in diesem tödlichen Spiel, das sie Tausende von Jahren gespielt hatten. Ja, genau diese Regel war es gewesen, die Red Orc veranlaßte, das Dimensionstor in der Höhle unbewacht und ohne Fallen zu lassen.

Da ihm nichts anderes zu tun blieb, ging er zu einer Tankstelle und dort in eine öffentliche Telefonzelle und wählte Cambrings Nummer. Am anderen Ende wurde der Hörer so rasch abgenommen, daß Kickaha eine Sekunde lang das Gefühl hatte, Cambring sei noch am Leben und habe auf seinen Anruf gewartet. Aber es war Cambrings Frau, die sich meldete.

Kickaha sagte: »Hier ist Paul Finnegan.«

Es folgte eine Pause, dann: »Du Mörder!« Die Frau kreischte.

Er wartete, bis sie vom Schreien und Fluchen erschöpft war und nur noch schluchzte und keuchte.

»Ich habe Ihren Mann nicht getötet«, sagte er, »obwohl ich im Recht gewesen wäre, wenn ich es getan hätte. Und das wissen Sie ganz genau! Es war sein Big Boß, der ihn umlegen ließ.«

»Sie lügen!« schrie sie.

»Sagen Sie Ihrem Big Boß, daß ich ihn sprechen will. Ich warte hier. Ich weiß, Sie können von mehreren Apparaten aus sprechen.«

»Warum sollte ich das tun?« fragte sie. »Für Sie werde ich gar nichts tun!«

»Lassen Sie es mich mal anders ausdrücken. Wenn er mich in die Finger bekommt, dann wird er dafür sorgen, daß Sie Ihre Rachegefühle befriedigen können. Aber wenn ich nicht jetzt sofort mit ihm in Kontakt komme, dann verschwinde ich ins weite Unbekannte, und er wird mich niemals finden.«

Sie schniefte und sagte: »Na gut.« Dann war sie verschwunden.

Etwa sechzig Sekunden später meldete sie sich wieder: »Ich habe einen Lautsprecher hier, einen Kasten oder so was, ich weiß nicht, wie es heißt. Aber jedenfalls können Sie über das Ding mit ihm sprechen.«

Kickaha bezweifelte, daß der Mann, mit dem er sprechen würde, tatsächlich der »Big Boß« selbst sein würde. Immerhin hatte Mrs. Cambring jetzt verraten, daß sie inzwischen über Informationen verfügte, die sie nicht gehabt hatte, als er sie unter Drogen gesetzt hatte. War es möglich, daß der Lord mit Kickahas Anruf gerechnet hatte?

Ein Frösteln lief ihm über die Kopfhaut. Wenn Red Orc seine

Schachzüge so gut vorwegnehmen konnte, dann würde er auch wissen, welchen Schritt Kickaha als nächsten tun wollte.
Er schob den Gedanken achselzuckend beiseite. Es gab nur einen einzigen Weg, auf dem er herausfinden konnte, ob Red Orc wirklich so schlau war.
Die Stimme klang dunkel und dröhnend. Die amerikanische Aussprache klang echt, und die Wortwahl schien zu »stimmen«. Der Sprechende nannte keine Namen. Sein Ton ließ erkennen, daß er glaubte, dies sei nicht nötig, da jeder, der seine Stimme hörte, sofort von seiner Identität überzeugt sein müßte. Und von seiner Macht.
Kickaha hatte den Eindruck, daß er es wirklich mit Red Orc zu tun hatte. Und je länger er ihm zuhörte, desto klarer identifizierte er bestimmte Sprachcharakteristika, die ihn an Ananas Stimme erinnerten. Es gab da Ähnlichkeiten, und dies war ja nicht weiter verwunderlich, da die Familie Urizen weidlich Inzucht betrieben hatte.
»Finnegan! Ich habe Ihre Freunde Wolff und Chryseis hier. Und Ihre Geliebte, meine Nichte Anana. Es geht ihnen gut. Es ist ihnen nichts geschehen, jedenfalls nichts Gefährliches. Bisher! Ich habe die Wahrheit mit Drogen aus ihnen herausgeholt, und sie haben mir alles erzählt, was sie über diese Geschichte wissen.«
Kickaha dachte: *Dann ist es gut, daß Anana nicht weiß, wo sich das Horn Shambarimens wirklich befindet!*
Es folgte eine Pause. Kickaha sagte: »Ich höre.«
»Natürlich sollte ich sie – nach einigen Aufmerksamkeiten – töten. Aber sie stellen eigentlich keine wirkliche Bedrohung für mich dar. Ich habe sie so leicht fangen können, als wären sie frischgeborene Kaninchen.«
Die Lords mußten immer ein wenig angeben. Kickaha sagte nichts darauf. Er wußte, der Lord würde schon zum Kernpunkt kommen, wenn ihm die Luft ausging. Doch Red Orc verblüffte ihn.

»Ich könnte abwarten, bis ich Sie erwischt habe, und das würde nicht mehr sehr lange dauern. Doch im Augenblick ist Zeit von überragender Wichtigkeit, also bin ich bereit, ein Geschäft zu machen.«

Wieder folgte eine Pause. Kickaha sagte: »Ich bin ganz Ohr.«

»Ich lasse die Gefangenen frei und erlaube ihnen, in Jadawins Welt zurückzukehren. Und Sie können mit ihnen gehen. Allerdings unter einigen Bedingungen. Erstens werden Sie mir das Horn Shambarimens übergeben!«

Kickaha hatte das erwartet. Dieses Horn war nicht nur einzigartig in allen Universa, es war auch der Gegenstand, den die Lords am höchsten schätzten. Das Horn war von dem sagenhaften Urahn aller jetzt lebenden Lords angefertigt worden, obwohl es sein ebenfalls legendenhafter Sohn so lange besessen hatte, daß man es manchmal auch als das »Horn Ilmarwolkins« bezeichnete. Bei den Dimensionstoren war es von einmaliger Wirksamkeit, denn es konnte jedes Tor öffnen. Alle anderen Tore mußten paarweise vorhanden sein. Es mußte eine Dimensionsschleuse in jenem Universum bestehen, das man verlassen wollte, und ein Gegenstück in jenem anderen Universum, in das man übergehen wollte. In der Mehrzahl waren diese Parallelschleusen stationär, nur der Halbmondtyp war beweglich. Das Horn hingegen brauchte man nur zu blasen, und wenn die Töne in der richtigen Reihenfolge eines Codes gespielt wurden, dann öffnete sich ein zeitlich begrenzter Übergang zwischen den Universen. Das heißt, wenn das Horn in der Nähe eines »Resonanzpunktes« in den »Wänden« zwischen zwei Welten gespielt wurde.

Ein Resonanzpunkt stellte den möglichen Pfad zwischen zwei Welten dar, doch die Welten selbst veränderten sich nie. Wenn also ein Lord ein Horn benutzte, ohne zu wissen, wohin der Resonanzpunkt führte, dann konnte es passieren, daß er sich in irgendeinem Universum wiederfand, das auf der anderen Seite lag, ob ihm das paßte oder nicht.

Kickaha wußte von vier Orten, an denen er das Horn blasen konnte und wo er garantiert eine Öffnung zu der Welt der Schichten finden würde. Die eine Stelle war in der Höhle in der Nähe des Lake Arrowhead. Eine zweite lag in Kentucky, aber er würde Wolff brauchen, um sie zu finden. Die dritte lag in seiner früheren Wohnung in Bloomington in Indiana. Und die vierte mußte in einem Schrank im Keller eines Hauses in Tempe/Arizona zu finden sein. Wolff wußte dies natürlich alles, aber er hatte Kickaha auch beschrieben, wie man von der Erdseite aus an diese Punkte gelangen konnte, und Kickaha hatte es nicht vergessen.

Red Orcs Stimme klang ungeduldig. »Also, reden Sie schon! Spiele keine Spielchen mit *mir,* Erdenwurm! Sag ja oder nein, aber beeile dich damit!«

»Ja! Unter Vorbehalt, natürlich. Es hängt von Ihren sonstigen Bedingungen ab.«

»Ich habe nur noch eine einzige.« Red Orc hustete mehrere Male, dann sagte er: »Sie lautet, daß Sie und die anderen mir erst den Scheller einfangen helfen!«

Kickaha war starr vor Überraschung, doch tausend Erfahrungen mit überraschenden Wendungen hatten ihn gelehrt, dies zu verbergen. Sanft sagte er: »Einverstanden! Tatsächlich ist das ganz genau das, was ich Ihnen eigentlich vorschlagen wollte. Aber bisher sah ich keine Möglichkeit, mit Ihnen zusammenzuarbeiten. Und natürlich hatten Sie bislang auch noch keine Peitsche in der Hand, mich zu zwingen . . .«

Also hatten Orcs Männer entweder zwar den Scheller erwischt, aber er war ihnen entkommen, oder jemand sonst hatte ihn gekidnappt. Und dieser andere konnte nur ein weiterer Lord sein.

Oder vielleicht ein zweiter Scheller.

Bei diesem Gedanken wurde ihm eiskalt.

»Und was fangen wir jetzt an?« fragte er widerwillig, da er die

Wahrheit nicht eingestehen mochte, die da lautete: »Was wünschen Sie jetzt, daß ich tun soll?«
Orcs Stimme wurde scharf und verhehlte nur mit Mühe den Triumph, der in ihr mitschwang.
»Sie werden sich so rasch wie möglich in dem Haus von Mrs. Cambring einfinden, und meine Leute werden Sie von dort zu mir bringen. Wie lange werden Sie benötigen, um zu den Cambrings zu kommen?«
»Ungefähr eine halbe Stunde«, sagte Kickaha. Wenn er sofort ein Taxi erwischte, konnte er in zehn Minuten dort sein, aber er wollte etwas mehr Zeit haben, um zu planen.
»Schön!« sagte der Lord. »Sie müssen alle Waffen ablegen. Meine Männer werden Sie gründlich durchsuchen. Ist das klar?«
»Aber sicher doch.«
Während des ganzen Gesprächs war er wachsam geblieben wie ein Vogel.
Er schaute durch die Glasscheibe der Zelle nach draußen, entdeckte aber nichts Verdächtiges, nur vorbeifahrende Autos. Doch nun hielt ein Wagen an der Kurve. Es war ein großer schwarzer Cadillac, und es saß nur eine Person in ihm. Der Mann saß eine Minute lang ruhig da und schaute auf seine Armbanduhr, dann stieß er die Tür auf und kam auf die Telefonzelle zugeschlendert. Dabei schaute er erneut auf seine Uhr. Es war ein sehr gutgebauter junger Mann, über einsachtzig groß, seine Kleidung war modisch und teuer. Das lange gelbe Haar schimmerte in der Sonne, als wäre es mit Gold durchwoben. Das Gesicht wirkte hübsch, aber schroff.
Der Mann blieb in der Nähe der Telefonzelle stehen und zog ein Zigarettenetui aus der Tasche. Kickaha hörte weiter den Anweisungen aus dem Telefonhörer zu, doch er behielt den Neuankömmling im Auge. Der Typ betrachtete sich die Welt durch halbgeschlossene, arrogante Augen. Offensichtlich war er ungeduldig, weil die Zelle besetzt war. Er warf wieder einen Blick auf

seine Armbanduhr, dann zündete er sich die Zigarette mit einer streifenden Bewegung an und warf im gleichen Rhythmus das Streichholz fort.
Kickaha flüsterte den Code, der den Ring an seinem Finger für einen kurzen durchdringenden Energiestoß aktivierte. Er würde durch das Glas der Zelle strahlen müssen, falls dieser Bursche wirklich hinter ihm her war. Die Stimme im Hörer dröhnte fort und fort. Es klang, als diktierte er einer großen Nation die Kapitulationsbedingungen, anstatt einem einzelnen Mann. Kickaha mußte demnach auf die Vorderseite des Cambring-Hauses kommen, die Zufahrt nur bis zur Hälfte hinaufgehen, dann stehenbleiben, bis drei Männer aus dem Haus kommen würden, während drei Männer aus einem auf der anderen Straßenseite geparkten Auto gleichzeitig von hinten auf ihn zugehen würden. Und dann ...
Der Mann vor der Telefonzelle verzog angewidert das Gesicht und wendete sich ab. Anscheinend war es ihm zu lange geworden, bis Kickaha zu schwätzen aufhörte.
Aber er tat nur zwei Schritte, wirbelte herum und zielte mit einer stumpfnasigen Handfeuerwaffe.
Kickaha ließ den Hörer fallen, duckte sich und sprach im selben Augenblick das Wort, das den Ring auslöste.
Die Waffe bellte, das Glas der Telefonzelle zerbarst, und Kickaha war von einem weißen Nebel umgeben. Das kam so überraschend, daß er einmal tief Luft holte, aber sofort begriff, daß er die Luft anhalten mußte. Er tat es. Er stürzte aus der Zelle, indem er die Tür mit seinem Ring aufriß. Die Tür brach unter seinem Gewicht nach außen, aber er hörte nicht, wie sie auf dem Boden aufschlug.
Als er wieder zu Bewußtsein kam, befand er sich im Dunkel, in der Enge eines sich bewegenden Dinges. Der Benzingestank und der knappe Raum ließen ihn zu der Überzeugung gelangen, daß er sich im Kofferraum eines Autos befand. Die Hände waren ihm auf den Rücken gefesselt, seine Beine waren an den Knöcheln zusammengebunden, und sein Mund war zugeklebt.

Er schwitzte vor Hitze, doch es kam genug Luft in den Kofferraum. Der Wagen fuhr eine Anhöhe hinauf und hielt an. Der Motor erstarb, Türen quietschten, die Federung hob sich, als Leute ausstiegen, dann flog der Deckel des Kofferraums auf. Vier Männer starrten zu ihm herunter, und einer davon war der große Junge, der die Gaspistole auf ihn abgeschossen hatte.

Sie hoben ihn heraus und trugen ihn aus der Garage, die verschlossen war. Der Zugang führte direkt in die Eingangshalle eines Hauses, die sich wiederum zu einem großen Raum öffnete, der luxuriös möbliert und mit kostbaren Teppichen ausgestattet war. Durch einen weiteren Korridor gelangten sie in einen Raum, dessen Decke anderthalb Stockwerke hoch schien; mit einem riesigen Kristallkandelaber, einem schwarz-weißen Parkettfußboden, schweren Mahagonimöbeln und Bildern, die aussahen wie Originalgemälde alter Meister.

Hier setzten sie ihn in einem breiten, hochlehnigen Sessel ab und entfesselten seine Beine. Dann befahl ihm einer der Männer, er solle gehen. Ein Mann in seinem Rücken zwang ihn mit einem harten, spitzen Gegenstand vorwärts. Er folgte den andern Männern durch eine Tür, die unter der großen Treppe angebracht war. Hier stiegen sie zwölf Stufen in einen spärlich eingerichteten Raum hinunter. Am anderen Ende befand sich eine massive Eisentür, und Kickaha wußte, daß sie zu seiner Gefängniszelle führen würde. Und so war es, allerdings war es für ein Gefängnis recht bequem. Man nahm ihm die Fesseln ab und zog das Pflaster von seinen Lippen.

Sein Strahlerring war ihm abgenommen worden, auch den Strahlerstift hatte man aus seiner Hemdtasche entfernt. Während der große Mann zuschaute, zogen ihn die anderen nackt aus und schnitten die Säume seines Hemdes und Unterhemdes auf. Dann untersuchten sie seine sämtlichen Körperöffnungen nach Waffen, fanden jedoch nichts.

Er leistete keinen Widerstand, weil dies ja doch zu nichts geführt hätte. Der große Mann und ein zweiter hielten Waffen auf ihn gerichtet. Nach der Untersuchung legten sie ihm ein Fußeisen an. Es war mit einer Kette an einem Ring in der Mauer befestigt. Die Kette war sehr dünn und leicht, und sie erlaubte ihm, sich im ganzen Raum zu bewegen.

Der große Mann lächelte, als er sah, wie Kickaha die Kette nachdenklich betrachtete. Er sagte: »Es ist nur ein Spinngewebe, bloß ein Hauch, aber so stark wie die Kette, mit der Fenris gefesselt wurde.«

»Ich bin Loki, nicht Fenris«, sagte Kickaha und grinste wild. Er wußte, daß der Mann erwartet hatte, daß er keine Ahnung hatte, daß er auf den großen Wolf der alten nordischen Sagen angespielt hatte. Er hätte besser Unkenntnis vortäuschen sollen! Je weniger Respekt ein Kerkerwärter für einen hatte, desto größer wurde die Chance, daß man fliehen konnte. Aber er hatte sich die Antwort nicht verkneifen können.

Der Große zog die Augenbrauen hoch und sagte: »Ach ja? Und wissen Sie auch, was mit Loki passierte?«

»Aber ich bin auch Loki«, sagte Kickaha. Doch dann dachte er, daß diese Unterhaltung schon zu weit geführt hatte. Er verstummte und wartete darauf, daß der andere ihm sagte, wer er sei und was er mit ihm vorhabe. Der Mann wirkte plötzlich nicht mehr ganz so jugendlich. Er sah leicht über dreißig aus. Die Stimme war schwer, glatt und sehr autoritär. Die Augen waren wunderschön: weite, blattgrüne Augen mit dichten Wimpern. Das Gesicht wirkte irgendwie vertraut, und doch war Kickaha sicher, es nie zuvor gesehen zu haben.

Der Mann machte eine Handbewegung, und die anderen verließen den Raum. Der Mann schloß die Tür hinter ihnen und hockte sich dann auf die Tischkante. Der Tisch war auf dem Fußboden festgeschraubt, ebenso alle anderen Möbelstücke. Er hatte die Waffe im Schoß liegen und baumelte mit einem Bein. Es sah wie eine konventionelle Waffe aus, nicht wie eine Gaspistole oder ein camouflierter Strahler. Aber Kickaha besaß im Augenblick keine Möglichkeit, genau zu bestimmen, um welchen Typ es sich handelte. Er setzte sich auf einen Stuhl und wartete ab. Sicher, dies gab dem Mann den Vorteil, daß er auf ihn herabblicken konnte, aber Kickaha gehörte nicht zu den Leuten, denen ein relativer Höhenunterschied in der Position einem anderen gegenüber psychologische Minderwertigkeitsgefühle abgezwungen hätte.

Der Mann blickte ihn mehrere Minuten lang ruhig an. Kickaha schaute ihn gleichfalls an und pfiff leise durch die Zähne.

»Ich habe Sie schon eine Weile verfolgt«, sagte der Mann plötzlich. »Und ich weiß noch immer nicht, wer Sie sind. Also werde ich mich zuerst vorstellen. Ich bin Red Orc.«

Kickaha versteifte sich und blinzelte.

Der Mann lächelte und sagte: »Was hatten Sie gedacht, wer ich bin?«

»Ein Lord, der in diesem Universum gestrandet ist und der nach einem Weg hinaus sucht«, sagte Kickaha. »Ja, gibt es denn zwei Red Orcs?«

Das Lächeln des Mannes verblaßte ein wenig. »Nein. Es gibt nur einen! *Ich* bin Red Orc! Dieser andere ist ein Hochstapler! Ein Usurpator! Ich war nur einen Augenblick lang sorglos. Aber ich bin mit dem Leben davongekommen, und weil er dieses Pech hatte, werde ich ihn töten und alles zurückgewinnen!«

»Wer ist dieser andere?« fragte Kickaha. »Ich hatte geglaubt ... aber er hat ja nie seinen Namen gesagt ... Er ... hat mir den Eindruck vermittelt ...«

»Daß er Red Orc ist. Das habe ich mir gedacht! Doch sein Name ist Urthona, und er war einst der Lord der Wechselwelt. Aber dann hat ihn diese dämonische Hure, meine Nichte Vala, aus seiner Welt vertrieben, er floh und kam hierher in diese, in meine Welt. Ich wußte nicht, wer es war, obwohl ich natürlich wußte, daß durch ein Tor in Europa irgendein Lord gekommen war. Ich jagte ihn, aber fand ihn nicht, und dann vergaß ich ihn.

Das war so etwa vor tausend Jahren. Ich nahm an, daß er durch irgendeine Schleuse, von der ich nichts wußte, verschwunden oder daß er getötet worden sei.
Aber er hielt sich nur verborgen und forschte die ganze Zeit nach mir. Und schließlich, vor nur zehn Jahren, entdeckte er mich, überwachte meine Burgfestung, meine Verteidigungsmaßnahmen, bespitzelte alles, was ich tat. Und dann schlug er zu!
Ich war zu sorglos geworden, doch ich konnte entrinnen. Aber alle meine Leibwächter starben. Und dann hat er die Herrschaft übernommen. Es war für ihn ein Kinderspiel, denn er saß ja im Zentrum der Macht, und es gab keinen, der sie ihm hätte streitig machen können. Wie hätte jemand ihm etwas verweigern können? Ich hatte mein Gesicht nur allzu gut verborgen gehalten. Jeder, der auf dem Thron der Macht saß, konnte Befehle erteilen, an den Fäden ziehen, und man würde ihm gehorchen, weil die Irdischen, die ihm am nächsten kamen, seinen wirklichen Namen und sein echtes Gesicht nicht kannten.
Und ich konnte auch nicht zu den Männern gehen, die bis dahin meine Befehle ausgeführt hatten, und zu ihnen sagen: ›Hier bin ich, euer wirklicher Lord! Gehorcht mir und tötet diesen Narren, der euch jetzt befehligt!‹ Ich wäre sofort niedergeschossen worden, denn Urthona hatte mich seinen Dienern genau beschrieben, und sie glaubten, ich sei der Feind ihres Führers.
Also zog ich mich in ein Versteck zurück, genau wie Urthona seinerzeit. Doch wenn ich zuschlage, dann werde ich ihn nicht verfehlen! Und dann werde wieder ich auf dem Thron der Macht sitzen!«
Es herrschte eine Weile Schweigen. Orc schien eine Bemerkung zu erwarten. Vielleicht rechnete er mit Lob oder mit Ehrfurcht oder Schrecken.
Kickaha sagte: »Wenn er nun den Thron der Macht innehat, wie Sie sagen, ist er dann der Lord beider Erden? Oder nur von dieser hier?«

Orc schien durch die Frage verwirrt zu sein. Er starrte vor sich hin, dann stieg ihm die Röte ins Gesicht.

»Was spielt das für Sie für eine Rolle!« sagte er schließlich.

»Ich dachte mir, daß es vielleicht genügen würde, Herr über die andere Erde zu sein. Warum soll dieser Urthona denn nicht diese hier beherrschen? Nach dem Eindruck, den ich in der kurzen Zeit, die ich hier verbracht habe, gewinnen konnte, erscheint mir diese Erde dem Untergang geweiht. Die Menschen vergiften die Luft und das Wasser, und sie können jeden Tag mit einem Atomkrieg alles Leben auf der Erde vernichten. Anscheinend haben Sie ja nicht vor, etwas dagegen zu unternehmen. Warum also wollen Sie nicht Urthona diese sterbende Welt überlassen und sich mit der anderen zufriedengeben?«

Er schwieg einen Augenblick lang und fragte dann: »Oder ist die Erde Nummer Zwei in einem ebenso miserablen Zustand wie diese hier?«

Die Röte war aus Red Orcs Gesicht gewichen. Er sagte lächelnd: »Nein, die andere ist nicht ganz so schlimm dran. Sie ist bei weitem wünschenswerter und annehmbarer, obwohl sie die gleichen Startbedingungen hatte wie diese hier. Aber dein Vorschlag, daß ich diese Welt aufgeben soll, beweist, daß du nicht viel über uns weißt, *Leblabbiy!*«

»Ich weiß genug«, sagte Kickaha. »Aber sogar die Lords können sich zum Besseren verändern, und ich hatte gehofft ...«

»Ich werde hier nichts unternehmen, um den Gang der Dinge zu beeinflussen, außer um mich selbst zu schützen«, sagte Orc. »Wenn dieser Planet an seiner von den Menschen gemachten Fäulnis erstickt, oder wenn er in ein paar tausend atomaren Explosionen erlischt, dann geschieht dies, ohne daß ich dabei helfen oder es verhindern werde. Ich bin Wissenschaftler, und ich beeinflusse eine natürliche Entwicklung auf den zwei Planeten weder im positiven noch im negativen Sinn. Alles, was ich tue, findet auf Mikroebene statt und greift nicht störend auf die Geschehnisse der Makroebene ein.

Übrigens ist dies ein weiterer Grund dafür, daß ich alle töten muß, die in meine Welten vordringen. Sie könnten auf den Gedanken kommen, sich in meine grandiosen Experimente einzumischen.«

»Ich gewiß nicht!« sagte Kickaha. »Und Wolff oder Chryseis nicht und auch nicht Anana! Das einzige, was wir wollen, ist in unsere eigenen Welten zurückkehren! Sobald der Scheller tot ist, natürlich. Er ist der einzige Grund für unser Hiersein. Sie müssen mir das glauben!«

»Du glaubst doch nicht wirklich, daß ich dir das abkaufe!« fragte Red Orc.

Kickaha zuckte die Achseln. »Es ist wahr, aber ich erwarte nicht, daß Sie es glauben. Ihr Lords seid viel zu paranoid, als daß ihr die Dinge noch klar erkennen könntet.«

Red Orc stand von dem Tisch auf. »Du wirst hier als Gefangener bleiben, bis ich auch die anderen in meiner Hand habe und Urthona geschlagen habe. Dann werde ich entscheiden, was ich mit dir anfangen werde.«

Damit meinte er – und Kickaha wußte es genau –, was für raffinierte Torturen er ihm zufügen würde. Einen Augenblick dachte er daran, Orc etwas davon zu sagen, daß sich das Horn Shambarimens auf der Erde befinde, ganz hier in der Nähe. Vielleicht gewann er damit ja einen Verhandlungsspielraum. Doch dann entschloß er sich dagegen. Sobald Red Orc wußte, daß das Horn hier war, würde er die nötigen Informationen ganz einfach durch Folter oder Drogen aus seinem Gefangenen herausholen.

»Haben Sie den Scheller schon getötet?« fragte er.

»Nein«, sagte Orc und lächelte.

Er schien sehr zufrieden mit sich selbst zu sein. »Wenn es sich als nötig erweist, werde ich Urthona mit ihm drohen. Ich werde ihm zu verstehen geben, daß ich den Scheller auf ihn loslasse, wenn er nicht verschwindet. Das, verstehst du, ist das Scheußlichste, was ein Lord tun kann.«

»Und Sie würden das tun? Nachdem Sie soeben betont haben, daß Sie jeden beseitigen würden, der sich in die natürliche Entwicklung einmischen könnte?«

»Wenn ich wüßte, daß mein eigener Tod unmittelbar und unvermeidlich bevorsteht, ja, dann würde ich es tun! Warum auch nicht? Was kümmert es mich, was mit dieser Welt geschieht, mit allen Welten, wenn ich tot bin? Es geschieht ihnen nur recht!«

Kickaha hatte noch viele Fragen, auf die er gern Antwort erhalten hätte, doch er bestimmte ja nicht den Verlauf des Gesprächs. Orc verließ abrupt den Raum durch die andere Tür. Kickaha zerrte an seiner Kette, soweit er konnte, um einen Blick durch die Tür zu werfen, doch diese schwang nach innen und blockierte so seine Sicht.

Also saß er nun allein mit seinen Gedanken da, und die waren pessimistisch. Er hatte sich immer damit gebrüstet, daß er aus jedem Gefängnis ausbrechen könne, aber das war schließlich doch nur Angabe gewesen. Bisher war ihm die Flucht aus jedem Ort gelungen, in dem man ihn festgehalten hatte, doch er wußte natürlich, daß er eines Tages in einem Raum landen würde, aus dem es kein Entrinnen gab. Und das war möglicherweise jetzt und hier der Fall. Er wurde von Monitoren überwacht, von elektronischen und von menschlichen Wächtern oder von beidem, die Kette vermochte er mit bloßen Händen nicht zu zerbrechen, und sie konnte ja auch die Leitung für irgendeine Strafmaßnahme oder ein lähmendes Gift sein, falls er sich nicht wunschgemäß verhielt.

Das hinderte ihn allerdings nicht an dem Versuch, die Kette zu zerreißen oder durch Drehen zu zerbrechen, denn er durfte es sich nicht leisten, irgend etwas für garantiert zu halten. Die Kette blieb völlig heil, und er vermutete, daß die ihn möglicherweise überwachenden menschlichen Spione sich königlich darüber amüsierten, wie er sich anstrengte.

Er gab es auf und setzte sich auf die Toilette. Danach legte er sich auf das Sofa und dachte eine Weile über seine miese Lage nach. Er war zwar nackt, aber er fühlte sich nicht unbequem. Die Lufttemperatur lag nur ein paar Grade unter der seines Körpers, und die Luft strömte so langsam, daß er unter ihr nicht fröstelte. Nach einer Weile schlief er ein. Er hatte keinen Ausweg finden können, kein Plan war ihm eingefallen, der Aussicht auf Erfolg versprochen hätte.

Als er erwachte, befand sich das Zimmer noch im gleichen Zustand wie zuvor. Die versteckten Lichtquellen vermittelten immer noch den Eindruck, als sei es mitten am Tag, und die Temperatur der Luft hatte sich nicht verändert. Doch als er sich aufsetzte, sah er ein Tablett mit Tellern und Schalen und einem Eßbesteck auf dem kleinen, dünnbeinigen Tischchen am Fuß seines Sofas. Er konnte sich nicht vorstellen, daß jemand den Raum damit betreten haben könnte, ohne daß er es bemerkt hätte, es sei denn, man hatte ihn unter Drogen gesetzt. Es erschien ihm als viel wahrscheinlicher, daß in der Holzplatte des Tischchens eine Art Tor angebracht war und das Tablett heraufgeschleust worden war, während er schlief.

Er aß heißhungrig. Das Besteck war aus Holz, die Teller und Schalen waren aus Zinn und mit stilisierten Tintenfischen, Delphinen und Hummern verziert. Nachdem er gegessen hatte, tigerte er ungefähr eine Stunde lang auf und ab, soweit es seine Kette erlaubte. Er dachte darüber nach, was er mit der Schleuse anfangen könnte, sofern sich in der Tischplatte tatsächlich eine Art Dimensionstor befand. Als er sich dann umwandte und auf den Tisch sah, war das Tablett verschwunden. Seine Vermutung war also richtig gewesen: In der Tischplatte befand sich ein Tor. Aber er hatte keinen Laut gehört. Die Lords der früheren Zeiten hatten das Lärmproblem gelöst, das sich bei dem plötzlichen Verschwinden eines Gegenstands ergab. Die Luft stürzte nicht mehr in das durch das Verschwinden bewirkte Vakuum, denn die Schleusenanordnung umfaßte einen gleichzeitigen Luftaustausch zwischen beiden Enden des Tores.

Wieder eine Stunde später kam Orc durch die gleiche Tür herein, durch die er verschwunden war. Zwei Männer begleiteten ihn. Der eine trug einen Armbrust, der andere eine Injektionsspritze. Beide trugen Kilts. Der eine Kilt war schwarz-weiß gestreift, der andere weiß und mit einem stilisierten schwarzen Tintenfisch mit großen blauen Augen verziert. Außer den Röcken, Ledersandalen und Metallmedaillons an Klunkerketten trugen sie nichts am Leib. Ihre Haut war dunkel, die Gesichter wirkten mediterran, erinnerten ihn aber auch an die Amerinder; das glatte schwarze Haar war zu zwei Ringelzöpfchen geflochten. Eines der Schweineschwänzchen fiel in den Nacken, das andere kräuselte sich an der rechten Schädelseite.

Orc redete in einer Sprache mit ihnen, die Kickaha nicht verstand. Sie wirkte auf ihn irgendwie semitisch, arabisch, aber nur wegen ihres Lautfalls. Er kannte diese Sprachbereiche viel zu wenig, als daß er sie hätte einordnen können.

Der mit der Armbrust stellte sich auf eine Seite von Kickaha und zielte auf ihn, der andere trat auf ihn zu. Orc befahl Kickaha, sich die Spritze setzen zu lassen, sonst würde ihm, wenn er sich widersetzte, die Dosis von der Armbrust injiziert werden. Und der Schmerz dabei würde heftig und anhaltend sein. Kickaha gehorchte, denn es gab ja nichts, was er hätte tun können.

Er verspürte nach dem Einstich überhaupt nichts. Doch er beantwortete alle Fragen Red Orcs ohne Zögern. Sein Hirn kam ihm weder benebelt noch geknebelt vor. Er dachte ebenso klar wie stets. Nur vermochte er einfach keinen Widerstand zu leisten gegen die Fragen, die Orc ihm stellte. Doch genau dies verhinderte, daß er das Horn Shambarimens erwähnte. Denn Orc fragte ihn eben *nicht* danach, und es gab ja auch gar keinen Grund, warum er dies hätte tun sollen. Er wußte nichts davon,

daß das Horn im Besitz von Wolff (oder Jadawin, als den Orc ihn kannte) gewesen war.
Aber alles andere, was für Orc von Wichtigkeit sein mochte, wurde durch seine Fragen enthüllt. Er wußte nun einiges über Kickahas irdisches Leben, bevor jener Paul Janus Finnegan aus diesem Universum in die Welt der vielen Ebenen katapultiert worden war. Und er erfuhr sogar noch mehr über Finnegans Leben danach, als Finnegan zu Kickaha (und auch zu Horst von Horstmann und einem guten Dutzend weiterer Identitäten) geworden war. Er wurde über Wolff-Jadawin und Chryseis und Anana informiert, über die Invasion der Schwarzen Scheller und über andere damit zusammenhängende Dinge. Und er erfuhr viel über das, was Kickaha und Anana getan hatten, seit sie durch das Tor in der Höhle am Lake Arrowhead gekommen waren.
Orc fragte: »Wenn ich dir und Anana und Wolff und Chryseis erlauben würde, in eure Welt zurückzukehren, würdet ihr dann dort bleiben und nicht versuchen zurückzukommen?«
»Ja«, sagte Kickaha. »Vorausgesetzt, ich kann sicher sein, daß der Scheller tot ist.«
»Hmmm. Aber deine Welt der vielen Ebenen klingt faszinierend. Jadawin war schon immer ein sehr kreativer Mann. Ich habe das Gefühl, daß es mir Spaß machen würde, sie in meine Besitztümer einzureihen.«
Genau damit hatte Kickaha gerechnet.
Orc lächelte wieder und sagte: »Ich frage mich, was ihr wohl getan hättet, wenn ihr herausgefunden hättet, wo ich früher lebte und wo nun Urthona auf dem Thron der Macht sitzt.«
»Ich wäre wahrscheinlich dort eingedrungen und hätte dich oder Urthona getötet«, sagte Kickaha. »Und ich hätte Anana und Wolff und Chryseis gerettet und dann nach dem Scheller gesucht, bis ich ihn gefunden und getötet hätte. Und danach wären wir in meine Welt zurückgekehrt, das heißt, um korrekt zu sein, in Wolffs Welt.«

Orc blickte nachdenklich drein und stiefelte eine Weile auf und ab. Plötzlich blieb er stehen und schaute Kickaha genau in die Augen. Er lächelte, als wäre ihm plötzlich eine brillante Idee gekommen.

»Du tust, als wärest du sehr raffiniert und voller Tricks«, sagte er. »So trickreich, daß ich fast auf den Gedanken kommen könnte, du wärest ein Lord und nicht ein armer *Leblabbiy* und Erdenwurm.«

»Anana vertritt die verrückte Idee, daß ich der Sohn eines Lords sein könnte«, sagte Kickaha. »Ja, im Grunde glaubt sie, daß ich Ihr Sohn sein könnte.«

Orc fragte: »Was?« Dann blickte er Kickaha genauer an und begann zu lachen. Als er sich wieder gefangen hatte, wischte er sich die Lachtränen aus den Augen und sagte: »Ach, das tat gut! Ich habe nicht mehr so lachen müssen ... ja, seit wann denn? Nun ja. Also bildest du dir wirklich ein, daß *du* mein Sohn sein könntest?«

»Ich nicht«, sagte Kickaha. »Anana denkt das. Und sie wälzt die Vorstellung natürlich gern in sich herum, weil sie noch immer eine Entscheidung braucht dafür, daß sie sich in einen *Leblabbiy* verliebt hat. Wenn ich wenigstens ein halber Lord wäre, dann wäre die Sache leichter zu akzeptieren. Doch ihre Vorstellung beruht natürlich zu hundert Prozent auf ihrem Wunschdenken.«

»Ich habe keine Kinder, weil ich so wenig wie möglich in die natürliche Entwicklung hier eingreifen möchte. Obwohl natürlich ein, zwei Kinder kaum einen Unterschied machen würden«, sagte Orc. »Aber du könntest natürlich das Kind eines anderen Lords sein, das wäre denkbar. Wie dem auch sei, du hast mich vom Thema abgebracht. Ich sagte, du bist sehr trickreich, falls ich deinen Aussagen über dich selber Glauben schenken kann. Es wäre möglich, daß ich dich brauchen kann.«

Wieder schwieg er und stapfte auf und ab. Den Kopf gesenkt, die Hände auf dem Rücken verschränkt. Dann blieb er stehen und schaute Kickaha lächelnd an. »Warum auch nicht? Sehen wir uns mal an, wie gut du bist. Ich kann dabei überhaupt nichts verlieren, und vielleicht gewinne ich ja dabei.«

Kickaha riet schon jetzt, was man ihm vorschlagen würde. Orc würde ihm die Adresse Urthonas geben, er würde ihn sogar hinbringen lassen, ja, ihm sogar einige Waffen geben und ihm erlauben, Urthona anzugreifen, wie er es immer für richtig halten mochte. Und selbst wenn Kickaha versagte, würde Urthona dadurch doch möglicherweise so abgelenkt werden, daß Orc daraus Vorteile ziehen konnte.

Auf jeden Fall aber würde es ein amüsantes Schauspiel sein zuzuschauen, wie ein *Leblabbiy* versuchte, in das Machtzentrum eines Lords einzudringen.

»Und wenn es mir gelingt?« fragte Kickaha.

»So etwas ist recht unwahrscheinlich, schließlich habe *ich* ja bisher nicht den geringsten Erfolg gehabt. Allerdings habe ich mich auch noch nicht wirklich darum bemüht. Doch wenn du Erfolg haben solltest – und ich bin wenig besorgt, daß dies der Fall sein wird –, dann werde ich dir und deiner Geliebten sowie deinen Freunden gestatten, in eure Welt zurückzukehren. Vorausgesetzt natürlich, daß auch die anderen unter dem Einfluß der entsprechenden Drogen schwören, daß sie nicht beabsichtigen, jemals auf eine meiner Erden zurückzukehren.«

Kickaha glaubte kein Wort davon, doch hielt er es für wenig ratsam, Red Orc dies zu sagen. Sobald er erst einmal aus dieser Zelle heraus war und etwas Handlungsfreiheit besaß – auch wenn er unter strenger Bewachung durch Orc stehen würde –, dann hätte er wenigstens eine gewisse Chance gegen die Lords.

Orc redete in der unbekannten Sprache in einen Armbandapparat, und eine Sekunde später trat noch ein Mann in den Raum. Sein Kilt war rot mit einem stilisierten schwarzen Vogel, der einen Silberfisch in den Fängen hielt. Er brachte einige Papiere, die er Orc übergab, verneigte sich und zog sich zurück.

Orc setzte sich neben Kickaha nieder.
Die Papiere entpuppten sich als Karten des Zentrums von Los Angeles und von Beverly Hills.
»Hier liegt das Haus, in dem ich lebte und das Urthona jetzt bewohnt«, sagte Orc. »Dies ist das Haus, nach dem Sie suchen und wo zweifellos Anana und die zwei anderen derzeit gefangengehalten werden. Oder wohin sie jedenfalls gebracht worden sind, gleich nachdem man sie gefangen hatte.«
Kickaha registrierte, daß Orc ihn unvermittelt wieder mit Sie anredete. Die Beschreibung der Sicherheitsmechanismen des Hauses, die Orc ihm dann gab, ließ in Kickaha ein Gefühl tiefer Verwundbarkeit aufsteigen. Und zweifellos würde Urthona die Sicherheitsvorkehrungen des Hauses verändert haben. Aber wenn auch die Zusammensetzung der Fallen anders sein mochte, so würden doch die Fallen als solche im Grunde die gleichen geblieben sein.
»Warum haben Sie nicht früher versucht anzugreifen?«
»Das habe ich«, sagte Red Orc. »Mehrmals. Meine Männer drangen bis ins Haus vor, aber ich habe keinen von ihnen jemals wiedergesehen. Der letzte Versuch wurde vor ungefähr drei Jahren unternommen.«
»Aber wenn Sie keinen Erfolg haben«, fuhr Orc fort, »dann werde ich Urthona mit dem Scheller drohen. Ich bezweifle allerdings, daß dies großen Erfolg haben wird, weil er es für unvorstellbar halten würde, daß ein Lord so etwas tut.«
Aus dem Ton seiner Stimme war klar zu entnehmen, daß er nicht daran glaubte, daß Kickaha Erfolg haben könnte.
Dann wollte er wissen, was Kickahas Pläne seien, aber dieser konnte ihm nur sagen, daß er keinen Plan habe, sondern einfach improvisieren müsse. Er wollte, daß Orc seine Instrumente einsetzte, um eine einminütige Verzerrung in den Detektoren Urthonas zu bewirken.
Orc hatte Einwände dagegen, Kickaha einen Antischwerkraft-

gürtel zur Verfügung zu stellen. Was würde geschehen, wenn der in die Hände der Erdenmenschen fiele?

»Die Gefahr ist nicht sehr groß«, sagte Kickaha. »Wenn ich erst einmal auf Urthonas Territorium bin, dann gelingt mir die Sache entweder, oder sie geht schief. In beiden Fällen kann der Gurt nicht in die Hände irgendwelcher Außenseiter gelangen. Und selbst wenn dies der Fall sein sollte, dann wird derjenige, der dann Lord ist, über genug Einfluß verfügen und dafür sorgen, daß das Ding jedem abgenommen wird, der es zufällig in die Finger bekommen hat. Ich bin sicher, selbst wenn das FBI es beschlagnahmte, könnte der Lord zweier Erden einen Weg finden, es denen wieder abzuluchsen. Stimmt's?«

»Es stimmt«, gab Orc zu. »Aber haben Sie möglicherweise die Absicht, damit davonzulaufen, statt Urthona anzugreifen?«

»Nein! Ich werde nicht aufgeben. Es sei denn, ich bin tot oder vollkommen kampfunfähig – oder ich habe gesiegt«, sagte Kickaha.

Orc schien befriedigt zu sein, und Kickaha entnahm daraus, daß die Wahrheitsdroge wohl immer noch wirken müsse. Orc erhob sich und sagte: »Ich werde die Sachen für Sie vorbereiten lassen. Das wird eine Weile dauern, also sollten Sie vielleicht sich ausruhen oder tun, was Ihnen sonst am angenehmsten ist. Wir starten die Aktion heute um Mitternacht.«

Kickaha fragte, ob man ihm nicht die Fußfesseln abnehmen könnte. Orc sagte leichthin: »Warum nicht! Sie können hier sowieso nicht fliehen. Die Fessel war nur zur zusätzlichen Sicherheit.«

Einer der berockten Männer berührte die Fußfessel mit einem dünnen zylindrischen Gegenstand. Die Fessel öffnete sich und fiel ab. Während die beiden Wächter von Kickaha zurücktraten, schritt Orc aus dem Zimmer. Die Tür fiel zu, und Kickaha war allein.

Achtes Kapitel

Die ihm verbleibende Zeit verbrachte er damit, nachzudenken, zu trainieren und sein Mittag- und Abendessen zu vertilgen. Dann badete er und rasierte sich, machte noch ein paar Übungen und legte sich dann schlafen. Er würde alles an Wachsamkeit und Flinkheit, an Kraft und Schnelligkeit brauchen, und es wäre sinnlos gewesen, sich durch Sorgen und Schlafentzug zu schwächen.

Er wußte nicht, wie lange er geschlafen hatte. Das Zimmer war noch immer hell erleuchtet, alles wirkte genauso wie in dem Augenblick, in dem er eingeschlafen war. Das Tablett mit den leeren Tellern und Schüsseln stand noch auf dem Tisch, und dies, so wurde ihm klar, war ein Mißton. Das Geschirr hätte weggeschleust sein müssen.

Das Geräusch, das ihn geweckt hatte, schien ein leises Pochen zu sein. Noch halb im Schlaf hatte er geträumt, daß ein Specht gegen einen Baumstamm hämmerte.

Jetzt aber herrschte absolute Stille.

Er stand auf und trat an die Tür, die Orc und seine Diener benutzt hatten. Es war eine Metalltür, wie er sich vergewissert hatte, nachdem man ihm die Fußfessel abgenommen hatte. Er preßte das Ohr dagegen und lauschte. Er hörte nicht einen Laut. Dann sprang er mit einem Fluch von der Tür weg. Das Metall hatte sich plötzlich erhitzt!

Der Boden zitterte wie bei einem einsetzenden Erdbeben. Die Metalltür gab eine Reihe von Lauten von sich, und er wußte plötzlich, woher sein Traum von dem Specht herrührte. Etwas hämmerte auf der anderen Seite gegen diese Tür.

Er trat beiseite, gerade in dem Augenblick, da sich die Tür in der Mitte kirschrot färbte und zu schmelzen begann. Das Rot breitete sich aus, wurde weiß, und dann verschwand die Türmitte und ließ eine Öffnung von der Größe eines Eßtellers zurück. Kickaha hatte sich inzwischen hinter das Sofa gekauert und spähte um die Ecke herum. Er sah, wie ein Arm sich durch das Loch schob und eine Hand herumtastete. Offensichtlich, um den Riegel zu finden. Aber da war kein Schloß, und der Arm zog sich zurück, und eine Sekunde später wurde der Türrand gleichfalls kirschrot. Kickaha vermutete, daß man einen Strahler einsetzte, und er hätte gern gewußt, aus was für einem Metall diese Tür bestand. Selbst härtester Stahl hätte beim ersten Einsatz eines Strahlers in einer Rauchwolke aufgehen müssen.
Mit einem Knall fiel die Tür nach innen. Ein Mann kam hereingesprungen; in der Hand hielt er einen dicken Zylinder mit glockenförmiger Mündung und einem flintenartigen Schaft. Der Mann war einer der Diener in den Kilts. Doch auf seinem Rücken trug er ein schwarzes schellenartiges Objekt in einem Netz, das an seinen Schultern mit elastischen Bändern befestigt war.
Kickaha sah all dies mit einem kurzen Blick und duckte den Kopf. Er kauerte sich auf die andere Seite, in der Hoffnung, daß der Eindringling ihn nicht entdeckt hatte und auch nicht vorsichtshalber das Sofa mit dem Strahler bestreichen würde, auf den Verdacht hin, daß sich vielleicht jemand dahinter verbergen könnte. Kickaha wußte, wer dieser Mann *jetzt* war. Was immer er früher gewesen sein mochte, *jetzt* war er der Schwarze Scheller – war er Thabuuz! Der Verstand des Schellers lebte wie ein Parasit im Gehirn dieses Dieners des Lords, und das Gehirn des Dieners war entladen.
Es mußte dem Scheller irgendwie gelungen sein, die Schelle wieder in die Hand zu bekommen und seine Hirnmuster aus dem verletzten Körper des Drachenländers in den Kopf des

Dieners des Lords zu übertragen. Er hatte einen starken Strahler in die Hand bekommen, und nun war er dabei, sich den Weg aus der Festung Red Orcs freizubrennen.

Der Gestank von verbranntem Fleisch drang in den Raum; nebenan mußten Tote liegen.

Kickaha hätte verzweifelt gern gewußt, was der Scheller gerade unternahm, doch er wagte nicht, noch einmal um die Kante des Sofas zu lugen. Er konnte den Mann atmen hören, und dann war es plötzlich still. Kickaha wartete eine Minute, hörte keinen Laut und lugte um die Ecke. Das Zimmer schien leer zu sein. Einen Augenblick später war er sich dessen sicher. Die andere Tür, durch die Kickaha und Orc und seine Männer zu Beginn gekommen waren, stand weit offen. Das Schloß war herausgebrannt worden.

Kickaha schaute vorsichtig um die gegenüberliegende Türfassung herum. Dort lagen menschliche Körperteile, Arme, Torsi, ein Kopf, alles stark verbrannt. Anscheinend waren es ursprünglich vier oder fünf Männer gewesen. Es gab keine Möglichkeit herauszufinden, welcher von ihnen Red Orc gewesen war oder ob er überhaupt unter diesem Leichenhaufen war, denn die Kleider und alle Haare waren weggebrannt.

Irgendwo schrillte in der Ferne eine Alarmsirene.

Kickaha war hin und her gerissen zwischen dem Verlangen, dem Scheller auf den Fersen zu bleiben, damit er seine Spur nicht wieder verlor, und dem Wunsch herauszufinden, ob Red Orc noch am Leben sei. Außerdem wollte er sich vergewissern, ob sein Verdacht zutraf, daß er sich nicht auf der ihm bekannten Erde befand. Er argwöhnte, daß jenes Tor, durch das er eingetreten war, zugleich eine Schleuse in das Zwillingsuniversum war und daß er sich nun auf der Erde Nummer zwei befand.

Er trat in den Korridor. Auf dem Boden lagen einige Messer, doch waren sie zu heiß, als daß man sie aufheben konnte. Er ging den Korridor hinunter und trat durch eine Tür in einen sehr großen Raum. Die Decke war gewölbt, an den weißen Wänden waren Fresken mit Darstellungen submarinen Lebens, die Möblierung war aus leichtem Holz und mit geschnitzten Motiven verziert, die er nicht erkannte, der Fußboden bestand aus Steinmosaiken mit weiteren Darstellungen von Meerestieren.

Er ging durch den Raum und blickte aus einem Fenster. Der Mond verströmte genug Licht, und er konnte einen breiten Portikus mit hohen weißgestrichenen runden Säulen erkennen, dahinter einen Felsstrand, der an die hundert Meter vom Haus zum Meer hinabführte. Er sah keinen Menschen.

Er schlich durch das ganze Haus. Dabei versuchte er Vorsicht mit Schnelligkeit zu kombinieren. Er fand einen Handstrahler, der so umgebaut war, daß er wie eine konventionelle Waffe wirkte. Auf dem Griff standen Zeichen, die nicht der gewohnten Schrift der Lords entstammten und auch nicht den Lettern irgendeiner Kickaha bekannten Sprache entsprachen. Er erprobte die Waffe an einem Sessel, der mitten entzwei fiel. Er fand allerdings keine Nachladebatterien und wußte nicht, wie hoch die Ladung der Energiebatterie noch war.

Außerdem entdeckte er Wandschränke voller Kleidung; die meisten waren Kilts, Sandalen, Perlenketten und Jacken mit Puffärmeln. Doch in einem Schrank fand er Kleidung von der Erde Nummer eins. Er zog sich ein Hemd und Hosen an, die für ihn zu weit waren. Da er die zu großen Schuhe nicht tragen konnte, wählte er sich ein Paar Sandalen.

Und dann schließlich in dem luxuriös mit fremdartigen Möbeln ausgestatteten Schlafzimmer fand er heraus, wie Red Orc entkommen war. Eine Sichel lag auf dem Boden. Der Lord war also in den aus zwei Sicheln geformten Kreis getreten, der ein Dimensionstor bildete, und war anderswohin transportiert worden. Es war deutlich, daß er dies getan hatte, um sich zu retten.

Die Tür und die Wände waren von dünnen Durchschüssen übersät und versengt. Es erschien ziemlich unwahrscheinlich, daß Red Orc sich ohne Waffe überraschen ließ, aber möglicherweise hatte er ja geglaubt, daß der große Strahler zuviel für ihn sein würde.
Also hatte er sich fortgeschleust. Aber wohin? Er hätte auf die Erde Nummer eins zurückkehren können, wenn auch nicht unbedingt in das gleiche Haus. Oder er hatte sich an einen anderen Ort auf der Erde Nummer zwei geschleust – oder auch nur in einen anderen Raum in diesem Haus.
Kickaha mußte hier heraus und sich hinter den Scheller hermachen. Er lief rasch die Treppe hinunter, durch den großen Saal, den Korridor und in den Raum, in dem er eingesperrt gewesen war. Die Tür, durch die der Scheller entwichen war, stand noch offen. Kickaha blieb zögernd davor stehen. Es war ja möglich, daß der Scheller darauf lauerte, daß jemand ihm folgte. Dann kam ihm der Gedanke, daß der Scheller natürlich denken würde, daß alle aus dem Haus geflohen oder verschwunden und tot waren und daß keiner ihn verfolgen konnte. Denn natürlich hatte er von dem anderen Gefangenen nichts gewußt, denn sonst hätte er sich genau umgeschaut und ihn zuerst beseitigt.
Kickaha kehrte in den Korridor zurück. Eines der Messer auf dem Boden war inzwischen genügend abgekühlt und schien unbeschädigt zu sein. Er nahm es in die Hand, entschied, daß es gut ausbalanciert war, und steckte es in den Gurt. Dann sprang er durch die Tür, den Strahler im Anschlag, falls jemand ihm auflauern sollte. Es war niemand da. Der kurze, enge Korridor war totenstill. Die Tür am anderen Ende war geschlossen. Er stieß sie sacht mit der Spitze seines Dolches auf. Als die Tür ganz geöffnet war, wartete er eine Minute und lauschte. Ehe er eintrat, spähte er im Raum umher. Er hatte sich verändert. Er wirkte größer, und statt der graublauen Tapeten bestanden die Wände nun aus weichem grauem Stein.

Er hatte damit gerechnet, daß dies geschehen würde. Red Orc würde die Frequenz der Tore geändert haben, damit ein eventuell entweichender Gefangener sich plötzlich in einer verblüffenden und möglicherweise unangenehmen Umgebung wiederfinden würde.
Unter anderen Umständen wäre Kickaha umgekehrt und hätte nach dem Schalter gesucht, der das Tor wieder auf die von ihm gewünschte Frequenz schalten würde. Doch jetzt bestand seine Hauptpflicht darin, sich um die zu kümmern, die in Urthonas Hand waren. Zum Teufel mit dem Scheller! Am besten würde es wohl sein, wenn er auf die Erde Nummer eins zurückkehrte und mit seinem Angriff auf Urthona begann.
Er machte kehrt und wollte schon seine ehemalige Gefängniszelle wieder betreten, hielt dann aber inne. Auch dieser Raum hatte sich verändert, obwohl es ihm kaum aufgefallen wäre, wenn nicht die gegenüberliegende Tür durch die Waffe des Schellers weggeblasen worden wäre. Diese Tür nämlich sah nun genauso aus wie zuvor, doch sie hing wieder im Türrahmen und war völlig unversehrt. Nur dies hinderte Kickaha daran, den Raum zu betreten, wodurch er an irgendeinen anderen Ort geschleust worden wäre, an dem er sowohl von dem Scheller wie von den Gefangenen Urthonas abgeschnitten gewesen wäre.
Er biß die Zähne zusammen und zischte vor Wut und Enttäuschung. Jetzt blieb ihm nur das nächstbeste übrig, er mußte sich um den Scheller kümmern, und er konnte nur hoffen, daß ihm irgendein Ausweg einfallen würde.
Er kehrte um und machte sich an die Verfolgung des Schellers. Allerdings keineswegs weniger vorsichtig.
Dieses Zimmer schien sicher zu sein, aber es würde wohl der dahinterliegende Raum sein, der ihm vielleicht verraten würde, wo er sich befand. Doch der Raum war genau wie jener, den er eben verlassen hatte, nur standen an den Wänden fast bis zur Decke Metallkästen von etwa zwei Metern Kantenlänge herum.

Es gab an ihnen keine Schlösser oder Mechanismen, aus denen man hätte ersehen können, wie sie zu öffnen waren.

Er öffnete langsam die nächste Tür, blickte hindurch und sprang dann hinein. Er stand in einem geräumigen Zimmer, das mit Stühlen, Diwans, Tischen und Standbildern ausgestattet war. In der Mitte befand sich ein großer Brunnen. Die Möbel wirkten, als hätte sie ein Lord erschaffen; obwohl er diesen spezifischen Stil nicht hätte beim Namen nennen können, erkannte er ihn doch. Ein Teil der Decke und die Hälfte der rechten Wand waren geschwungen und durchsichtig. Man konnte den Erdboden ziemlich weit nicht erkennen, dann sprang er plötzlich in das Sichtfeld. Er fiel gute dreihundert Meter tief ab und endete in einem Tal, das eben und gerade mehrere Meilen weit verlief und dann an der Flanke eines kleineren Berges endete.

Draußen herrschte Tageslicht, doch es war ein bleiches Licht, obgleich es Mittag war. Die Sonne war kleiner als die der Erde, und der Himmel wirkte schwarz. Die Erdkruste war felsübersät, aber es gab ein paar Streifen rötlichen Sandes, und hier und da, weit voneinander entfernt, standen auf dem Hang und im Tal kakteenähnliche Pflanzen. Sie wirkten winzig, doch nach einer Weile wurde ihm klar, daß sie in Wirklichkeit enorm groß sein mußten.

Er durchforschte den Raum behutsam und sorgfältig und vergewisserte sich, daß die Tür zum nächsten Raum verschlossen war. Dann blickte er wieder zum Fenster hinaus. Die Szenerie wirkte öde und unheimlich. Wahrscheinlich hatte sich hier seit Tausenden von Jahren nichts bewegt. Ihm jedenfalls erschien dies so. Er konnte bis zum Ende des Berges blicken, auf dem das Haus stand, und darüber hinaus bis dorthin, wo der andere Berg endete. Der Horizont wirkte näher, als es hätte der Fall sein dürfen.

Er hatte nicht die geringste Vorstellung, wo er sich befand. Wenn er in ein anderes Universum hinübergeschleust worden war, dann würde er dies möglicherweise niemals herausfinden.

Wenn er auf einen anderen Planeten in seinem heimatlichen Universum versetzt worden war – oder in dessen Gegenstück –, dann befand er sich möglicherweise auf dem Mars. Die Größe der Sonnenscheibe, der rötliche Sand, die Entfernung bis zum Horizont, die Tatsache, daß es genug Luft gab, um pflanzliches Leben zu ermöglichen – sofern es sich um Pflanzen handelte –, und, noch während er hinausspähte, das Auftauchen eines raschbewegten weißen Gegenstandes aus dem westlichen Himmel – alles wies darauf hin, daß er sich auf dem Mars befand.
Aus allem, was er wußte, schloß er, daß dieses Gebäude sich seit fünfzehntausend Jahren auf dem Mars befand – seit der Erschaffung dieses Universums.
In diesem Augenblick kam etwas flatternd über die gegenüberliegende Bergspitze und glitt dann zum Talgrund hinunter. Die Flügelspannweite betrug ungefähr vierzig Meter, und das Ding sah aus wie eine Kreuzung zwischen einem Drachen, einem Pterodaktylos und einem Ballon. Die Flügelbeine wirkten so dünn, als wären sie aus dünnem Konservendosenblech gemacht, obwohl man natürlich auf diese Entfernung nicht sicher sein konnte. Die Haut der Flügel sah so dünn aus wie Seidenpapier. Der Körper der Kreatur war ein großer Sack, der den – wiederum nicht nachprüfbaren – Eindruck vermittelte, als sei er mit Gas gefüllt. Der Schwanz reckte sich nach hinten in einem seltsamen Arrangement – wie sechs Kastendrachen an einer Stange. Die unteren Gliedmaßen waren extrem dünn, dafür aber zahlreich, und sie breiteten sich unter dem Leib aus wie eine komplizierte Landevorrichtung, was sie wohl auch waren. Die Füße waren breit und vielzehig.
Das Wesen glitt sehr rasch und sehr graziös zu Boden. Doch selbst angesichts des Auftriebs durch die enormen Flügel, den Schwanz und den anscheinend gasgefüllten Leib, schoß das Geschöpf in einem ziemlich steilen Winkel abwärts. Die Luft mußte also sehr dünn sein.

Das Ding warf einen gigantischen Schatten über einen der riesigen Cactaeiden und ließ sich dann wie ein zusammenbrechender Wolkenkratzer auf dem Gewächs nieder. Roter Staub wirbelte in die Luft und kam viel rascher, als dies auf der Erde der Fall gewesen wäre, wieder herunter. Die Pflanze verschwand völlig unter dem riesenhaften Leib des Ungeheuers. Das Flugwesen stieß seinen florettdünnen Schnabel zwischen seine Beine, wahrscheinlich in die Pflanze hinein. Und dann saß es da, genauso bewegungslos wie die kaktusähnlichen Pflanzen.

Kickaha schaute fasziniert zu, bis ihm einfiel, daß der Scheller vielleicht genau die gleiche Szene betrachtete. Wenn dem so war, dann würde es Kickaha leichterfallen, ihn zu überrumpeln. Er trat unter den gleichen Vorsichtsmaßnahmen durch die Tür in das nächste Zimmer und stand in einem Raum, der zehnmal so groß war wie der, aus dem er kam. Wieder standen große Metallkästen und Konsolen mit zahlreichen Bildschirmen und Instrumenten herum. Auch hier gab es ein Fenster mit Blick auf das Tal.

Aber auch hier befand sich kein Scheller.

Kickaha ging in den nächsten Raum weiter. Dieser nun war klein und mit allem ausgestattet, was der Mensch außer der Gesellschaft anderer Menschen benötigt. Mitten auf dem Fußboden lag ein Skelett.

Er konnte keine Anzeichen für die Todesursache entdecken. Das Skelett war das eines großen Mannes. Die Zähne waren in hervorragendem Zustand. Die Knochen lagen auf dem Rücken, und die beiden dürren Knochenarme waren ausgebreitet.

Kickaha überlegte sich, daß dies vielleicht irgendein Lord gewesen war, der diese Festung auf dem Mars entweder durch ein Tor in einem anderen Universum betreten hatte oder der sonstwo in eine Falle geraten war und von Red Orc hierher versetzt worden war. Und das konnte so gut vor zehntausend Jahren passiert sein wie vor fünfzig Jahren.

Kickaha hob den Schädel hoch und hielt ihn in der linken Hand. Er würde möglicherweise etwas zum Werfen oder um einen Feind abzulenken benötigen. Er grinste leicht bei dem Gedanken, dazu einen lange toten Lord zu benutzen, einen glücklosen Vorläufer, um den Scheller zu bekämpfen.

Das nächste Zimmer war wie eine Grotte gestaltet. Es gab da in der Mitte einen etwa zwanzig Meter breiten und hundert Meter langen Teich und links einen Wasserfall, der von einem Granitkegel herabfiel. Es gab mehrere solcher Steinkegel und niedrigen Hügel, verstreut wuchsen seltsam aussehende Pflanzen, von der Spitze eines weiteren Kegels floß ein schmales Bächlein, und im Teich schwammen riesenhafte lotosähnliche Pflanzen.

Während er langsam an der nassen, schleimigen Kante des Teichs entlangging, erschreckte ihn plötzlich ein rötlicher Körper, der aus einer Lotosblüten sprang. Das Ding schoß nach oben, die Beine ausgestreckt, wie ein Frosch, und platschte dann ins Wasser. Eine Sekunde später kam es wieder an die Oberfläche und bewegte sich auf den Mann zu. Das Gesicht war froschähnlich, doch die Augen wirkten wie Periskope aus Knochen oder Knorpeln. Die warzige Haut war so rot wie der Staub auf dem Boden vor den Fenstern.

In den Tiefen des Wassers bewegten sich schattenhafte fischähnliche Gestalten. Es mußte ja schließlich etwas geben, was das Froschwesen fressen konnte und was die Beute des Froschwesens fressen konnte. Das ökologische System in dieser vergleichsweise winzigen Lebensnische mußte wohl sehr delikat, aber auch erfolgreich im Gleichgewicht sein. Er bezweifelte, daß Red Orc sich sehr oft hierherbemühte, um die Dinge zu überprüfen

Kickaha stand am Rand des Teichs, als er plötzlich bemerkte, daß sich eine Tür am anderen Ende zu öffnen begann. Er hatte keine Zeit mehr, nach vorn oder nach rückwärts zu laufen, weil die Strecke, die er zurückzulegen gehabt hätte, zu groß war. Rechts von ihm gab es kein Versteck, und zu seiner Linken war nur der Teich dicht neben ihm. Er zögerte nicht einmal eine Sekunde lang und ließ sich über den Rand, der voller Schleim war, in den Teich gleiten. Das Wasser war relativ warm, so daß er keinen Schock erlitt, aber es fühlte sich ölig an. Er verstaute den Strahler in seinem Gürtel, packte den Totenschädel mit einer Hand, stieß sich mit den Sandalen vom Ufer ab und tauchte ins Wasser. Er tauchte tief hinunter, zwischen den dicken Stengeln der Lotoiden hindurch, und schwamm unter Wasser, so weit er konnte. Als er auftauchen mußte, tat er dies behutsam und längs des Stengels einer der Wasserlilien. An der Oberfläche hielt er seinen Kopf unter dem Blütenkelch der Pflanze versteckt. Er hoffte, daß der Scheller die Aufstülpung nicht bemerken würde. In den anderen Räumen hatte das gleichmäßig intensive Licht aus verdeckten Lichtquellen geherrscht, wie es die Lords gewohnt waren. Dieser Raum hingegen bekam nur durch das eine Fenster Licht und lag also in einem seltsamen Zwielicht.

Kickaha klammerte sich mit einer Hand an den Stengel der Pflanze, hob das Deckblatt des Blütenkelches und spähte darunter hervor. Was er erblickte, verschlug ihm fast den Atem. Er hatte Glück, daß er mit dem halben Gesicht unter Wasser lag. Die Schwarze Schelle schwebte am Ufer des Teichs in einer Höhe von etwa zwei Metern über dem Grund entlang.

Sie schwebte langsam vorbei und hielt dann an der Tür inne. Einen Augenblick danach trat der Scheller ein und schritt selbstbewußt auf seine Schelle zu.

Kickaha bekam eine gewisse Vorstellung davon, was sich wahrscheinlich in Red Orcs Haus zugetragen hatte.

Der Scheller hatte wahrscheinlich seine Glocke mit einem Antischwerkraftmechanismus ausgestattet, während er sich in Wolffs Laboratorien aufhielt. Und er mußte sie wohl auch mit einem Steuermechanismus ausgestattet haben, den er über eine gewisse Entfernung hin durch Gedanken kontrollieren konnte. Er hatte sie auf der Erde nicht einsetzen können, auch bestand für ihn kein Grund, diese Mechanismen einzusetzen, bis Orc ihn gefangennahm. Aber dann, als er sich einigermaßen von seiner Verletzung erholt hatte, ergriff er seine Chance und beorderte seine Schelle durch Gedankenbefehl zu sich. Oder, um genauer zu sein, durch kontrollierte Muster von Gehirnwellen, die von der Schelle aufgefangen werden konnten. Eine derartige Kontrolle mußte zwangsläufig primitiv und begrenzt sein, doch hatte sie immerhin eine ziemlich gute Wirkung gezeitigt.

Auf irgendeine Weise hatte die von den Gehirnströmen des Schellers befehligte Schelle ihn freigesetzt. Und dann hatte sich der Scheller eines der Männer von Red Orc bemächtigt, die Nervenstruktur im Gehirn dieses Mannes entladen und sein Hirnmuster aus dem todwunden Körper von Thabuuz in das Gehirn des Dieners übertragen.

Die Schelle konnte den telepathischen Ruf des Schellers auffangen, wenn sie die beiden winzigen Korkenzieherantennen aus zwei Löchern an ihrem Fuß herausschob. Das Material, aus dem diese Schellen gefertigt waren, war unzerstörbar, es war sogar gegen Strahlung resistent. Also mußten diese Antennen sich automatisch in bestimmten Zeitabständen ausstülpen, um auf die Gehirnwellen des Schellers zu »lauschen«. Und die Schelle hatte ihn »gehört« und entsprechend reagiert. Und so war der Scheller davongekommen, hatte eine Waffe gefunden und begonnen, alle abzuschlachten. Er war erfolgreich gewesen; vielleicht hatte er ja sogar Red Orc getötet. Allerdings hielt Kickaha das nicht für wahrscheinlich. Und dann war der Scheller durch eine Fluchtschleuse in ein Haus auf dem Mars abgeschoben worden.

Kickaha beobachtete, wie der Scheller sich näherte. Er vermochte nicht gleichzeitig den Totenschädel festzuhalten und seine Waffe zu ziehen, also ließ er den Knochen fallen. Der Schädel sank langsam in die Tiefe, und Kickaha, eine Hand noch immer um den Stengel der Wasserpflanze geklammert, zog mit der Rechten den Strahler aus seinem Gürtel. Der Scheller ging an ihm vorbei und blieb dann kurz vor der Tür stehen. Er öffnete sie und wartete, bis die Schelle vor ihm hindurchgeschwebt war. Offensichtlich konnte die Schelle auch andere Lebewesen entdecken. Aber ihre Reichweite mußte beschränkt sein, denn sonst hätte sie Kickaha im Wasser ausfindig machen müssen, während sie vorbeischwebte. Es war allerdings denkbar, daß das Wasser und das Lotoskelchblatt ihn vor den Sensoren der Schelle schützten.

Kickaha zog sich mit der linken Hand höher aus dem Wasser und hob den Strahler über die Oberfläche. Aus dem Schatten des Kelchblattes zielte er auf den Scheller. Er mußte ihn mit dem ersten Strahl erwischen. Wenn er vorbeischoß, würde der Scheller durch die Tür entkommen, und dann würde Kickaha es mit einer weit wirksameren Waffe zu tun haben, als er sie besaß. Wenn er den Scheller verfehlte, würde der Energiestrahl durch die Wände des Gebäudes schneiden, und die Innenluft würde brodelnd in die dünnere Atmosphäre des Mars entweichen. Und damit würden sie beide erledigt sein.

Der Scheller wandte ihm jetzt das Profil zu. Kickaha zielte ruhig auf ihn, so daß der fadendünne Energiestrahl ein Loch durch die Hüfte des Mannes brennen würde. Und wenn er dann zusammensackte, würde er in zwei Teile zerschnitten sein.

Sein Finger krümmte sich um den Hahn. Doch plötzlich berührte etwas seine Wade, und er öffnete den Mund zu einem Schrei. Der Schmerz war so heftig, daß er beinahe das Bewußtsein verlor. Er krümmte sich zusammen, Wasser drang ihm in den Mund und die Nasenlöcher, er erstickte fast. Seine Linke ließ den Pflanzenstengel los, der Strahler fiel ihm aus der rechten Hand.

In dem lichterfüllten Wasser sah er ein froschähnliches Wesen blitzschnell davonschwimmen, und er wußte, daß dieses Ding

ihn gebissen hatte. Er schwamm nach oben, weil er dringend Luft holen mußte, und er wußte dabei die ganze Zeit, daß der Scheller ihn sehr leicht würde töten können, falls er ihn gehört hatte.
Er tauchte aus dem Wasser, und es gelang ihm unter Anspannung aller Willenskräfte zu vermeiden, daß er Wasser und Luft ausgurgelte und nach frischer Luft rang oder um sich schlug. Wieder kam sein Kopf unter dem Kelchblatt an die Oberfläche, und er spuckte leise das Wasser aus, drängte es aus der Nase. Er sah, daß der Scheller verschwunden war.
Doch eine Sekunde später krümmte er sich erneut vor Pein. Der Frosch war zurückgekehrt und hatte ihn wieder ins Bein gebissen. Aus der Wunde strömte sein Blut und färbte das Wasser ringsum dunkel. Rasch schwamm er an den Rand des Teichs und zog sich mit einer einzigen geschmeidigen Bewegung hinauf. Seine Beine prickelten.
Auf dem Uferpfad zog er sich das Hemd aus, riß es in Streifen und verband damit seine Wunden. Das Tier mußte Zähne so scharf wie die eines Hais haben: Sie waren rasiermesserglatt durch seine Hosenbeine gedrungen und hatten die Haut und Fleischfetzen weggeschnitten. Doch die Wunden waren nicht allzu tief.
Es mußte dem Lord ein unendliches Vergnügen bereitet haben, diesen kleinen wilden Fleischfresser in den Teich zu verpflanzen. Kickaha hingegen war keineswegs erfreut. Er hatte keine Ahnung, warum der Scheller sich in den nächsten Raum begeben hatte, doch er vermutete, daß er bald wieder zurückkehren würde. Er mußte sich aus dem Staube machen, aber er brauchte auch seinen Strahler. Aber danach zu tauchen, war nicht ratsam. Jedenfalls nicht, solange dieses Froschwesen im Teich war.
Immerhin, das Messer hatte er noch. Er nahm es aus dem Gürtel und steckte es sich zwischen die Zähne, während er mit den Händen Wasser auf den Pfad schaufelte, wo er geblutet hatte.

Dann streckte er sich und humpelte am Teich entlang in den nächsten Raum.

Er kam durch einen kurzen, nackten Korridor. Der Raum an seinem Ende war ebenso groß wie der mit dem Teich. Es war warm hier und feucht und voller pflanzlichen Lebens, das weder irdisch noch marsianisch aussah. Sicher, er hatte keinerlei Marspflanzen gesehen, abgesehen von den kaktusähnlichen Gebilden im Tal. Doch diese Pflanzen waren so hochgewachsen, so grün, sie dufteten so stark, waren so fleischig und so aktiv, daß ihr Überleben in der dünnen Marsatmosphäre sehr unwahrscheinlich war.

Wieder war ein Teil der Wand durchsichtig, und er sah einen grauen Nebel. Sonst nichts. Sosehr er die Augen anstrengte, er sah nichts als Grau. Auch schien es nicht ein wäßriger Nebel zu sein, sondern etwas, das sich aus Abertausenden winziger Teilchen zusammensetzte. Mehr wie irgendein Staub, dachte Kickaha.

Er befand sich zweifellos nicht mehr auf dem Mars. Als er aus dem Korridor in diesen Raum getreten war, mußte er durch ein Tor gekommen sein, das ihn unmittelbar in ein Haus auf einem anderen Planeten oder Satelliten versetzt hatte. Die Schwerkraft schien von der irdischen nicht verschieden zu sein, also mußte er sich auf einem Planeten von vergleichbaren Ausmaßen befinden. Dies ließ ihn an Venus denken.

Er zuckte zusammen, denn ihm fiel ein, daß die Schwerkraft auf dem Mars, auch in dem Haus, ja eigentlich sehr viel geringer hätte sein müssen als die auf der Erde. Wieviel? Ein Sechstel? Er konnte sich nicht erinnern, doch er wußte, daß er eigentlich sehr viel weiter hätte schweben müssen, als er sprang.

Und doch, dieses Haus befand sich auf dem Mars. Dessen war er sich sicher. Das bedeutete, daß das Haus mit einer Apparatur ausgerüstet war, die in örtlicher Begrenzung die gleiche Schwerkraft wie auf der Erde garantierte. Und das wiederum konnte bedeuten, daß sich dieses Haus hier möglicherweise – zum Beispiel – auf dem Jupiter befinden konnte und daß die ungeheure Anziehungskraft dieses Planeten durch die Maschinerie der Lords aufgehoben worden war.

Er zuckte mit den Achseln. Es spielte wirklich keine übergroße Rolle, wo er sich befand, wenn er sowieso außerhalb des Hauses nicht überleben konnte. Sein Problem war, wie er am Leben bleiben und einen Weg zurück auf die Erde finden konnte. Er ging weiter, wieder einen kurzen und kahlen Korridor entlang, und von dort trat er in einen dämmerigen Raum etwa von der Größe eines Hauptbahnhofs. Auch hier war die Decke ein Kuppelgewölbe, und der Raum war von einer silbergrauen metallischen Flüssigkeit angefüllt. Es gab nur einen engen Steg die Wände entlang und eine kleine runde Insel in der Mitte. Das Metall schimmerte wie Quecksilber, der Laufsteg führte rings um den ganzen Raum. Aber nirgendwo in den Wänden zeigte sich auch nur die Andeutung einer Öffnung.

Die Insel lag etwa fünfzig Meter von den Wänden entfernt. Sie erhob sich nur knapp dreißig Zentimeter über dem bewegungslosen Quecksilbersee. Die Insel schien aus Stein zu sein, und genau in ihrem Mittelpunkt erhob sich senkrecht ein Metallbogen. Kickaha wußte sofort, daß dies eine Schleuse sein mußte und daß er, wenn es ihm gelang hinüberzukommen, an einen Ort versetzt werden würde, an dem er wenigstens eine Chance hatte zu kämpfen. So lautete die Regel des Spiels. Wenn der Gefangene intelligent genug, stark genug und schnell genug war – und vor allem, wenn er Glück hatte –, dann konnte er vielleicht die Freiheit gewinnen. Er wartete hinter der Tür, weil es kein anderes Versteck für ihn gab. Während er wartend dastand, überlegte er, ob er in den anderen Räumen irgend etwas gesehen hatte, das sich zu einem Boot umfunktionieren lassen konnte. Außer einem Sofa fiel ihm nichts ein, und er bezweifelte, daß es schwimmen würde. Er konnte es aber immerhin versuchen. Doch wie bewegt man ein langsam sinkendes Objekt (oder vielleicht ein schnell sinkendes Objekt), das so schwer war, durch Quecksilber?

Nun, das würde er erst wissen, nachdem er es versucht hatte. Die Vorstellung machte ihn keineswegs fröhlicher. Dann überlegte er: Kann ein Mensch in Quecksilber schwimmen? Außerdem setzt Quecksilber giftige Dämpfe frei, falls er sich noch richtig an seine Chemiestunde erinnerte. Und er erinnerte sich an einige der Lehrsätze aus dem Chemieunterricht an der Oberschule. Das war 1936 gewesen und in einer lange verschwundenen und eindeutig anderen Welt. *Quecksilber benetzt Glas nicht, bildet jedoch eine konvexe Oberfläche in Glasgefäßen ... bei normalen Temperaturen verflüchtigt es sich leicht ... ist wegen seiner giftigen Wirkung ein Gesundheitsrisiko ... wird in feuchter Luft langsam trübe ...*

Die Luft unter dieser Kuppel war zweifellos feucht, doch das Metall wirkte keineswegs blind. Auch konnte er keine Dämpfe riechen und verspürte keinerlei Wirkung von Gift. Bisher jedenfalls noch nicht. Plötzlich wurde er steif. Er hörte entfernt das Klatschen von Leder auf Stein. Der Scheller hatte die Tür offengelassen, darum hatte Kickaha sie nicht berührt. Er stand hinter der Tür und hoffte nur, daß nicht die Schelle als erstes hereinkommen möge.

Doch sie kam. Das schwarze Objekt schwebte etwa einen Meter und zwanzig Zentimeter über dem Boden durch die Tür. Kaum war es vorüber, hielt es an. Kickaha sprang gegen die Tür und knallte sie zu. Die Schelle schwebte noch immer auf der gleichen Stelle in der Luft. Die Tür blieb geschlossen. Es gab keine Verriegelung, und der Scheller brauchte sie nur aufzustoßen. Doch war er wohl zu vorsichtig, und es mußte ihn tief beunruhigt haben, daß die Tür nun geschlossen war. Er konnte nicht wissen, was sich hinter der Tür verbarg und über welche Waffen sein Feind verfügte. Überdies war er jetzt von seiner

Schelle abgeschnitten, die für ihn der wertvollste Besitz war. Wenn es stimmte, daß die Schellen nicht zerstört werden konnten, dann stimmte es ebenfalls, daß man sie einem Scheller fortnehmen und vor ihm verstecken konnte. Kickaha lief zur Tür und hoffte nur, daß der Scheller nicht gerade in diesem Augenblick seinen schweren Strahler abfeuern würde. Er packte die Schelle mit beiden Händen und sprang sie an. Die Schelle leistete Widerstand, bewegte sich aber doch zurück. Allerdings wich sie nicht einen Millimeter in der Höhe ab.

In diesem Augenblick begannen sich die Metallrahmen der Tür und der Wand rot zu verfärben, und Kickaha wußte, daß der Scheller den vollen Energiestoß seines Strahlers auf die Tür gerichtet hatte und daß das Metall wirklich außerordentlich widerstandsfähig sein mußte.

Aber warum stieß der Scheller nicht einfach die Tür auf und schoß dann hindurch?

Vielleicht hatte er Angst, sein Feind könnte sich hinter der Tür verbergen, wenn diese aufschwang, also stellte er sicher, daß es da nichts gab, was ein Versteck bieten konnte. Welche Motive den Scheller auch bestimmen mochten, sie erlaubten Kickaha ein wenig mehr Zeit, allerdings nicht genug, bis zur Insel zu gelangen. Der Scheller würde die Tür durchbrochen haben, wenn Kickaha etwa den halben Weg bis zur Insel hinter sich gebracht hatte.

Kickaha packte die Schelle mit beiden Händen und stieß sie gegen die Wand. Sie bewegte sich nicht gerade leicht in der Horizontalen, doch er brauchte sich nicht anzustrengen, um sie zu bewegen. Er zog sie an sich, stieß sie dann wieder weg, um den Widerstand abzuschätzen. Dann versetzte er ihr mit beiden Händen einen starken Schubs die Wand entlang. Sie bewegte sich mit einer Geschwindigkeit von etwa sechzig Zentimetern pro Sekunde, wurde aber langsamer, als sie gegen die gekrümmte Wand stieß. Als er ihr einen weiteren Schubs versetzte,

schwebte sie im Winkel von der Wandkrümmung fort – er hielt sie natürlich von dem Quecksilbersee fern –, und dieses Mal schwebte die Schelle eine weitere Strecke.
Er schaute zur Tür. Der rote Fleck war zu einem Loch geworden, darunter verlief eine rote Linie. Entweder wollte der Scheller ein großes Loch herausstrahlen oder die ganze Tür zertrümmern. Er konnte jeden Moment aufhören und durch das Loch schauen, und dann würde er seinen Gegner mit der Schelle erblicken. Andererseits hatte er vielleicht auch zu große Angst, jetzt schon durch das Loch zu blicken, weil ja dahinter sein Feind lauern konnte, um ihn abzuschießen. Kickaha besaß einen Vorteil. Der Scheller wußte nicht, über welche Waffen er verfügte. Kickaha rannte hinter der Schelle her, packte sie erneut und stemmte sich gegen die Wand. Dann zog er die Beine an. Er hing so da und berührte mit Zehen und Knien fast den Laufsteg. Doch die Schelle sank keinen Millimeter tiefer.
»So, jetzt geht's um alles oder nichts!« sagte Kickaha und stieß sich mit aller Muskelkraft seiner Beine von der Wand ab.
Die Schelle und er schossen über den Teich und direkt auf das senkrecht aufgestellte Hufeisen in der Mitte der Insel zu. Sie flogen etwa zehn, zwölf Meter und hielten dann an. Kickaha schaute auf die graue Flüssigkeit unter ihm und ließ dann langsam die Beine sinken, bis die Füße in das Metall eintauchten. Er strampelte dagegen an, und die Flüssigkeit wich zurück, doch die Schelle und er bewegten sich einen halben Meter vorwärts. Also strampelte er weiter und machte Fortschritte, wenn auch sehr langsame, und der Schweiß rann ihm über den Körper und drang ihm beißend in die Augen, und seine Beine begannen zu schmerzen, als wäre er kilometerweit mit höchster Geschwindigkeit gelaufen.
Trotzdem erreichte er die Insel und setzte die Füße auf ihre steinige Oberfläche, und der Bügel lag nur ein paar Schritte von ihm entfernt. Er schaute zur Tür hinüber. Eine dünne Linie

verlief senkrecht auf der einen Seite nach unten, dann quer über den unteren Teil und auf der anderen Seite wieder nach oben. Dann bildete die Linie plötzlich einen Winkel und breitete sich an der Oberseite der Tür aus. Es würde kaum noch länger als ein oder zwei Minuten dauern, und die Tür würde zusammenbrechen. Und dann würde der Scheller hereinkommen.

Kickaha wandte sich um und blickte durch das Hufeisen. Er konnte dahinter den Raum sehen, doch er wußte, sobald er hindurchtreten würde, würde er an einem anderen Ort materialisieren, vielleicht sogar in einem anderen Universum, es sei denn, der Lord hatte das Tor hier nur als grausamen Witz aufgestellt.

Er stieß die Schelle vor sich her und warf sich im selben Augenblick zur Seite, um nicht direkt vor dem Torbügel zu bleiben. Er hatte genügend Erfahrungen mit den Lords und vermutete, daß der Raum hinter dem Tor auf der anderen Seite voller Fallen stecken würde. Es hatte sich stets als die beste Methode erwiesen, etwas voraus in die Fallen zu schleudern, um sie zum Zuschnappen zu bringen.

Es folgte eine Detonation, die ihn fast taub werden ließ. Sein Gesicht und die Flanke seines Körpers wurden von einem Hitzeschwall versengt. Zwar hatte er die Augen geschlossen, doch das Licht drang durch die Lider. Und dann setzte er sich auf und sah gerade noch, wie die Schelle über den Quecksilberteich schoß, immer noch in gleicher Höhe. Sie raste über das Quecksilber, über den Laufsteg und hielt erst an, als sie gegen die Wand prallte. Dort blieb sie in der Luft schweben, ein paar Zentimeter von der Wand entfernt, wohl wegen des Rückstoßes. Sekunden später fiel die Tür nach innen und auf den Steg. Er konnte es nicht hören, seine Ohren dröhnten noch zu stark von der Explosion. Doch er sah, wie der Scheller durch die Öffnung hechtete, den Strahler dicht am Körper, wie er aufprallte, sich abrollte und den Strahler in Schußposition brachte. Inzwischen war Kickaha auf die Beine gesprungen. Als er sah, wie der Scheller sich umblickte und ihn plötzlich entdeckte, sprang er durch das Hufeisentor. Es blieb ihm keine andere Wahl. Er befürchtete nicht, daß es noch einmal mit Fallen ausgerüstet sein würde, denn so arbeiteten die Lords nicht, wenn sie ihre Fallen aufstellten. Wenn allerdings die Falle auf der anderen Seite reaktiviert worden war, dann würde sie ihn in kleine Teile zerfetzen, und seine Sorgen würden damit ein Ende finden.

Neuntes Kapitel

Er war hindurchgekommen, und er fiel. Unter ihm lagen mehrere tausend Meter Luft, über ihm war ein blauer Himmel und direkt vor ihm ein dünner waagerechter Balken. Er faßte danach, schloß krampfhaft beide Hände um glattes, kaltes Eisen und baumelte mit ausgestreckten Armen unter der Stange, die zwischen zwei etwa sechs Meter aus dem Kliff herausragenden Metallträgern hing.

Man mußte Red Orc zugestehen, er hatte sich an Phantasie und Sadismus selbst übertroffen. Wenn der Gefangene sorglos genug war, durch das Tor zu gehen, ohne vorher einen Köder für eventuelle Fallen vorauszuschicken, dann würde er zerfetzt werden, ehe er in den Tod stürzen konnte. Und wenn er nicht sprang, sondern durch die Schleuse schritt, dann mußte er die Eisenstange verpassen.

Und wenn man wie er die Stange umklammert hielt, was kam dann als nächstes?

Ein Mann mit schwächeren Nerven oder Muskeln wäre wohl abgestürzt. Aber Kickaha ließ keine Zeit verstreichen. Er griff mit einer Hand nach außen und packte den Trägerbalken. Aber er ließ ihn sofort wieder los, fluchte und schaukelte an einem Arm herum.

Der Trägerbalken war so heiß, daß man ihn kaum anfassen konnte.

Er rückte zentimeterweise zu dem anderen Stützbalken hinüber und faßte ihn an. Er war ebenso heiß.

Das Metall war eigentlich nicht heiß genug, als daß man es nicht hätte anfassen können, aber es tat Kickaha so weh, daß er beinahe den Griff gelockert hätte. Dennoch hielt er sich weiter fest, und schließlich gelang es ihm unter Tränen des Schmerzes, die ihm aus den Augen schossen, sich stöhnend über den Klippenrand hinaufzuziehen. Eine Weile lag er still auf dem Felssims und keuchte nur. Seine Handflächen und die Innenseite der Finger fühlten sich an, als hätte er Verbrennungen dritten Grades davongetragen. Allerdings sahen sie aus, als wären sie nur kurz mit Flammen in Berührung gekommen und nicht direkt im Feuer gewesen. Und der Schmerz verschwand auch sehr rasch wieder.

Als er versuchte, seine Situation zu überblicken, stieß er ins Leere, denn es gab nicht viel zu sehen. Er befand sich auf der kahlen Spitze eines harten schwarzen Felsens. Die Spitze war breiter als der Fuß, und die Flanken waren so glatt wie der Lauf einer Kanone. Das einzige, was er rings um seinen Felsen sehen konnte, war eine verlassene Felswüste und ein Fluß. Der Fluß durchbrach den vom Horizont gebildeten Kreis und teilte sich dann, wo er die Felssäule erreichte. Auf der anderen Seite verschmolzen die beiden Arme wieder und strömten weiter dem Horizont entgegen. Der Himmel war blau, und die Sonne stand im Zenit.

In der Nähe der Basis der Felssäule standen an den vier Himmelsrichtungen riesige Torbügel. Einer davon würde Kickahas Fluchtweg sein, der Übergang an einen Ort, an dem er überleben konnte. Falls er den richtigen wählte. Die anderen bedeuteten wahrscheinlich den sicheren Tod, wenn er sie zu betreten versuchte.

Aber sie waren nicht seine unmittelbar drängende Sorge. Zuerst mußte er diese Felssäule hinunterklettern, und vorläufig wußte er nicht, wie er dies anstellen sollte.

Er wandte sich wieder der aus dem Kliff ragenden Stange zu. Der Scheller würde möglicherweise in diesem Augenblick dabei sein, durch das Tor zu kommen. Und selbst wenn er

zögerte – er mußte einfach kommen, denn dies war sein einziger Ausweg.
Die Minuten verstrichen, sie dehnten sich zu Stunden, sofern Kickaha seinem Zeitgefühl vertrauen durfte. Die Sonne stieg im Bogen vom Zenit herab. Kickaha wanderte auf und ab, um seine Muskeln zu lockern und die Blutzufuhr in den Beinen und den Gesäßpartien anzuregen. Plötzlich erschienen in der Luft von nirgendwoher ein Fuß, dann ein Bein. Der Scheller auf der anderen Seite versuchte das Unbekannte zu prüfen.
Der Fuß tastete hierhin und dorthin, auf der Suche nach festem Halt, und stieß nur auf Luft. Der Fuß zog sich zurück, und ein paar Sekunden später zeigte sich das Gesicht des Schellers – wie die Cheshire-Katze aus *Alice im Wunderland*, nur umgekehrt – mitten in der Luft.
Kickahas Messer war ein silberner Blitz, der auf dieses Gesicht zuschoß. Das Gesicht zuckte ins Nichts zurück, und das Messer verschwand im Himmel, ungefähr eine Ellbogenlänge unterhalb der Stelle, an der sich das Gesicht befunden hatte.
Das Tor war also nicht eingleisig. Daß sein Messer hindurchgehen konnte, bewies dies. Die Tatsache, daß der Scheller Teile seines Körpers hindurchschieben und wieder zurückziehen konnte, hatte allerdings nichts mit dem Einbahnstraßencharakter mancher Tore zu tun. Selbst Einwegtore ermöglichten es, daß ein Körper halb durch sie hindurchging und wieder zurückkehrte. Außer natürlich, der Lord, der diese Schleuse aufgebaut hatte, wünschte den Körper des Benutzers zu verletzen.
Wieder vergingen Sekunden. Kickaha fluchte leise. Er würde vielleicht niemals erfahren, ob er getroffen hatte oder nicht.
Dann drang plötzlich aus dem Nichts ein Kopf, dann folgten ein Nacken und Schultern, eine Brust und ein Zwerchfell, aus dem ein Messergriff ragte.
Der restliche Körper wurde sichtbar, als der Scheller durch das

Tor taumelte. Er fiel und fiel hinunter, und der Körper wurde kleiner und kleiner und verlor sich dann in der Tiefe. Kickaha konnte allerdings an der weißen Gischt im Fluß erkennen, wo der Körper aufschlug.

Kickaha holte tief Luft und setzte sich, am ganzen Körper zitternd, nieder. Endlich war der Scheller tot, und alle Universen waren vor ihm und seiner Art für immer in Sicherheit.

Und hier hocke ich, dachte Kickaha. *Möglicherweise das einzige lebendige Wesen in diesem Universum. So mutterseelenallein, wie ein Mensch es nur sein kann. Und wenn ich mir nicht vor meinem nichtexistierenden Frühstück etwas Unmögliches einfallen lasse, dann werde ich sehr bald eines von den zwei* toten *Wesen in diesem Universum sein ...*

Wieder holte er tief Luft, und dann tat er, was er tun mußte.

Es schmerzte genauso heftig, die Stange nach außen zu hangeln, wie vorher. Als er den Querbalken erreicht hatte, ruhte er sich mit einem Arm und einem Bein darübergehängt aus. Als der Schmerz in seinen Händen und Beinen abgeklungen war, schwang er sich auf die Querstange und balancierte auf ihr. Nun zahlten sich die Tausende von Stunden auf dem Drahtseil und seine Hochgebirgskletterei aus. Er vermochte das Gleichgewicht zu halten auf dieser dünnen Stange, während er erneut den Punkt abzuschätzen versuchte, durch den der Scheller gestürzt war. Es war nur ein unbestimmter blauer Fleck, und er hatte nur eine Chance, sein Ziel zu erreichen.

Er sprang nach außen und aufwärts, sein Kopf stieß durch den Bügel, dann sein Oberkörper, und dann stöhnte er »Uff!«, als sein Bauch gegen die Kante des Hufeisentores stieß. Er griff nach vorn und zog sich, die Fingerspitzen auf dem Fels, durch das Tor. Eine ganze Weile lag er so auf dem Felsboden, bis sein Herz wieder normal schlug. Dann sah er, daß die Schelle über ihm schwebte und der Strahler nur ein paar Schritte entfernt von ihm auf dem Inselgrund lag.

Er stand auf und untersuchte die Schelle. Unzerstörbar war sie, und auch die Spitzen ihrer Antennen waren durch das gleiche unzerstörbare Material geschützt. Waren die Antennen zurückgezogen, dann verschlossen die Spitzen die beiden winzigen Löcher am Boden der Schelle. Aber die Antennen selbst waren aus weniger dauerhaftem Metall gefertigt, und sie hatten unter dem Hitzestoß gelitten. So jedenfalls erklärte Kickaha es sich. Tatsächlich vermochte er die Antennen nicht einmal zu sehen, so dünn waren sie. Allerdings konnte er sie fühlen. Die Tatsache, daß der Scheller seine Schelle nicht vor sich durch die Schleuse geschickt hatte, bewies ihm allerdings, daß irgend etwas die Schelle beschädigt haben mußte. Vielleicht hatte ja der Hitzestoß nur kurzfristig den relativ empfindlichen Sektor der durch Hirnwellen gesteuerten Navigation im Inneren der Schelle gestört. Schließlich war dies ja ein ganz neuer Mechanismus, etwas, das der Scheller wohl kaum in langwierigen Tests hatte erproben können.

Was immer auch geschehen war, die Schelle hing in der ihr einprogrammierten Höhe über der Insel fest. Und sie leistete noch immer einen geringen Widerstand gegen einen horizontalen Schub.

Kickaha vermutete, daß die Antennen noch immer bis zu einem gewissen Grad funktionstüchtig waren. Sonst würde die Schelle ja nicht eine präzise Höhe über dem Boden einhalten können.

Dies bot ihm eine Chance, seine einzige Chance, auf den Talgrund in mehreren tausend Metern Tiefe zu gelangen. Er hatte keine Ahnung, wie groß diese Chance war. Vielleicht blieb die Schelle ja einfach in dieser Horizontalen stehen, ganz gleich, ob der Boden unter ihr plötzlich abfiel. Aber wenn dem so sein sollte, dann konnte er noch immer die Spitze der Felssäule erreichen.

Er streifte sich den Gurt des Strahlers über eine Schulter, preßte die Schelle an die Brust und trat durch das Hufeisentor hinaus.

Er fiel so rasch, als würde er in den Gurten eines Fallschirms hängen, und erreichte eine Fallgeschwindigkeit, die weit höher war, als er zu hoffen gewagt hatte. Hin und wieder mußte er sich mit den Füßen von der Felssäule abstoßen, weil die Schelle die Neigung entwickelte, auf das Kliff zuzutreiben, als werde sie von der Felsmasse angezogen.

Dann hing er drei Meter über dem Fluß und ließ die Schelle los. Sein Sturz erfolgte ein wenig schneller als zuvor, und er prallte auf das Wasser. Es war warm und hatte eine starke Strömung. Er mußte ziemlich rudern, um ans Ufer zu kommen, doch es gelang ihm. Nachdem er seine Kräfte wieder etwas gesammelt hatte, wanderte er das Ufer entlang, bis er die Schelle entdeckte. Sie lag am Fuß der Felssäule blockiert da – wie ein Tierjunges, das an seiner riesigen Mutter säugt. Er sah keine Möglichkeit, zu ihr zu gelangen, und er hätte auch keinen Grund gewußt, warum er dies hätte tun sollen.

Ein paar Schritte weiter stieß er auf die Leiche des Schellers. Der Körper war auf einem Felsriff gelandet, das sich kaum über die Wasseroberfläche erhob. Das Riff lag in einer kleinen Bucht des Flusses. Der Rücken der Leiche war aufgeschlitzt, der Hinterkopf war eine weiche Masse, als wäre er auf Zement und nicht auf Wasser geprallt. Das Messer steckte noch immer im Zwerchfell. Kickaha zog es heraus und säuberte es am Haar des Schellers. Das Messer hatte bei dem Sturz keinen Schaden erlitten.

Dann zog er den Körper aus dem Fluß. Hinterher überdachte er das Problem der riesigen Schleusentore, die hufeisenförmig im Fels standen, ähnlich wie das kleinere Bogentor auf der Insel in jener anderen Welt. Zwei dieser Tore lagen auf seinem Flußufer, die beiden anderen gegenüber. Jedes von ihnen befand sich in einer Ecke einer Fläche, die etwa drei Kilometer im Quadrat umfaßte. Er ging auf das nächstgelegene Tor zu, hob einen Stein auf und warf ihn hindurch. Der Stein flog und landete auf dem

Felsboden auf der anderen Seite. Auch dies war wieder einer von diesen witzigen Einfällen Red Orcs. Vielleicht waren alle vier Hufeisentore nichts weiter als Bögen, und Kickaha würde auf dieser unfruchtbaren Erde gestrandet sein ... bis er schließlich verhungerte.

Der nächste Bügel, auf der nordöstlichen Ecke, erwies sich gleichfalls als nichts weiter denn ein Bogen.

Kickaha verspürte allmählich Hunger und eine große Müdigkeit. Er würde nun über den Fluß schwimmen müssen. Durch diese sehr starke Strömung. Wenn er die beiden anderen Tore erreichen wollte. Die Entfernung zwischen einem Bogen zum anderen betrug drei Kilometer, und wenn er alle vier ausprobieren wollte, dann würde er insgesamt zwölf Kilometer laufen müssen. Normalerweise würde ihm dies nicht das geringste ausgemacht haben, aber während der letzten Stunden hatte er ziemlich viel durchstehen müssen.

Er setzte sich einen Augenblick lang nieder. Dann sprang er plötzlich auf und schalt sich selbst fluchend einen Narren. Er hatte vollkommen vergessen, daß die Tore gelegentlich in einer Richtung funktionierten, aber nicht in der umgekehrten Richtung. Er hob einen Stein auf, trat auf die andere Seite des großen Bogens und schleuderte den Stein hindurch. Aber der Bogen blieb weiterhin nur ein Bogen.

Es blieb ihm nichts anderes übrig, als zu dem ersten Bogen zurückzugehen und diesen ebenfalls von der anderen Seite her auszuprobieren. Aber auch hier erwies sich, daß es sich nicht um ein Tor handelte.

Er schwamm durch den Fluß und erreichte das andere Ufer, nachdem er fast einen Kilometer abgetrieben worden war. Seine Reise dehnte sich also noch weiter aus. Der Strahler erschwerte das Schwimmen und das Gehen beträchtlich, denn er wog immerhin über zwanzig Pfund. Aber er wollte ihn nicht zurücklassen.

Der südwestliche Bogen war nur ein enorm gekrümmter Metallstreifen. Er marschierte auf das letzte Hufeisen zu, während die Sonne sich immer tiefer abwärts und nach Westen neigte. Noch hing sie leuchtend im schweigenden Himmel über dem schweigenden Land. Sogar der Wind hatte sich gelegt, und der einzige Laut war das Rauschen des Flusses, aber auch dies erstarb, als er sich davon entfernte, und dann hörte er nur noch das Geräusch seiner Schritte auf dem Fels und seinen eigenen Atem.

Als er den nordwestlichen Bogen erreicht hatte, war er so müde, daß er eigentlich gern seine Steinschleuderei für eine Weile zurückgestellt hätte. Aber wenn sich dies als ein weiterer Scherz von Red Orc erweisen sollte, dann konnte es auch sehr wohl der letzte Scherz werden, über den Kickaha nicht lachte. Also konnte er es auch genausogut gleich hinter sich bringen.

Der erste Stein flog durch das Tor und landete auf dem Fels dahinter. Der zweite Stein, von der anderen Seite, fiel durch den Bogen und auf den Boden dahinter.

Kickaha sprang vor Enttäuschung auf und ab, kreischte und hieb eine Faust in die andere Hand. Er kickte einen kleinen Brocken an und heulte vor Schmerz auf und hoppelte von ihm fort. Er raufte sich die Haare und hämmerte sich gegen den Schädel. Dann reckte er das Gesicht gegen den blinden blauen Himmel und zu der grellen gelben Sonne hin und heulte wie ein Wolf, dessen Schwanz in einer Bärenfalle gefangen ist.

Nach einiger Zeit wurde er still und ruhig. Er hätte sehr wohl Teil des hellroten Felsgesteins sein können, das sich auf diesem Planeten so reichlich fand, nur seine Augenlider zuckten, und seine Brust hob und senkte sich.

Als er den Schimmel seiner Gedanken abstreifen konnte, wanderte er entschlossen, aber ohne Gefühlsregungen auf den Fluß zu. Dort trank er in tiefen Zügen. Dann suchte er sich eine Stelle, wo er für die Nacht Schutz finden würde. Nach einer

Viertelstunde entdeckte er an einer niedrigen Hügelflanke im massiven Fels eine Höhlung, die ihn vor dem Wind schützen konnte. Er dachte – unvermeidlich – daran, was wohl kommen würde, aber er schlief dann doch ein.

Am nächsten Morgen betrachtete er sich den Körper des Schellers und überlegte, ob er wohl gezwungen sein würde, von ihm zu essen.

Um etwas zu tun zu haben und auch, weil er niemals völlig die Hoffnung aufgab und nichts unversucht lassen wollte, watete er durch das seichte Wasser am Flußufer und streifte mit den Händen durch das Wasser. Er berührte keinen Fisch, nichts erschrak vor ihm und enthüllte durch Flucht seine Anwesenheit. Auch war es ja kaum wahrscheinlich, daß es hier überhaupt Fische gab, zumal ja auch jeder Hinweis auf pflanzliches Leben fehlte.

Er wanderte auf den Hügelkamm hinauf, unter dem er die Nacht über geschlafen hatte. Er saß auf dem harten abgerundeten Gipfel eine ganze Weile und bewegte sich nur, um den Druck des Steins an seinem Gesäß zu mildern. Seine Lage war ganz einfach – sie war hoffnungslos. Entweder hatte Red Orc für seinen Gefangenen einen Fluchtweg vorgesehen, falls dieser schlau und wendig genug war, oder Red Orc hatte das eben nicht getan. Und wenn nicht, dann würde der Gefangene einfach hier sterben müssen. Wenn ja, dann war der Gefangene – in diesem Fall Kickaha – einfach nicht schlau genug. Wie immer, der Gefangene würde in jedem Fall ziemlich bald sterben müssen.

Kickaha saß eine lange Zeit so da, dann stöhnte er. Was war nur mit seinem Gehirn los? Sicher, die Steine waren durch die Tore geflogen, aber nichts Fleischliches war hindurchgegangen. Er hätte sie selbst körperlich prüfen müssen, anstatt nur vorsichtig einen Versuch mit Steinen zu machen. Die Tore konnten ja so programmiert sein, daß sie nur in Funktion traten, wenn

Materie über einer bestimmten Masse hindurchging, oder menschliche Gehirnströme nahe genug herankamen, um den Mechanismus auszulösen. Aber Kickaha war dermaßen mit den möglichen Fallen auf der anderen Seite der Tore beschäftigt gewesen, daß er an diese Möglichkeiten überhaupt nicht gedacht hatte.

Dennoch – jedes aktivierte Tor konnte so eingestellt werden, daß es jede größere Masse, die durch sie hindurchkam, vernichtete, genau wie das Tor aus dem Raum mit dem Quecksilbersee ja eine Falle gewesen war. Er stöhnte bei dem Gedanken, was ihn seine Unterlassungssünde an Mühe und Schweiß kosten würde. Aber immerhin hatte er nicht bis jetzt überlebt, indem er sich faul sacken ließ. Er hievte sich den toten Körper des Schellers auf die Schulter und dankte seinem Schicksal, daß der Mann schmächtig war. Dann machte er sich zu dem nächstgelegenen Tor auf.

Es wurde ein langer, ein heißer und körperlich erschöpfender Tag. Die fehlende Nahrung schwächte ihn, und mit jedem Fehlschlag an einer der Torschleusen fühlte er sich schwächer. Und daß er wieder über den Fluß schwimmen, den toten Körper und das Gewicht des Strahlers schleppen mußte, schwächte ihn noch mehr. Aber er stieß den Leichnam sechsmal durch die drei Tore, jeweils von beiden Seiten.

Nun ruhte er sich neben dem vierten Tor aus. Die Leiche des Schellers lag neben ihm, die Arme ausgestreckt, das Gesicht der heißen Sonne zugekehrt, die Augen weit geöffnet, und ein schwacher Verwesungsgestank stieg von dem Körper auf wie ein Schwarm unsichtbarer Fliegen. Immerhin, es gab in dieser Welt keine wirklichen Fliegen.

Die Zeit verstrich. Und Kickaha fühlte sich nicht im geringsten kräftiger. Er mußte jetzt aufstehen und den Leichnam von beiden Seiten durch das Tor werfen. Es stand außer Frage, daß er ihn nicht einfach hindurchrollen konnte, denn er wollte ja nicht gerade in der Streurichtung einer Explosion stehen. Er mußte

sich also am Rand der Torbügel aufhalten, die Leiche hochheben, sie durch das Tor werfen und im gleichen Moment beiseite springen.
Er unternahm seinen siebenten Versuch. Der Körper flog durch das Tor und landete flach auf dem Boden der anderen Seite. Nun blieb Kickaha nur noch eine einzige Chance. Eine allerletzte. Und diesmal hob er den Körper vor der Brust hoch, bis er fast senkrecht hing, und schob ihn dann hinüber.
Als er aufblickte, sah er von seinem Standpunkt auf dem Fels aus, daß der Körper noch immer sichtbar war.
Also war auch diese Theorie flötengegangen. Und damit eigentlich auch er selbst. Er war erledigt.
Er setzte sich dennoch auf. Er wollte nicht einfach die Augen schließen und nur so daliegen. Und dieser Entschluß, ohne daß irgend etwas in seinem Bewußtsein ihn dazu bewegt hätte, rettete ihm das Leben.
Und doch wäre er fast gestorben. Das tigerähnliche Geschöpf, das ihn über den Fels her beschlich, lautlos bisher, begann seine Sprünge weiter zu setzen, wurde schneller und brüllte, als es sah, daß Kickaha sich aufsetzte. Er war so überrascht, daß er einen Augenblick lang wie erstarrt dasaß. Damit gab er der Bestie einen Vorteil. Doch er erlaubte dem Tier nicht allzu viele Vorteile. Der Strahler sprühte in eben jenem Augenblick, in dem das Tier zu seinem letzten Sprung ansetzte. Der Strahl schnitt durch seinen Kopf, säbelte einen Teil einer Pfote ab und bohrte sich in den Felsen dahinter. Der Körper klatschte zu Boden, glitt auf Kickaha zu und ließ ihn das Gleichgewicht verlieren, so daß er wie ein Ball herumgerollt wurde. Als er sich wieder aufrappelte, hatte er Schmerzen in den Beinen, im Rücken, in der Brust, in den Händen und der Nase. Seine Haut war durch die Reibung am Gestein ziemlich zerfetzt, und wo die Bestie gegen seine Beine geprallt war, verspürte er einen dumpfen Schmerz, der sich immer mehr steigerte.

Aber das Tier sah immerhin eßbar aus. Kickaha glaubte zu wissen, woher es kam. Er schnitt sich einige brauchbare Stücke ab, und wenn er sie gebraten und gegessen hatte, würde er sich wieder zum nordwestlichen Tor begeben und es noch einmal genauer untersuchen.

Das Tier war etwa um ein Viertel größer als ein sibirischer Tiger. Es besaß den Körperbau eines Feliden, einen dichten langen Pelz mit gelbbraunen Unterhaaren und rote Zickzackstreifen am Kopf und am Körper, sowie strumpfartige Pelzstiefelchen an den unteren Extremitäten und an den Pfoten. Die Augen waren zitronengelb, die Zähne sahen mehr wie die eines Hais aus als die einer Katze.

Die Fleischstücke schmeckten ranzig, aber immerhin gaben sie seinem Körper neue Kraft.

Er packte den toten Scheller am Arm und schleifte ihn die drei Kilometer bis zu dem Tor. Die Leiche war mittlerweile bereits im Zustand der Auflösung begriffen, und sie stank sogar noch widerlicher, als er sie aufhob und durch das Tor katapultierte.

Und dieses Mal verschwand der Körper im Nichts, und ein Ölstrahl schoß aus der Schleuse, der ihn getroffen und bedeckt haben würde, hätte er sich direkt vor der Schleuse aufgehalten, und dies in einer Entfernung bis zu zehn Metern. Das ölige Flüssigkeitsgemisch fing sofort Feuer und brannte etwa eine Viertelstunde lang.

Zehntes Kapitel

Kickaha wartete lange Zeit ab, bis das Feuer erloschen war. Dann sprang er durch das Tor, den Strahler im Anschlag. Er hatte keine Ahnung, was ihn drüben erwarten würde. Vielleicht noch solch ein tigerähnliches Wesen. Inzwischen war ihm klargeworden, daß er beim ersten Mal, als er den Scheller durch das Tor geschoben hatte, irgendeinen Zeitmechanismus ausgelöst haben mußte, der diese Bestie einige Zeit später, nachdem er den Versuch aufgegeben hatte, durch das Tor freisetzte. Das war ein unerhört raffinierter und recht sadistischer Mechanismus, und es war genau das, was man von Red Orc zu erwarten hatte. Aber es fiel Kickaha auch ein, daß Red Orc vielleicht die Lust verloren haben könnte, noch mehr Trickmaschinerie aufzustellen, denn wahrscheinlich war er ja wohl überzeugt davon, daß es ziemlich unwahrscheinlich, wenn nicht unmöglich sein würde, daß irgendwer soweit vordringen konnte.

Eine Sekunde lang befand er sich in einem kleinen kahlen Raum, in dem sich ein großer Käfig mit geöffneter Tür und eine schwarze Kuppel auf drei kurzen Füßen befanden. Dann war er in einem anderen Raum. Dieser war größer und schien aus einem harten grauen Metall oder Plastikstoff gemacht, und es fehlte an jeder Dekoration und Möbeln, wenn man von einer Kommode ohne Hocker, einer Waschschüssel mit einem einzigen Wasserhahn darüber und einem Tischchen aus Metall, das am Boden mit Ketten verankert war, absah.

Der Übergang von dem einen Raum in den anderen erschreckte ihn, obgleich er sich leicht erklären konnte, wie dies geschehen konnte. Während er durch das Tor in den ersten Raum

gesprungen war, hatte er den Mechanismus eines verzögerten Tores ausgelöst, und dieses hatte ihn, sobald es aktiviert war, in dieses anscheinend ausgangslose Zimmer katapultiert.
Das Licht schien keine sichtbare Quelle zu haben, es erfüllte den ganzen Raum mit gleichmäßiger Stärke. Es war hell genug, daß er sehen konnte, daß es in den Wänden keine Ritzen oder Schwachstellen gab. Nichts ließ auf ein Fenster oder auf eine Tür schließen. Und die Wände waren aus einem harten, widerstandsfähigen Material. Der Energiestrahl seines Strahlers erwärmte selbst bei höchstem Energiestoß nur die Wand und die Luft im Raum. Er schaltete die Waffe ab und suchte nach der Luftzufuhr, sofern es eine solche gab.
Nach ausgiebiger Untersuchung kam er zu der Überzeugung, daß die Frischluft langsam aus einer Stelle genau über der Tischplatte strömte. Das bedeutete, daß sie durch einen Mechanismus eingeschleust wurde, der in der massiven Tischplatte verborgen war. Und die verbrauchte Luft entwich durch eine andere Schleuse, die in irgendeiner oberen Ecke zwischen Wand und Decke liegen mußte. Diese Torschleusen dürften dann wechselseitig funktionieren, und sie ließen offensichtlich nur Gasförmiges durch.
Er richtete den Strahler mit voller Energie auf die Tischplatte, doch erwies sie sich als ebenso widerstandsfähig wie die Wände. Wenn aber sein Gefängniswärter nicht beabsichtigte, ihn verhungern zu lassen, dann würde er auch für eine Torschleuse gesorgt haben, durch die dem Gefangenen Nahrung zugeschickt werden würde. Möglicherweise war es das gleiche Minitor in der Tischplatte, das dann umprogrammiert wurde, um feste Stoffe durchzulassen, wenn es Zeit für das Essen war.
Kickaha überdachte dies eine Weile und fragte sich dann, warum keiner daran gedacht hatte, dies als Fluchtweg zu verwenden. Vielleicht hatte ja der Lord daran gedacht und hoffte, daß sein Gefangener es ebenfalls tun würde. Dies wäre

genau der Sinn von Humor, den man von einem Lord zu erwarten hatte. Dennoch, es war eine verrückte Idee, vielleicht war sie dem Lord gar nicht eingefallen.

Er stellte sich vor, daß irgendwo in dem Gebäude, in dem sich dieser Raum befand, in einem Kontrollzentrum Alarmlichter blinkten und Alarmsirenen heulten. Vorausgesetzt natürlich, der Raum befand sich in einem Haus und nicht in irgendeinem verlassenen Taschenuniversum. Wenn aber der Lord nicht hier war, dann kehrte er vielleicht zu spät zurück, um seinen Gefangenen festzuhalten.

Er hatte keine klare Vorstellung davon, wieviel Zeit verging, doch er schätzte, daß etwa vier Stunden vergangen sein mußten, als das Tablett sich auf dem Tisch manifestierte. Darauf stand irdische Nahrung, ein gut gebratenes Mediumsteak, grüner Salat, Karotten, Zwiebeln und eine Knoblauchsoße für den Salat, drei Scheiben europäisches Mischbrot mit echter Butter und eine Schale Schokoladeneis.

Er fühlte sich viel besser, nachdem er gegessen hatte, ja er war der Person, die ihn festgesetzt hatte, beinahe ein wenig dankbar. Dennoch verlor er keine Zeit, nachdem er den letzten Löffel Eiskrem gegessen hatte. Er kletterte auf die Tischplatte, den Strahler mit dem Riemen auf der Schulter befestigt, das leer gegessene Tablett in den Händen. Dann beugte er sich vor, balancierte auf einem Bein, setzte das Tablett ab und stieg darauf. Er hatte sich ausgerechnet, daß das Tor durch das Tablett und die Teller darauf und nicht durch ein bestimmtes Gewicht aktiviert werden mußte. Und er setzte sein Leben aufs Spiel, in der Hoffnung, daß die Wirkung des Tores sich weit genug nach oben erstrecken würde und auch ihn einschloß. Wenn nicht, würde jemand am anderen Ende durch eine halbierte Leiche überrascht werden. Wenn er aber richtig gedacht hatte, dann würde irgendwer gleichfalls recht überrascht sein, allerdings weit unangenehmer.

Plötzlich befand er sich auf einem Tisch in einem Wandschrank, der nur von einem Deckenlicht beleuchtet wurde. Wäre er nicht in Hockstellung gewesen, dann wäre er ohne Kopf materialisiert worden.

Er stieg vom Tisch, stieß die Tür auf und trat in eine sehr große Küche. Ein Mann stand dort mit dem Rücken zu ihm, doch er hatte wohl das Geräusch der Schranktür gehört, denn er wirbelte herum. Der Mund stand offen, die Augen waren weit aufgerissen, und er stammelte: »Was, zum Teufel ...«

Kickahas Fuß erwischte ihn an der Kinnspitze. Der Mann sackte bewußtlos rücklings zu Boden. Kickaha lauschte, um sicher zu sein, daß der Sturz des Mannes nicht irgendwen alarmiert hatte, dann durchsuchte er die Taschen des Mannes.

Er fand eine abgesägte 38er Smith & Wesson in einem Schulterhalfter und eine Brieftasche mit hundertzehn Dollar in Scheinen, zwei Führerscheine, die allgegenwärtigen Kreditkarten und eine Geschäfts-Visitenkarte. Der Mann hieß Robert di Angelo.

Kickaha untersuchte die Waffe, steckte sie dann in seinen Gürtel und durchsuchte die Küche. Sie war so weiträumig, daß sie sich nur im Herrschaftshaus eines sehr reichen Mannes befinden konnte. Sehr schnell entdeckte er ein kleines Kontrollbord hinter einer halb geöffneten Schiebetür in der Wand. Mehrere Kontrollampen blinkten.

Daß di Angelo ihm ein Tablett mit Essen bereitet hatte, bewies, daß die Bewohner dieses Hauses wußten, daß sie einen Gefangenen hatten. Oder jedenfalls, daß der Lord es wußte. Vielleicht hatten ja dessen Männer keine Ahnung von Dimensionstoren, aber man hatte ihnen sicher befohlen, Red Orc Bescheid zu geben, wenn die Lämpchen auf diesem Kontrollbord oder auf anderen aufblinkten, und mit Sicherheit waren auch akustische Warnanlagen eingeschaltet. Diese allerdings würden inzwischen abgeschaltet worden sein.

Es mußte einen optischen Monitor für das Gefängnis geben, so daß der Lord, in diesem Fall Lord Urthona, wissen mußte, wen er gefangen hatte. Aber warum hatte Urthona nicht sofort Schritte unternommen, seinen Gefangenen zu verhören? Er brannte doch zweifellos vor Neugierde zu erfahren, wie Kickaha dorthin geraten war.

Er ließ Wasser in ein Glas laufen und schüttete es dem Mann auf dem Boden ins Gesicht. Di Angelo bewegte sich, rollte den Kopf hin und her, seine Augen öffnen sich Er zuckte erneut zusammen, als er Kickaha über sich gebeugt erblickte und die Messerspitze an seiner Kehle spürte.

»Wo ist dein Boß?« fragte Kickaha.

Di Angelo stammelte: »Ich weiß es nicht.«

»In deinem Fall ist Unwissenheit kein Segen«, sagte Kickaha. Er trieb die Messerspitze in die Haut des Mannes, und Blut tropfte von seinem Hals.

Der Mann riß die Augen weit auf und sagte: »Langsam, langsam!« Und dann: »Was macht das schon für einen Unterschied? Du hast nicht die geringste Chance. Ich sage, was los war ...«

Di Angelo war der Koch, doch er wußte auch über das Bescheid, was sich auf den unteren Rängen abspielte. Vor langer Zeit hatte man ihm befohlen, seinen Herrn, den er als »Mr. Callister« bezeichnete, zu informieren, wenn die Alarmanlagen in der Küche aktiviert würden. Und bis zu diesem Abend waren sie stumm geblieben. Als sie zum Leben erwachten, war er erschrocken und hatte sofort Mr. Callister angerufen, der mit seiner Truppe in irgendwelchen Geschäften unterwegs war, über die di Angelo nichts wußte. Sie mußten irgendwie mit den vor kurzem aufgetauchten Schwierigkeiten zusammenhängen, die entstanden waren, als Kickaha und die übrigen erschienen waren. Callister hatte di Angelo befohlen, was er tun sollte, nämlich nur eine Mahlzeit zubereiten, sie auf den Tisch in dem Wandschrank setzen, die Schranktür schließen und einen bestimmten Knopf auf dem Kontrollbord drücken.

Kickaha fragte nach Wolff, Chryseis und Anana. Di Angelo sagte: »Ein paar von den Jungs haben sie ins Büro vom Boß gebracht und dort gelassen, und seither haben wir von denen nichts mehr gesehen. Ich schwöre bei Gott, ich sage die Wahrheit! Wenn jemand weiß, wo sie jetzt sind, dann nur Callister. Er, und nur er allein!«

Kickaha zwang di Angelo auf die Beine und ließ sich von ihm durch das Haus führen. Sie kamen durch einige Korridore und große, luxuriös ausgestattete Räume und stiegen dann eine gewundene Marmortreppe in das Obergeschoß hinauf. Unterwegs erzählte di Angelo, daß das Haus auf einem von einer Mauer umgebenen Grundstück in Beverly Hills liege. Es war die Adresse, die Red Orc als die Urthonas angegeben hatte.

»Wo ist die Dienerschaft?« fragte er.

»Entweder sind sie nach Hause gegangen, oder sie sind in ihren Quartieren über den Garagen«, sagte di Angelo. »Ich lüge wirklich nicht, Mister, wenn ich sage, daß ich ganz allein im Haus bin.«

Die Tür zu Callisters Büro war aus massivem Stahl und verschlossen. Kickaha richtete den Strahler auf sie und schnitt das Schloß mit einer raschen, kurzen Kreisbewegung heraus. Di Angelos Augen quollen ihm aus den Höhlen, und er wurde noch bleicher. Offensichtlich hatte er keine Ahnung von den Waffen der Lords.

In einem riesigen Mahagonischreibtisch fand Kickaha Klebeband und fesselte damit die Hände di Angelos auf seinem Rücken und die Fußknöchel aneinander. Während di Angelo auf einem Stuhl saß, durchsuchte Kickaha rasch, aber gründlich das Büro. Er entdeckte die Schaltzentrale, von der er hoffte, daß sie die Tore aktivierte, nachdem er einen Knopf an der Seite des Schreibtischs gedrückt hatte. Das Kontrollbord schoß aus dem Möbel heraus. Die Tasten, Skalen und Lichter trugen Bezeichnungen, die jeden Erdenmenschen außer Kickaha verwirrt hätten. Hier handelte es sich um die Schrift der Lords.

Allerdings wußte er nicht, von welcher Art die Dimensionstore mit der Bezeichnung eins bis zehn waren, auch nicht, was geschehen würde, wenn er einen Knopf mit dem Zeichen »M« drückte. Tausenderlei konnte passieren, aber er hegte den Verdacht, daß das Symbol für *miyrtso* stand, also für »Tod«.
Die erste Schwierigkeit bei diesem Schaltpult bestand für ihn darin, daß er nicht wußte, wo sich die Tore befanden, selbst wenn er sie aktivieren konnte. Kein Lord war so dumm, ein funktionierendes Kontrollsystem so leicht zugänglich zurückzulassen. Sicher trug er auf dem Körper irgendein Instrument, das eingeschaltet werden mußte, bevor das Schaltpult mit Energie versorgt wurde. Immerhin wußte Kickaha nun, wo das Schaltbord lag und konnte es benutzen, sofern er jemals den Aktivator in die Hand bekam. Und natürlich, sofern er auch die Schleusen entdeckte.
Es war außerordentlich frustrierend, denn er war sich sicher, daß Anana und seine beiden Freunde – sofern sie noch am Leben waren – jenseits von einem dieser zehn Tore waren.
Das Telefon schrillte. Kickaha war zunächst erschrocken, fing sich aber sofort wieder. Er nahm den Apparat und trug ihn zu di Angelo hinüber.
Er hielt den Hörer so zwischen sie beide, daß sie beide hören konnten, was gesprochen wurde. Er brauchte di Angelo nicht zu sagen, was von ihm erwartet wurde. Er sagte: »Hallo?«
Die Stimme am anderen Ende war die von Ramos.
»Di Angelo? Moment!«
Die dann sprechende Stimme gehörte jenem Mann, mit dem Kickaha gesprochen und den er für Red Orc gehalten hatte. Also mußte es Urthona sein, und was immer ihn bewegt haben mochte, sich aus seiner Versteckspielerei hervorzuwagen, es mußte etwas sehr Wichtiges sein. Und das einzige, was ihn wohl dazu verführen konnte, war eine Möglichkeit, Red Orc in die Finger zu bekommen.

»Angelo? Ich habe hier einen Alarmruf bekommen. Aus meinem Büro. Hast du eine Ahnung, was da los ist?«
Kickaha schüttelte den Kopf, und di Angelo sagte: »Nein, Sir.«
»Also, irgend jemand ist in meinem Büro. Wo bist du jetzt?«
»In der Küche, Sir«, sagte di Angelo.
»Geh mal rauf und schau nach, was da los ist«, befahl Urthona. »Ich halte die Leitung offen. Außerdem schicke ich dir Männer aus dem Lagerhaus, die dir helfen werden. Geh kein Risiko ein. Schieß gezielt, um zu töten, außer wenn du absolut sicher bist, daß du ihn überrumpeln kannst. Verstanden?«
»Sehr wohl, Sir«, sagte di Angelo.
Das Telefon klickte. Kickaha empfand kein Triumphgefühl. Es mußte Urthona ja klar sein, daß jeder, der sich in seinem Büro befand, ebenfalls den Hörer abgenommen und zugehört haben konnte. Er würde wissen, daß dies die Chance, daß di Angelo einen Eindringling überraschte, stark verringerte, und das wiederum bedeutete, daß die Verstärkung so rasch wie möglich eintreffen würde.
Kickaha verklebte di Angelo den Mund und schloß ihn in einem Schrank ein. Dann zerstörte er mit einem Energiestoß seines Strahlers das Schaltbrett für die Schleusen. Wenn Urthona seine anderen Gefangenen transferieren wollte – sofern er welche hatte – oder ihnen etwas antun wollte, dann würde ihn diese Maßnahme eine Weile aufhalten. Er würde ein neues Kontrollbord zusammensetzen müssen, wenn er nicht irgendwo eines in Vorrat hatte.
Der nächste Schritt hieß, daß er so schnell wie möglich das Haus verlassen und zum Hauptbahnhof gelangen mußte, um das Horn aus dem Schließfach zu holen. Er wünschte, er hätte das Horn vorher holen können, denn dann hätte er es ungehindert einsetzen können. Nun würde Urthona sicherlich sein Haus genau überwachen lassen.
Also mußte er aus dem Haus und ins Stadtzentrum gelangen. Er

entschloß sich, den Strahler auf dem Grundstück zu verstecken. Fast an der Mauer fand er einen großen Oleanderstrauch und dahinter eine Bodenkuhle. Das Grundstück war gärtnerisch hervorragend gepflegt. Er fand keine abgefallenen Blätter oder Zweige, mit denen er die Waffe hätte bedecken können. Also legte er sie in die Kuhle und ließ sie so dort liegen. Er beschloß, auch den Revolver dort zu lassen, den er di Angelo abgenommen hatte. Er war zu massig, als daß er ihn unter seinem Hemd hätte verstecken können.

Elftes Kapitel

Er verließ das Grundstück ohne Zwischenfälle. Allerdings mußte er zu dem Versteck zurückkehren und den Strahler holen, um das Schloß an dem Eisentor aufzuschneiden, das den Ausgang zur Straße bildete. Das Tor lag in einer hohen Ziegelmauer mit Eisenstacheln auf der Brüstung. In dem Wächterhäuschen neben dem großen eisernen Tor befand sich niemand. Wahrscheinlich hatte Urthona alle Männer, außer di Angelo, aus dem Haus abgezogen. In dem Wachhaus waren Kontrollschalter, und er fand sehr rasch jene heraus, die beide Tore aktivierten. Aber die Elektrizität für beide Tore war abgeschaltet, und Kickaha wollte keine Zeit damit verschwenden, ins Haus zurückzukehren und di Angelo zu befragen. Er brannte den Mechanismus des Schlosses durch und stieß das Tor auf. Hinter ihm begann eine Sirene zu jaulen, er sah, wie Lichter auf dem Kontrollbord im Wächterhaus aufblinkten. Wenn dieser Lärm so weiterging, würde bald die Polizei sich einschalten. Kickaha lächelte bei dieser Vorstellung. Dann erstarrte das Lächeln auf seinem Gesicht. Er wollte ebensowenig wie Urthona, daß sich die Polizei in die Sache einmischte.

Er versteckte den Strahler wieder hinter dem Strauch und wanderte dann südwärts. Nach fünf Häuserblocks erreichte er den Sunset Boulevard. Es erfüllte ihn mit einer gewissen Sorge, daß irgendein Streifenwagen ihn bemerken könnte, denn er hatte begriffen, daß alle Fußgänger in dieser exklusiven und enorm reichen Gegend mit Sicherheit von der Polizei angehalten werden würden. Ganz besonders nachts.

Doch sein Glück verließ ihn nicht, und er fand sogar ein Taxi.

Der Fahrer wollte nicht so weit von Beverly Hills fort, doch Kickaha öffnete einfach die Hintertür und stieg ein. »Es handelt sich um einen Notfall«, sagte er. »Ich habe eine geschäftliche Verabredung, und es geht um eine Menge Geld.«
Er beugte sich vor und reichte dem Taxifahrer einen Zwanzigdollarschein aus di Angelos Brieftasche. »Das ist für Sie, neben dem regulären Fahrpreis und dem Trinkgeld. Glauben Sie nicht, Sie könnten einen kleinen Umweg machen?«
»Kann ich«, sagte der Taxifahrer und grinste.
Er ließ Kickaha drei Straßen vom Hauptbahnhof entfernt aussteigen, weil Kickaha nicht wünschte, daß er wußte, wohin er ging – für den Fall, daß die Polizei den Fahrer ausfragen würde. Er ging zum Bahnhof, nahm den Kaugummiball und den Schlüssel aus der Baumhöhlung und betrat dann die Bahnhofshalle.
Dort nahm er den Instrumentenkoffer aus dem Schließfach. Keiner beobachtete ihn, keiner störte ihn, nur ein kleines, etwa vierjähriges Mädchen starrte ihn mit weiten dunkelblauen Augen an und sagte dann: »Hallo!« Er streichelte dem Kind übers Haar, als er an ihm vorbeiging, was die Mutter dazu veranlaßte, die Kleine fortzuzerren und mit lauter Stimme eine Strafpredigt gegen die Freundlichkeit Fremden gegenüber vom Stapel zu lassen.
Kickaha mußte grinsen, obwohl er den Zwischenfall eigentlich gar nicht komisch fand. In den langen Jahren seines Aufenthaltes in der Welt der vielen Ebenen hatte er sich daran gewöhnt, daß Kinder als höchstgeschätzte und inniggeliebte Wesen behandelt wurden. Seitdem Wolff eine Chemikalie in die Gewässer dieser großen Welt gemischt hatte, die den Menschen eine tausendjährige Jugend ermöglichte, gleichzeitig jedoch die Geburtenrate drastisch senkte, hatte er ebenfalls dafür Sorge getragen, daß Kinder als etwas Wertvolles betrachtet wurden. Es gab kaum Fälle von Kindstötung, Kindesmißhandlung oder

Vernachlässigung von Kindern. Und wenn auch diese Art der Erziehung keineswegs verhinderte, daß die Kinder zu Erwachsenen heranwuchsen, die sich im Krieg recht hemmungslos betrugen – aber niemals Kinder mißhandelten oder töteten –, so schuf dies doch eine Bevölkerung, die weit weniger unter Neurosen und Psychosen litt als die sogenannten zivilisierten Erdenbewohner. Natürlich waren die meisten Sozialgebilde in Wolffs Welt ziemlich homogen und klein und technologisch primitiv und nicht den vielschichtigen Überschneidungen der jeweiligen Lebensstile unterworfen wie die hochindustrialisierten Gesellschaftssysteme auf der Erde.

Kickaha trat aus dem Bahnhof und wanderte mehrere Straßen weit, bis er auf einem weiten Tankstellengelände in einer Ecke eine öffentliche Telefonzelle entdeckte. Er wählte Urthonas Nummer. Es klingelte nur einmal, dann wurde der Hörer aufgenommen, und eine unbekannte Stimme meldete sich. Kickaha sagte: »Könnte ich bitte Mr. Callister sprechen?«

»Wer ist da?« fragte die grobe Stimme.

»Di Angelo wird mich beschreiben können«, sagte Kickaha. »Das heißt, falls ihr ihn in dem Schrank gefunden habt.«

Ein Ausruf erklang, dann: »Einen Moment.«

Sekunden später meldete sich eine Stimme: »Hier ist Callister.«

»Auch als Urthona bekannt, der augenblickliche Lord der Erde«, sagte Kickaha. »Ich bin der Mann, der Ihr Gefangener war.«

»Wie sind Sie . . .?« fragte Urthona, brach aber ab, da ihm klar wurde, daß er nicht mit einer Schilderung der Flucht rechnen konnte.

»Ich bin Kickaha«, sagte Kickaha. Es war nicht weiter gefährlich, seinen Namen preiszugeben, denn er war sicher, daß Urthona seinen Namen und eine Personenbeschreibung aus Anana herausgeholt hatte. »Der Erdenwurm, der es fertiggebracht hat, was ihr angeblichen Herren der Schöpfung nicht schaffen konntet. Ich habe alle einundfünfzig Scheller entweder selbst getötet oder dafür gesorgt, daß sie getötet wurden. Sie stellen keine Gefahr mehr dar. Ich entkam aus Red Orcs Haus in jener anderen Welt, kam durch alle seine Fallen heil hindurch und landete in Ihrem Haus. Wären Sie dort gewesen, hätte ich Sie gefangengenommen oder getötet. Geben Sie sich da keinen Illusionen hin. Aber ich rufe Sie eigentlich nicht an, um Ihnen vorzuschwärmen, was ich getan habe. Ich wünsche nur eins: in Frieden mit Wolff, Chryseis und Anana in Wolffs Welt zurückzukehren. Sie und Red Orc können die Geschichte hier untereinander auskämpfen – möge der bessere Lord gewinnen. Jetzt, da der Scheller tot ist, besteht für uns kein Grund mehr, warum wir hierbleiben müßten. Und auch für Sie nicht, meine Freunde weiter gefangenzuhalten.«

Es folgte ein langes Schweigen. Schließlich sagte Urthona: »Wie kann ich sicher sein, daß der Scheller tot ist?«

Kickaha beschrieb, was sich ereignet hatte, wobei er allerdings ein paar Einzelheiten ausließ, die – so dachte er – Urthona nichts angingen.

»Also können Sie jetzt meinen Bericht nachprüfen«, sagte er. »Natürlich können Sie meine genauen Bewegungen nicht nachvollziehen, da Sie nicht wissen, wo Red Orcs Haus liegt, und ich weiß es ebenfalls nicht. Doch ich glaube, alle Tore sind zweigleisig, und Sie könnten die Spur von dem Raum aus zurückverfolgen, in dem ich dann gelandet bin.«

Kickaha vermochte sich die Wechselgefühle von Entzücken und Alarmiertheit vorzustellen, die Urthona dabei empfand. Er hatte nun einen Zugang zu Red Orcs Haus angeboten bekommen, doch Red Orc konnte auf dem gleichen Weg umgekehrt gleichfalls in Urthonas Haus gelangen. Urthona sagte: »Sie irren sich. Ich weiß, wo Red Orc lebt. Gelebt hat, heißt das. Einer meiner Männer hat ihn vor knapp zwei Stunden auf der Straße gesehen. Er dachte zuerst, daß ich es sei und irgend etwas vorhätte, aus dem er besser seine Nase heraushalten sollte. Dann kam er hierher zurück, fand mich und wußte, daß ich so schnell nicht zurückkehren hätte können.

Mir wurde klar, was mein Glück mir beschert hatte. Ich holte meine Männer zusammen, und wir umzingelten das Haus und drangen dann ein. Wir mußten vier seiner Männer töten, doch er entkam uns. Hat sich wahrscheinlich hinausgeschleust. Und als er das tat, hat er sämtliche Tore im ganzen Haus inaktiviert. Wir konnten ihm nicht folgen.«

»Und ich hatte geglaubt, daß einer von den verbrannten Körpern der von Red Orc sei«, sagte Kickaha. »Aber er lebt noch. Nun ja ...«

»Ich bin dieses Spielchen allmählich leid«, sagte Urthona. »Es würde mir Spaß machen zu sehen, wie mein Bruder sich in einen dieser verkohlten Körper verwandelt. Ich schlage Ihnen noch einmal ein Geschäft vor. Wenn Sie mir Red Orc liefern, eindeutig identifizierbar, dann lasse ich Ihre Freunde frei und garantiere Ihnen sicheres Geleit zurück in Ihre Welt der vielen Ebenen. Vorausgesetzt natürlich, daß ich die Gewißheit gewinne, daß Ihre Geschichte über den Scheller wahr ist.«

»Aber Sie wissen doch, wie Sie sich Gewißheit verschaffen können«, sagte Kickaha. »Lassen Sie mich mit Anana und Wolff sprechen, damit ich die Garantie habe, daß sie noch leben.«

»Das ist im Augenblick unmöglich«, sagte Urthona. »Geben Sie mir – sagen wir – zehn Minuten. Rufen Sie dann wieder an.«

»Gut«, sagte Kickaha. Er hängte auf und verließ die Telefonzelle überstürzt. Urthona konnte über eine rasche Methode verfügen zu orten, woher der Anruf kam, oder auch nicht, doch er hatte nicht die Absicht, ihm diese Chance zu lassen. Er winkte ein Taxi heran und ließ sich in der Nähe des Asphaltlochs im La Brea absetzen. Von dort wanderte er den Wilshire Boulevard hinauf, bis er wieder eine Telefonzelle entdeckte. Es waren fünfzehn Minuten vergangen, nicht zehn. Diesmal beantwortete di Angelo den Anruf. Obgleich er Kickahas Stimme erkannt haben mußte, sagte er weiter nichts, als daß er warten solle, und legte das Gespräch auf einen anderen Apparat. Dann kam die Stimme Urthonas.

»Sie können zuerst zu meiner Nichte, dieser *Leblabbiy*-Hure, sprechen«, sagte Urthona.

Ananas wundervolle Stimme sagte: »Kickaha. Ist bei dir alles in Ordnung?«

»Bisher geht's ganz gut«, antwortete Kickaha. »Der Scheller ist tot! Ich habe ihn selbst getötet. Und Red Orc ist abgehauen. Halt die Ohren steif! Wir werden schon wieder in unsere gute alte Welt zurückkehren. Ich liebe dich!«

»Ich liebe dich auch«, sagte sie.

Urthonas Stimme mischte sich heftig und höhnisch ein: »Ja! Ich liebe dich auch, *Leblabbiy!* Wollen Sie jetzt was von Wolff hören?«

»Ich bin nicht bereit, Ihr Wort zu akzeptieren, daß es ihm gut geht«, sagte Kickaha.

Wolffs tiefe, melodische Stimme kam aus dem Hörer. »Kickaha, mein lieber, alter Freund! Ich wußte ja, daß du früher oder später aufkreuzen würdest!«

»Hallo, Robert! Fein, daß ich deine Stimme wieder mal zu hören bekomme! Ist mit dir und Chryseis alles in Ordnung?«

»Wir sind unverletzt, ja. Was für eine Art Geschäft hast du mit Urthona vor?«

Der Lord unterbrach: »Das ist genug, Erdenwurm! Sind Sie zufrieden?«

»Ich habe mich vergewissert, daß sie in diesem Augenblick noch am Leben sind«, sagte Kickaha. »Und es wäre auch besser, wenn sie lebten, wenn der Augenblick der Abrechnung kommt!«

»Sie wagen es, mir zu drohen?« fauchte Urthona. Dann mit ruhigerer Stimme: »Nun gut. Ich werde Ihnen in jeder nur möglichen Weise behilflich sein. Was brauchen Sie?«

»Die Adresse von Red Orcs Haus«, sagte Kickaha.

»Und wozu brauchen Sie die?« fragte Urthona überrascht.
»Ich habe meine Gründe. Also, wie lautet die Adresse?«
Urthona gab sie ihm, aber er sprach langsam, als versuchte er zu ergründen, warum Kickaha sie verlangt hatte. Kickaha sagte: »Das ist alles, was ich im Moment benötige. Bis bald.«
Er hängte auf. Eine Minute später saß er in einem Taxi unterwegs zu Urthonas Haus. Zwei Straßen davon entfernt bezahlte er den Fahrer und ging die restliche Strecke zu Fuß. Das kleine Eisentor war wieder durch eine Kette gesichert, und im Licht des Wachhäuschens am Haupttor sah er, daß drei Männer im Inneren waren. Auch das Herrschaftshaus war hell erleuchtet, allerdings konnte er durch die Fenster niemanden sehen.
Es schien momentan keine Möglichkeit zu geben, auf das Grundstück zu gelangen. Natürlich hätte er es schaffen können, bis zur Mauerkrone hinaufzuspringen und sich hinüberzuhieven, doch er war sicher, daß es oben auf der Mauer Alarmvorrichtungen gab. Aber schließlich, was soll's, dachte er. Im Augenblick beabsichtigte er ja nicht, in das Haus einzudringen. Er wollte nur den Strahler holen und dann sofort wieder verschwinden. Bis Urthonas Männer ankamen, konnte er längst wieder über die Mauer geklettert sein.
Zunächst aber war es unbedingt nötig, daß er das Horn irgendwo versteckte, denn es wäre zu unbequem, ja sogar unmöglich gewesen, mit ihm über die Mauer zu kommen. Er konnte es vor sich her über die Mauer werfen, aber das wollte er nicht. Eine kurze Inspektion seiner Umgebung bot ihm ein Versteck: Er konnte den Instrumentenkasten in den Zweigen eines Strauchs verbergen, der auf dem Grasstreifen zwischen dem Gehsteig und der Straße wuchs. Dann kehrte er an die Stelle an der Mauer zurück, die dem Versteck seines Strahlers gegenüberlag. Er überquerte die Straße, wartete eine Minute, bis ein herankommendes Auto vorbeigefahren war, und raste dann

mit Höchstgeschwindigkeit quer über die Fahrbahn. Er sprang hoch, seine Finger bekamen Halt an der rauhen Mauerkrone. Es fiel ihm nicht schwer, sich hochzuziehen. Die Mauerkrone war etwa fünfzig Zentimeter breit und mit einer Doppelreihe von eisernen Stacheln bewehrt, die ungefähr fünfzehn Zentimeter hoch waren. Dazwischen wanden sich Doppelkabel aus ganz dünnem Draht dahin, die im Lichtschimmer aus dem Haus blitzten.

Er trat vorsichtig über die Kabel, drehte sich um und ließ sich sacht auf der anderen Seite auf den weichen Boden fallen. Eine Sekunde lang stand er still und lauschte zu dem Wächterhaus und dem Herrenhaus hinüber. Er hörte keinen Laut, und er sah nichts, das sich bewegte.

Rasch lief er zu dem Oleanderstrauch und nahm seinen Strahler auf. Es fiel ihm ein wenig schwerer, wieder über die Mauer zu klettern, weil er nun den Strahler über der Schulter trug, doch es gelang ihm, ohne daß er – soweit er es beurteilen konnte – irgendwie innerhalb der Umfriedung Aufmerksamkeit erregte.

Mit dem Horn und dem Strahler wanderte er erneut auf den Sunset Boulevard hinunter. An einer Ecke wartete er zehn Minuten, bis endlich ein Taxi vorbeikam, das frei war. Als er einstieg, hielt er den Instrumentenkoffer vor den Strahler, damit der Fahrer die Waffe nicht sehen konnte. Der Lauf war zu dick, als daß man sie für eine Schrotflinte hätte halten können, und der Griff sah allzusehr nach irgendeiner scharfen Schußwaffe aus.

Zwölftes Kapitel

Red Orcs Adresse lag in dem Nobelviertel der Pacific Palisades. Auch dieses Haus war wie das Urthonas von einer hohen Backsteinmauer umgeben. Das Tor aus Eisen an der Auffahrt allerdings stand offen. Kickaha schlüpfte hindurch und auf das völlig dunkle Haus zu. Urthona hatte nicht erwähnt, ob er Wachen zurückgelassen hatte, doch war es nur zu wahrscheinlich, daß dies der Fall war. Er würde sich keine Chance entgehen lassen, Red Orc zu fangen, falls dieser aus irgendeinem Grund zurückkehren sollte.

Sowohl die Haupteingänge vorn wie hinten waren verschlossen. Nirgendwo brannte Licht. Kickaha hockte sich an jeder Tür nieder und preßte das Ohr gegen das Holz. Aber er hörte keinen Laut. Schließlich bohrte er ein Loch durch das Sicherheitsschloß der Hintertür und stieß sie auf. Dann schlich er sich vorsichtig hinein. Zunächst behutsam und ganz langsam, doch plötzlich hörte er Geräusche aus dem Vorderteil des Hauses. Die Laute entpuppten sich als von drei Männern stammend, die in dem riesigen Vorderzimmer des Hauses saßen. Sie saßen im Dunkel, einer war eingeschlafen und schnarchte friedlich vor sich hin, die beiden anderen unterhielten sich mit gedämpften Stimmen.

Kickaha schlich die gewundene Treppe hinauf, die gottlob Marmorstufen hatte und also nicht knarrte. Er fand ein Schlafzimmer, schloß die Tür und knipste das Licht an. Er wählte eine der hauseigenen Telefonnummern.

Als am anderen Ende der Hörer aufgenommen wurde, sprach er – und er war ein hervorragender Stimmenimitator – etwa mit der Stimme von Ramos.

»Der Boß will, daß ihr Jungs abhaut«, sagte er. »Verschwindet so schnell wie möglich! Es ist irgendwas los, aber ich kann am Telefon nicht darüber reden!«
Er wartete, bis der andere den Hörer aufgelegt hatte, ehe er selbst auflegte. Dann trat er ans Fenster. Er sah die drei Männer die Zufahrt hinuntergehen und dann durch das Tor verschwinden. Einen Augenblick später tauchten etwa einen halben Straßenblock entfernt die Scheinwerfer eines Wagens auf. Das Auto fuhr davon, und Kickaha war, soweit ihm bekannt war, ganz allein im Haus. Er würde allerdings kaum länger als fünfunddreißig Minuten Zeit haben, also etwa die Zeitspanne, die Urthonas Muskelmänner brauchen würden, um zu ihrem Boß zu fahren, festzustellen, daß man sie ausgetrickst hatte, und mit Verstärkung zurückzukommen. Aber er brauchte ja nur ein paar Minuten. Er ging nach unten und knipste die Lampen in der Küche an. Als er eine Stablampe gefunden hatte, löschte er die Lichter in der Küche und ging in das große Vorderzimmer. Die Tür unter der Treppe stand offen. Er trat in den schmalen Korridor dahinter. An seinem Ende stieß er die Tür auf und ließ den Strahl seiner Taschenlampe durch den Raum gleiten. Das Zimmer sah genau wie jenes aus, in das er als Red Orcs Gefangener gebracht worden war, nur war es eben nicht das gleiche. Dieser Raum befand sich tatsächlich und wirklich im Inneren dieses Hauses. Das Tor, das im Holz und Verputz der Tür verborgen gewesen war, hatte man entschärft.
Er öffnete den Instrumentenkoffer und holte das Horn hervor. Im Schein der Taschenlampe schimmerte es wie Silber. Die Form erinnerte an das Horn eines afrikanischen Kaffernbüffels, nur war der Schalltrichter breit ausgezogen. Das Mundstück war aus einem weichen goldenen Stoff gemacht, und den Lauf entlang waren in einer Reihe sieben kleine Klappen angebracht. Im Inneren des Schalltrichters war ein Gewebe aus einem unbekannten Stoff. Etwa auf der Mitte des Horns war eine

Hieroglyphe eingeätzt, das Zeichen von Shambarimen, dem Schöpfer dieses Horns.

Er hob das Horn an die Lippen und blies leise hinein, während er die kleinen Klappen drückte. Der Trichter am anderen Ende war auf die Wand gerichtet, und als er eine Tonfolge gespielt hatte, richtete er das Instrument nach links, etwa vier Meter von der ersten Stelle entfernt. Er konnte nur hoffen, daß die ausgeschalteten Dimensionstore sich in diesem Raum befanden. Denn wenn dem so war, dann hatten sie einen Resonanzpunkt geschaffen, der die Wände zwischen den Universen geschwächt haben mußte. Also würden die Tonfrequenzen aus dem Horn sozusagen wie ein Dietrich wirken und die Tore wieder öffnen. Darin beruhte der einzigartige Wert des Horns, dieses unübertrefflichen Mechanismus, den Shambarimen geschaffen hatte, der Größte unter den Wissenschaftlern und Erfindern der Lords.

Sanft sprach das Horn an, und die Töne, die aus seinem Mund kamen, schienen golden und magisch genug zu sein, um die Tore ins Zauberland aufspringen zu lassen. Doch weder an der nördlichen noch an der östlichen Wand öffnete sich ein Tor. Kickaha setzte das Horn ab, um zu lauschen, ob jemand sich dem Haus näherte. Er hörte nichts. Er setzte das Mundstück wieder an und spielte erneut die Tonfolge, die garantieren mußte, daß jeder Riß zwischen den Welten sich weit öffnen würde.

Plötzlich wurde eine Stelle auf der Wand hell und leuchtend. Der weiße Fleck breitete sich zentimeterweise aus und berührte dann die Peripherie des Kreises, der den Durchgang umgrenzte. Das Licht verblich, ein weniger grelles Licht trat an seine Stelle. Dunkler. Er blickte hinüber und erkannte einen halbkugelförmigen Raum ohne Fenster und Türen. Die Wände waren scharlachrot, und die einzigen Möbel waren ein Bett, das etwa einen Meter über dem Boden schwebte, mitten im Raum, und ein durchsichtiges Regal, das ebenfalls schwebte und das eine Waschschüssel, einen Wasserhahn und eine Toilette enthielt.

Die Wand wuchs sehr rasch wieder zusammen, die Ränder des Lochs schrumpften nach innen, und dreißig Sekunden später sah die Wand wieder genauso aus wie zuvor.
Er schwenkte das Horn, und wieder erschien der hellweiße Fleck und schwoll an, und das Licht verblich, wich einem grünlichen Licht unter einer grünen Sonne über einer grünlichen, moosfarbenen Ebene und scharfgezeichneten grünen Bergen über einem Horizont, der zweimal weiter entfernt zu sein schien als der auf der Erde. Auf der rechten Seite bewegten sich einige Tiere, die aussahen wie Gazellen mit leierförmigem Gehörn. Sie ästen das Moos ab.
Die dritte Öffnung ließ einen Gang erkennen, an dessen Ende eine geschlossene Tür lag. Kickaha konnte nichts weiter tun, als sich zu vergewissern, denn die Tür führte ja vielleicht zu Anana und den anderen. Er sprang durch das sich rasch verengende Loch in der Wand und ging den Korridor hinunter. Dort öffnete er vorsichtig die Tür. Es geschah nichts. Er schaute durch die Tür in ein weites Gemach. Der Boden bestand aus Steinmosaik, in der Mitte lag ein kleines Wasserbecken in Bodenhöhe, darum herum standen Möbelstücke, die sehr leicht wirkten. Das Licht schien von nirgendwoher zu kommen.
Anana saß auf einem Stuhl und las in einem schweren Buch, dessen Einband wie aus geädertem Marmor gemacht zu sein schien. Sie hatte nicht bemerkt, daß jemand das Zimmer betreten hatte. Sie sah zufrieden und keineswegs verhungert aus. Kickaha stand da und schaute sie eine Minute lang an. Er mußte sich bezwingen, um nicht auf sie zuzulaufen und sie in die Arme zu nehmen. Doch er hatte zu lange in Welten gelebt, in denen man Köder in die Fallen setzte.
Aber ihm fiel nichts Verdächtiges auf, als er sich umblickte. Allerdings konnte dies auch bedeuten, daß die Gefahrenpunkte gut verborgen waren. Schließlich rief er leise: »Anana!«
Sie sprang auf, das Buch fiel ihr aus den Händen, und dann kam

sie auf ihn zugeflogen. Tränen schimmerten in ihren Augen, liefen ihr über die Wangen, obwohl sie zu lächeln versuchte. Sie streckte ihm die Arme entgegen, und sie schluchzte vor Erleichterung und Freude.

Das Verlangen, auf sie zuzulaufen, war fast unerträglich. Er spürte, wie ihm selbst die Tränen in die Augen stiegen, wie ein Schluchzen sich in seiner Kehle bildete. Doch er konnte den Verdacht nicht loswerden, daß Red Orc dieses Zimmer so angelegt haben konnte, daß es jeden tötete, der nicht zuerst irgendeinen versteckten Mechanismus betätigte. Er hatte sowieso schon Glück gehabt, daß er so weit hatte vordringen können, ohne irgendeine Maschinerie in Gang zu setzen.

»Kickaha!« rief Anana und stürzte sich ihm in die Arme.

Er schaute über ihre Schulter, um sicher zu sein, daß die Tür ins Schloß fiel, dann beugte er sich vor, um sie zu küssen.

Der Schmerz auf seinen Lippen und in seiner Nase, der Schmerz in der Handfläche, mit der er ihren Rücken berührt hatte, brannte, als hätte er Schwefelsäure angefaßt.

Er schrie auf, warf sich zur Seite und rollte in panischer Qual auf dem Boden herum. Und doch, halb bewußtlos von dem stechenden Schmerz, wußte er, daß seine versehrte Hand den Strahler gepackt hatte, den er auf den Boden hatte fallen lassen.

Anana kam auf ihn zu, keineswegs hastig. Ihr Gesicht war zerschmolzen, als wäre es Wachs in der Sonne; die Augen trieften; der Mund sackte nach unten und runzelte sich zu Kerben und Hautfalten. Die Hände waren vorgestreckt, um ihn zu packen, doch auch sie trieften von Säure und verloren ihre Struktur. Die Finger waren verlängert, so weit, daß ein Finger ihr wie Karamelguß bis zum Knie hinabhing. Die wundervollen Beine warfen überall Blasen, als würden sie von irgendeinem Gas unter der Haut aufgetrieben. Die Füße zerflossen flach und hinterließen Abdrücke von irgend etwas, das sich in den Steinboden brannte und dünne grüne Nebelwölkchen hinterließ.

Der schreckliche Anblick half ihm, seinen Schmerz zu besiegen. Ohne Zögern hob er den Strahler und drückte den Knopf, der den vollen Energiestrahl auf sie losließ. Oder, um genau zu sein, auf das *Ding dort!* Sie brach in zwei Teile, dann in vier auseinander, als er die Mündung im Zickzack führte. Die Körperteile zuckten stumm auf dem Boden. Blut sprudelte aus dem Torso und aus den Beinen, verwandelte sich in eine braune Flüssigkeit, die den Stein dampfen ließ. Ein Geruch wie nach faulen Eiern und verbrannter Hundescheiße erfüllte den Raum. Kickaha reduzierte den Energiestrahl von der Schneideschärfe auf Verbrennung. Er strich mit der Mündung über die Körperteile wie mit einem Schlauch, der entflammtes Kerosin ausspuckte, und sie gingen in Rauch auf. Das Haar dieser Anana brannte mit dem genauen charakteristischen Gestank von brennendem menschlichem Haar. Doch war dies das einzige an ihr – an dem Ding –, das stank wie ein Mensch in einem Feuer. Der Rest stank nur nach Schwefel und Hundedreck.

Als das Feuer schließlich erloschen war, lagen da nur ein paar dünne, verkohlte Stränge. Nicht das geringste Anzeichen von Knochen.

Kickaha wollte den Raum nicht betreten, aus dem dieses Ding gekommen war. Doch der Schmerz auf seinen Lippen, in der Nase und seinen Handflächen war zu stark. Außerdem, dachte er sich, konnte der Lord ja damit zufrieden sein, daß das Ding, das er nach der Gestalt von Anana konstruiert hatte, zerstört war. In dem Zimmer gab es Wasser, und es sah kühl aus, und Kickaha brauchte es dringend. Sicher, er konnte das Horn blasen und in Red Orcs Büro zurückkehren, aber er fürchtete, daß er den Schmerz nicht lange genug ertragen können würde, um die ganze Notenfolge zu spielen. Außerdem, falls er in diesem Büro auf irgendwen stoßen sollte, dann wollte er sich doch angemessen verteidigen können. Und in dem Zustand, in dem er sich jetzt befand, konnte er dies nicht.

An dem Wasserbecken tauchte er das Gesicht und eine Hand ins Naß. Die Kühle schien sofort Erleichterung zu bringen, doch als er schließlich das Gesicht heraushob und Luft schöpfte, war der Schmerz noch genauso heftig. Mit der unverletzten Hand schöpfte er Wasser und spritzte es sich ins Gesicht. Er blieb lange an dem Wasserbecken knien, dann stand er schließlich auf. Er schwankte auf den Beinen und hatte das Gefühl, daß er sich gleich übergeben müsse. Außerdem hatte er das Gefühl, als wäre ihm alles ein wenig aus dem Griff geraten. Der Schock hatte ihm einen Schlag versetzt, der ihn in die Wirklichkeit zurückzwang.
Als er das Horn an die Lippen setzte, stellte er fest, daß sie angeschwollen waren. Auch seine Hand war geschwollen. Die Lippen wurden so dick und steif, daß er unbeholfen wurde. Es brachte erneut brennenden Schmerz, als es ihm schließlich gelang, das Hornmundstück anzusetzen und die kleinen Klappen zu drücken, aber die Wand tat sich vor ihm auf. Rasch stopfte er das Horn in das Etui und schob es mit dem Fuß durch die Öffnung, dann sprang er mit dem Strahler im Anschlag hinterher. Das Büro war leer.
Er fand das Badezimmer. Der Arzneischrank über dem Waschbecken war groß und breit und enthielt eine Reihe von Flaschen. Einige davon waren aus Kunststoff und trugen Inschriften in einer fremden Schrift. Er öffnete eine davon, roch an dem Inhalt, versuchte trotz seiner blasenübersäten Lippen zu grinsen und drückte dann eine Wurst einer grünlichen Salbe auf die Hand. Er verrieb sie über Nase und Mund und auf die eine verbrannte Handfläche. Der Schmerz löste sich sofort und machte einer milden Kühle Platz, und während er sich noch im Spiegel betrachtete, ging auch die Schwellung zurück.
Er drückte ein paar Tropfen aus einer anderen Flasche auf die Zunge, und eine Minute darauf zitterte er nicht mehr, und das Gefühl der Unwirklichkeit wich von ihm. Ordentlich verschloß er die zwei Flaschen und steckte sie in seine Gesäßtasche.

Diese Angelegenheit mit den Toren und dem Anana-Ding hatte ihn mehr Zeit gekostet, als er sich leisten konnte. Er raste aus dem Badezimmer und richtete das Horn auf die nächste Stelle in der Wand. Nichts reagierte, also versuchte er die daneben. Hier öffnete sich ein Loch, aber auch hier – so wenig wie beim nächsten Versuch – fand er nicht jenes Tor, nach dem er suchte. Im Schlafzimmer öffnete sich ein Tor gleich an der ersten Stelle, auf die er das Horn richtete. Die Wand öffnete sich wie ein Mund, der sich auftut, denn die hügelige Landschaft hinter den »Lippen« bestand aus Reihen von spitzen, scharfen und weißen Bergzähnen. Die Vegetation zwischen diesen Haifischzähnen bestand aus einem purpurvioletten Rebenwuchs, und der Himmel dahinter war malvenfahl.

Die zweite Schleuse öffnete sich wieder zu einem Korridor, an dessen Ende eine Tür lag. Und wieder blieb ihm nichts anderes übrig, als die Sache zu untersuchen. Sacht stieß er die Tür auf und schaute sich um. Der Raum war das genaue Gegenstück zu dem, in dem er dieses Ding entdeckt hatte, das er für Anana gehalten hatte. Nur las sie diesmal nicht in einem Buch, saß aber in dem Sessel. Sie saß weit nach vorn geneigt und hatte die Ellbogen auf die Schenkel gestützt, und ihr Kinn ruhte in den Händen. Die Augen schauten starr und blicklos in die Ferne.

Kickaha rief sie leise an, und sie sprang genauso auf, wie Anana Nummer eins dies getan hatte. Dann machte sie einen Satz und rannte auf ihn zu. Ihre Augen standen voll Tränen, der Mund öffnete sich zu einem wunderbaren Lächeln, die Arme streckten sich ihm entgegen. Er trat zurück, als sie durch die Tür kam, und befahl ihr brutal, sie solle stehenbleiben. Er richtete den Strahler auf sie. Anana gehorchte, doch sie sah verwirrt und auch ein wenig verletzt aus. Dann bemerkte sie die noch leicht geschwollenen Lippen, die dicke Nase und die Reste der Ätzung auf ihnen, und ihre Augen weiteten sich.

»Anana«, sagte er, »wie ging noch mal dieser zehntausend Jahre alte Kindervers, den deine Mutter dir so oft vorgesungen hat?«
Wenn er es mit einer Kopie von Anana, mit einer Kunstfigur zu tun hatte, die Red Orc angesetzt hatte, dann würde sie natürlich Aufzeichnungen über das haben, was Red Orc von Anana erfahren hatte. Das Ding würde dann eine Art Gedächtnis besitzen, ein ziemlich sporadisches zwar, aber doch ausreichend, um den Geliebten von Anana zu täuschen. Aber es gab natürlich Dinge, die sie Red Orc nicht gesagt haben würde, während sie unter dem Einfluß der Wahrheitsdroge stand, ganz einfach deshalb, weil es ihm nicht eingefallen wäre, sie danach zu fragen. Ein Prüfstein war dieser Kindervers. Sie hatte Kickaha gegenüber den Vers rezitiert, als sie sich auf den Großen Steppen in der Welt der Schichten vor den Schellern versteckt hatten.
Anana wirkte sekundenlang noch verwirrter, dann begriff sie, daß er gezwungen war, sie auf die Probe zu stellen. Sie lächelte und sang das wundervolle Liedchen, das ihre Mutter sie in den Tagen gelehrt hatte, ehe sie heranwuchs und herausfinden mußte, wie häßlich und gemein das Erwachsenenleben der Lords war.
Doch selbst nach diesem Beweis verspürte er ein Zögern, als er sie küßte. Aber dann, nachdem er merkte, daß sie aus Fleisch und Blut war, daß sie echt war, und nachdem sie ihm noch ein paar Dinge ins Ohr geflüstert hatte, die Red Orc wohl kaum erfahren haben konnte, begann Kickaha zu lächeln und gab nach. Beiden liefen die Tränen über die Wangen, doch Kickaha bekam sich eher wieder unter Kontrolle.
»Für Tränen haben wir dann ein bißchen später noch Zeit«, sagte er. »Hast du eine Idee, wo Wolff und Chryseis sein könnten?«
Sie verneinte, und ganz genau damit hatte er gerechnet.
»Dann werden wir das Horn benutzen, bis wir jedes verfluchte Tor in diesem Haus untersucht haben. Aber es ist ein ziemlich großer Bau, also . . .«

Er machte ihr klar, daß Urthona und seine Männer bestimmt hinter ihm her sein würden. »Such mal nach Waffen, während ich auf dem Horn spiele!«
Zehn Minuten später kam sie wieder zu ihm zurück und zeigte ihm einen Gegenstand, der wie ein Schreibstift aussah, aber in Wirklichkeit ein kleiner Strahler war. Er informierte sie, daß er noch zwei Tore gefunden hatte, die sich aber beide als Nieten erwiesen hatten. Sie zogen eilig durch sämtliche Zimmer im Obergeschoß, und Kickaha blies dabei unablässig auf dem Horn. Aber die Wände blieben glatt.
Das Erdgeschoß des Hauses ergab auch nicht mehr. Inzwischen waren vierzig Minuten verstrichen, seit Urthonas Männer das Haus verlassen hatten. Es würde nur noch Minuten dauern, bis der Lord eintraf.
»Versuchen wir es noch mal mit dem Raum unter der Treppe«, sagte er. »Es wäre ja möglich, daß die Reaktivierung des Tores einen Zugang zu einer ganz anderen Welt öffnet.«
Man konnte nämlich ein Tor auch so einrichten, daß seine Frequenz geringfügig schwankte und damit wie eine willkürliche Schwingtür funktionierte. Bei einer Aktivierung würde sich das Tor dann in ein bestimmtes Universum auftun, bei der nächsten aber in ein völlig anderes. Und manche Tore konnten als Zugänge zu einem Dutzend oder mehr Universen dienen.
Die Tore, die sie im Oberstock aktiviert hatten, konnten natürlich ebenfalls derartige Vielzweckschleusen sein, und eigentlich hätten sie wieder hinaufsteigen und sie alle überprüfen müssen, um zu sehen, ob sie vielleicht verwendbar waren. Doch dies war im Augenblick zu entmutigend. Sicher, sie würden sie alle nacheinander erneut prüfen müssen. Aber natürlich nur dann, wenn dieses Dimensionstor unter der Kellertreppe sie nicht mit einer erfreulichen Überraschung beglücken würde.
Vor der Tür spielte er noch einmal auf dem Horn die Noten,

diese Musik, die den Stoff zwischen den Welten zum Erzittern bringen konnte. Und der Raum hinter der Tür wurde ganz plötzlich weit, und die Wände waren blau, und aus Kandelabern, die aus riesigen Edelsteinen geschnitten waren, als wären sie dem Gullivers Reich Brobdingnag entsprungen, strahlte blendendes Licht: Diamanten von der Größe eines Flußpferdkopfes, Rubine, Smaragde und Granate ... Auch die Möbel waren aus riesigen Juwelen gebaut, die mit einer Art Goldzement verbunden waren.

Natürlich hatte Kickaha noch viel kostbarer eingerichtete Räume gesehen. Seine Aufmerksamkeit richtete sich also uneingeschränkt auf die Öffnung der runden Tür am anderen Ende des Raumes und darauf, daß sich durch die Öffnung ein zylindrischer Gegenstand schob. Er war dunkelrot und schwebte ungefähr dreißig Zentimeter über dem Boden. Am hinteren Ende des Zylinders tauchte ein blonder Kopf auf. Ein Mann schob diesen Gegenstand auf sie zu.

Der Kopf sah aus wie der von Red Orc. Anscheinend war er ja der einzige, der in einer anderen Welt lebte und ein Instrument an dieses Tor bringen konnte, das unzweifelhaft dazu bestimmt sein mußte, alle, die sich in diesem Haus aufhielten, zu töten und zu vernichten.

Kickaha hielt seinen Strahler in Bereitschaft, aber er schoß nicht. Denn wenn dieser Zylinder mit einem starken Explosivstoff geladen war, dann konnte er ja bei der Berührung mit dem kleinsten Energiestrahl aus einem Strahler in die Luft gehen.

Rasch und lautlos schloß er die Tür. Anana schaute verwirrt drein. Sie hatte nicht gesehen, was er bereits erfaßt hatte. Er flüsterte: »Verschwinde durch die Vordertür und lauf so schnell du kannst und so weit du kannst!«

Sie schüttelte den Kopf und fragte: »Aber warum soll ich das tun?«

»Hier, nimm das!« Er schob ihr das Horn und den Instrumen-

tenkasten zu. »Verschwinde! Rasch! Kein Widerspruch! Wenn er ...«
Die Tür schwang auf. Um die Kante tastete ein dünnes gekrümmtes Instrument. Kickaha schoß sofort und zerschnitt es in zwei Hälften. Hinter der Tür ertönte ein Schmerzensschrei, den die sich schließende Tür abschnitt. Kickaha hatte die Tür mit einem heftigen Fußtritt ins Schloß gestoßen.
»Lauf!« schrie er. Er faßte sie an der Hand und zog sie hinter sich her. Als sie durch die Tür liefen, drehte er sich um. Es gab einen Knall, und die Tür unter der Treppe und der darumliegende Bereich der Wand platzten nach außen. Der Zylinder streckte sich halb durch das Loch und hielt dann inne.
Das genügte Kickaha. Er sprang auf die Vorderterrasse und die Stufen hinab, zerrte Anana mit einer Hand hinter sich her und hielt mit der anderen den Strahler schußbereit. Als sie die Backsteinwand erreicht hatten, die neben dem Gehsteig der Straße verlief, schlug er einen Haken, und sie liefen an ihr entlang, um in ihrem Schutz zu bleiben.

Dreizehntes Kapitel

Die erwartete Explosion erfolgte nicht sofort.
Im gleichen Augenblick kreischte ein Auto um die Biegung, etwa einen Häuserblock entfernt. Der Wagen faßte Spur, schoß unter den Straßenlampen schwankend dahin und dann die Einfahrt des Hauses herauf, das sie gerade verlassen hatten. Kickaha erkannte sechs schattenhafte Köpfe – einer davon hätte der Urthonas sein können. Wieder rannten sie. Sie bogen um die Ecke, von der der beschleunigte Wagen gekommen war, aber noch immer geschah nichts. Anana schrie auf, doch er zerrte sie weiter. Sie rannten einen ganzen Häuserblock weit und überquerten gerade die Straße, um hinter einer weiteren Ecke zu verduften, als ein schwarz-weißer Streifenwagen der Polizei angerollt kam. Der Wagen patrouillierte langsam, und die Insassen hatten genügend Zeit, die beiden Flüchtenden zu sehen. Jeder, der in diesem Viertel nach Einbruch der Dunkelheit zu Fuß herumlief, war automatisch verdächtig. Und jemand, der rannte, würde zweifellos sofort mit ins Polizeirevier genommen werden und sich einem Verhör unterziehen müssen. Und zwei Leute, die rannten und auch noch einen großen Instrumentenkoffer bei sich hatten und dazu etwas, das wie eine merkwürdige Feuerwaffe aussah, würden ganz gewiß von der Polizei aufgegriffen werden. Wenn man sie erwischte, selbstredend.
Kickaha fluchte und raste auf das nächstliegende Haus zu. Die Lichter brannten, die Haustür war nicht verschlossen, aber die Fliegengittertür war möglicherweise verriegelt. Hinter ihnen quietschten Bremsen, als der Streifenwagen hielt. Eine Stimme

rief sie an, sie sollten stehenbleiben. Sie rannten weiter. Auf die Veranda. Kickaha zerrte an der Fliegengittertür. Er wollte direkt durch das Haus laufen und durch den Hinterausgang entkommen, denn er vermutete, daß die Polizei nicht scharf schießen würde, wenn Unbeteiligte in Gefahr kommen könnten.
Kickaha zerrte an dem Griff der Fliegengittertür, und das ganze Schloß brach aus dem Rahmen. Er stürzte durch die Tür, Anana dicht hinter ihm. Sie jagten durch das Vestibül in einen großen Raum mit Kronleuchter und einer gewundenen Treppe in das Obergeschoß. Dort befanden sich etwa zehn Männer und Frauen, teils stehend, teils sitzend, alle in einer Art Festkleidung. Die Frauen kreischten, die Männer schrien laut. Die zwei Eindringlinge rannten zwischen ihnen hindurch, ohne daß jemand sie hinderte, während die Stimmen der Polizisten sich über den Lärm erhoben, den die Leute im Raum verursachten.
Und im nächsten Augenblick ertrank jedes von Menschen verursachte Geräusch in einem gewaltigen Knall, der die Fensterscheiben zertrümmerte und das Haus zum Beben brachte, als wäre es von einer Springflut überrollt worden. Die Wucht warf alle zu Boden.
Kickaha hatte damit gerechnet, und Anana hatte aus seinem Verhalten geschlossen, daß etwas Überwältigendes passieren würde. Sie sprangen auf die Beine, ehe irgendwer sonst wieder ganz bei Sinnen war, und verschwanden ein paar Sekunden später durch die Hintertür. Kickaha rannte um das Haus herum zur Vorderseite. Auf dem Gehweg lagen viele Glasscherben, die von der Explosion aus einem Haus in der Nähe herbeigetragen worden sein mußten, und einige Sträucher und Gartenmöbel lagen verkrümmt auf dem Weg.
Der Streifenwagen stand mit laufendem Motor und aufgeblendeten Scheinwerfern noch immer an der Kurve. Anana warf den Instrumentenkoffer auf den Hintersitz, stieg ein, und Kickaha legte den Strahler auf den Boden und kletterte ebenfalls in das

Polizeiauto. Sie legten die Sicherheitsgurte an, Kickaha wendete und schoß davon. Während der nächsten vier Straßenblocks fand er die Knöpfe, die die Sirene und das Blaulicht abschalteten.
»Wir fahren zu Urthonas Haus«, sagte er. »Jedenfalls in die Nähe.« Er mußte schreien. »Und dann verschwinden wir aus dem Ding hier. Ich glaube, Red Orc wird inzwischen dort sein, um sich zu vergewissern, ob Urthona unter den Leuten war, die das Haus betraten, als die Mine in die Luft ging!«
Anana schüttelte den Kopf und deutete auf ihre Ohren. Sie war noch immer taub von der Explosion.
Kein Wunder! Auch er konnte die Sirene nur schwach hören, die ihnen eigentlich in den Ohren hätte gellen müssen.
Ein paar Minuten später fuhr er bei Rot über eine Kreuzung und kam an einem Streifenwagen vorbei, der mit Blinklicht in die andere Richtung raste. Anana duckte sich, um nicht gesehen zu werden, doch offenbar hatte dieser Wagen die Information erhalten, daß ihr Streifenwagen gestohlen worden war. Der andere Streifenwagen bremste kreischend, verlangsamte die Fahrt und wendete auf der breiten Kreuzung. Dann kam er hinter Anana und Kickaha hergebraust. Ein Sportwagen, der über die Kreuzung gerast war, als beabsichtige sein Fahrer, das Blaulicht und die Sirenen zu ignorieren, bog plötzlich aus, um einen Zusammenstoß zu vermeiden, schaffte es aber nicht ganz und schrammte das Heck des anderen Streifenwagens, verlor an der Biegung die Kontrolle und raste auf den Gehsteig.
Kickaha verfolgte dies im Rückspiegel, als er Gas gab.
Ein paar Minuten später schoß er über eine Kreuzung mit Stoppschild in südlicher Richtung hinaus, das an einer großen Kreuzung stand, die von allen Seiten mit Stoppschildern abgeschirmt war. Ein großer Cadillac bremste mitten auf der Kreuzung so heftig, daß sein Fahrer über das Steuerrad gedrückt wurde. Ehe er sich wieder zurechtsetzen und weiterfahren konnte, kam der Streifenwagen über die Ecke mit dem Stoppschild geschossen.

Kickaha sagte: »Kannst du mich jetzt hören?«
»Ja! Und du brauchst nicht so zu brüllen!« sagte sie.
»Wir sind jetzt in Beverly Hills. Wir fahren mit dem Wagen, soweit es geht, dann lassen wir ihn zurück und rennen«, sagte er. »Wir müssen ihnen zu Fuß entkommen. Das heißt, falls wir es schaffen!«
Ein zweiter Streifenwagen hatte sich eingefunden. Er war aus einer Seitenstraße aufgetaucht, hatte ein Stoppschild ignoriert und so ein anderes Auto zum Ausweichen gezwungen, das gegen den Bordstein prallte. Der Fahrer des zweiten Streifenwagens hatte wohl gehofft, Kickaha den Weg abschneiden und ihn zum Halten bringen zu können, doch war er nicht schnell genug gewesen. Kickaha fuhr den Wagen jetzt fast mit hundertdreißig, und dies war natürlich viel zu hoch für diese Straße mit ihren zahlreichen Kreuzungen und Seitenstraßen.
Vor ihm lag das Geschäftsviertel von Beverly Hills. Die Ampel sprang auf Gelb, als Kickaha über die Kreuzung schoß. Er drückte auf die Hupe und bog um einen Sportwagen herum, kam ein wenig ins Schleudern, und dann überquerte der Wagen eine Spurrille und segelte in die Luft. Kickaha hatte jedoch die Bremsen benutzt und die Geschwindigkeit auf hundert runtergebracht. Doch der Wagen schaukelte dennoch so stark, daß er fürchtete, sie würden umkippen.
Vor ihnen tauchte ein weiterer Streifenwagen auf. Er stellte sich quer zur Fahrbahn, als sie noch einen halben Block weit entfernt waren, und versperrte so die Straße weitgehend. Kickaha hatte sehr wenig Spielraum vor und hinter dem blockierenden Wagen, aber er entschied sich für die Spanne am Heck.
Die beiden Polizisten in Uniform waren aus dem Wagen gesprungen. Einer kauerte mit einem Schießeisen hinter dem Kühler, der andere stand zwischen der Vordertür und den anderen parkenden Autos. Kickaha befahl Anana, sich niederzuducken und zielte mit seinem Wagen auf den schmalen Zwi-

schenraum an der Heckseite. Es gab ein Krachen, der Wagen schrammte die Stoßstange des querstehenden Streifenwagens, die andere Seite kratzte an der Flanke eines geparkten Wagens entlang, doch sie waren unter Kreischen und Dröhnen von zerhämmertem Blech durchgekommen. Ein Schuß erklang, und das Heckfenster war von einem Eisblumenmuster überzogen.

Gleichzeitig bog links von ihnen schon wieder ein Streifenwagen um die Ecke. Der Wagen fuhr quer über die Straße. Kickaha stieg heftig auf die Bremsen. Sie kreischten auf, und er wurde trotz seines Sicherheitsgurts nach vorn und gegen das Steuer gepreßt. Sein Wagen schlitterte, bockte und prallte dann in einem stumpfen Winkel in den Streifenwagen.

Beide Wagen waren nicht mehr funktionstüchtig. Kickaha und Anana waren betäubt, doch sie reagierten sofort und wie im Reflex. Sie rollten jeder auf ihrer Seite aus dem Wagen – Kickaha hielt den Strahler in der Hand, Anana hatte den Instrumentenkoffer gepackt. Sie rannten quer über die Straße und zwischen zwei parkenden Wagen durch, dann über den Gehsteig, ehe sie die Rufe der Polizisten hinter sich hörten. Dann waren sie auf einem schmalen Gehsteig zwischen zwei hohen Gebäuden. Es gab da Bäume und Sträucher. Sie rannten den Gehsteig hinunter, bis sie die nächste Straße erreichten. Hier bog Kickaha nach Norden um, fand wieder einen Durchgang zwischen den Häusern und schlug dort einen Haken. Über einem Eingang ragte ein Spannbetondach hervor, etwa zweieinhalb Meter vom Boden aus. Kickaha warf seinen Strahler und den Instrumentenkoffer hinauf, dann hielt er die verschränkten Hände vor den Unterleib, und Anana setzte einen Fuß darauf und zog sich hoch, während er von unten nachschob. Sie packte die Betonkante, er schob weiter nach, und sie hatte es geschafft. Dann sprang er hoch und zog sich hinüber. Gerade noch rechtzeitig.

Man hörte stampfende Schritte. Mehrere schweratmende Männer rannten unter ihnen vorbei. Kickaha riskierte ein Auge über den Rand und sah drei Polizisten am anderen Ende des Durchgangs. Ihre Schatten waren von der Straßenbeleuchtung klar umrissen. Sie blieben stehen und redeten. Offensichtlich waren sie darüber verwirrt, daß ihr Wild so plötzlich verschwunden war. Dann kehrte einer von den Männern zurück, und Kickaha preßte sich wieder flach auf das Betondach. Die anderen beiden bogen um die Ecke des Gebäudekomplexes.

Aber als der Mann unter ihnen vorbeikam, hatte Kickaha einen Einfall. Er sprang auf und sprang ihn von oben an. Der Mann fiel wie eine Fliege zu Boden, und Kickaha hatte ihn so hart getroffen, daß er vollkommen wehrlos war. Kickaha setzte, um sicher zu sein, noch einen schweren Kinnhaken hinterher.

Dann setzte er sich die Mütze des Polizisten auf, holte den 38er aus seinem Halfter und nahm die Kugeln heraus. Anana warf ihm den Strahler und das Horn zu und ließ sich dann ebenfalls herunterfallen. Sie fragte: »Warum hast du das getan?«

»Weil er unseren Rückzug versperrt hätte. Außerdem steht dort drüben ein unbeschädigter Wagen, und den werden wir nehmen!«

Der vierte Polizist saß im Wagen und redete in ein Mikrophon. Er sah Kickaha erst, als sie bis auf etwa vierzig Schritte herangekommen waren. Er ließ das Mikro fallen und griff nach der Waffe auf dem Nebensitz. Der Strahler war auf Betäubungsenergie eingestellt und traf ihn in die Schulter. Er fiel gegen die Wagentür, sackte zusammen, und sein Revolver schrammte auf den Boden.

Kickaha zerrte den Polizisten aus dem Wagen. Er sah, daß durch seinen Hemdsärmel Blut sickerte. Der Strahler, selbst wenn er nur auf Betäubungsenergie eingestellt war, konnte immer noch die Haut zerfetzen, Knochen zerbrechen und Adern zerschneiden.

Sobald Anana im Wagen saß, fuhr Kickaha nach Norden. Zwei Streifenwagen kamen auf der falschen Fahrbahn – weil die andere blockiert war – rasch die Straße herunter.

An der nächsten Kreuzung ignorierte Kickaha das Rotlicht, drehte den Rückspiegel und sah, daß die zwei Polizeiwagen mit hoher Geschwindigkeit hinter ihm herkamen.

Der Verkehrsstrom vor ihm war so dicht, daß er nicht die geringste Chance besaß, sich einzufädeln oder hindurchzufahren. Es blieb ihm nichts anderes übrig, als durch den schmalen Durchgang zwischen den Häusern rechts oder links zu fahren, und er wählte die linke Durchfahrt. Sie führte an der zweigeschossigen Ziegelfront eines Supermarktes vorbei.

Dann hatte er die Durchfahrt hinter sich. Er bremste so scharf, daß der Wagen gegen die Ziegelwand schrammte. Anana kletterte hinter ihm auf der Fahrerseite aus dem Auto.

Die Wagen mit den Polizisten waren nicht so rasch wie Kickaha in das Gäßchen eingebogen, aber nun kamen sie um die Ecke. Und als der erste wieder in der Spur lag, schoß Kickaha auf die Reifen. Der Kühler des ersten Wagens sackte zusammen, als wäre er von einer Rinnsteinkante heruntergefahren, und man hörte Bremsen kreischen.

Der Wagen schaukelte auf und ab, dann flogen die Vordertüren auf. Es sah aus, als ob ein Vogel dabei ist, sich in die Luft zu erheben.

Kickaha und, dicht hinter ihm, Anana rannten weg. Er führte sie quer über den Parkplatz des Supermarktes und durch die Einfahrt auf die Straße.

Die Ampel stand auf Rot, die Autos hielten. Kickaha lief zu einem Sportwagen nach vorn, in dem ein dünner junger Mann saß. Er hatte lange schwarze Haare, riesige, runde Brillengläser, eine Falkennase und einen struppigen schwarzen Lippenbart. Seine rechte Hand hämmerte im Rhythmus der gellenden Kakophonie, die aus dem Radio dröhnte, auf sein Instrumentenbord. Es klang wie Skylla und Charybdis, die aufeinanderprallen ... Der Junge wurde steif, als Kickahas Hand plötzlich wie ein Blitz aus heiterem Himmel auf ihn herunterschoß, über seine Schulter faßte und in seinen Schoß griff. Ehe der Junge mehr als ein Quieken hervorstoßen und den Kopf wenden konnte, war das Schloß des Sicherheitsgurts offen, und er flog wie ein nasser Weizensack unter Kickahas Griff vom Sitz fort und auf den Gehsteig. Der entthronte Fahrer blieb eine Sekunde lang betäubt liegen, dann sprang er auf und begann wütend zu kreischen. Doch inzwischen saßen Kickaha und Anana in seinem Wagen und schossen davon.

Anana wendete sich um und sagte: »Wir haben es grade noch geschafft . . .«

»Polizei hinter uns?« fragte er.

»Nein. Bisher nicht.«

»Gut. Wir müssen nur ein paar Kilometer fahren.«

Und von da an zeigte sich keine Polizei hinter ihnen, bis Kickaha anderthalb Straßen von Urthonas Haus parkte.

Er sagte: »Ich habe dir beschrieben, wie das Haus angelegt ist, also wirst du nicht kopflos werden, wenn wir drin sind. Sobald wir hineingehen, kann sich alles mögliche rasch und vielleicht auch turbulent ereignen. Ich glaube, daß Red Orc da sein wird. Ich nehme an, daß er sich hinübergeschleust hat, um ganz sicher zu sein, daß Urthona tot ist. Aber er könnte ja noch leben, denn der Mann ist ein schlauer Fuchs. Vielleicht hat er ja die Falle gerochen. Ich weiß jedenfalls, daß ich ziemlich lange herumgeschnüffelt hätte, ehe ich in das Haus gegangen wäre.«

Das Gebäude war gut beleuchtet, aber es gab keine Anzeichen dafür, daß sich irgendwer darin aufhielt. Sie schritten kühn den Weg zur Vordertür hinauf und betraten die Veranda. Kickaha probierte den Griff der Tür aus und merkte, daß sie verschlossen war. Eine kurze Kreisbewegung mit dem Strahlerlauf bei scharfem Energiestrahl schnitt den Riegelmechanismus heraus. Sie traten in das stille Haus, und nachdem sie alle Räume genau durchsucht hatten, war ihnen nichts weiter in die Hände gefallen als ein Papagei in einem Käfig, und der hatte die Stille nur mit einem unterdrückten Krächzen durchbrochen.

Kickaha nahm das Horn aus dem Kasten und begann die Wände nach Resonanzpunkten abzutasten, genau wie er es zuvor in Red Orcs Haus getan hatte. Er begann mit Urthonas Schlafzimmer, ging dann in sein Büro und arbeitete sich von dort aus durch alle Räume. Eigentlich hatte er gedacht, daß irgendwelche Tore sich im Schlafzimmer oder Büro befinden müßten, weil dies am logischsten gewesen wäre, doch das Horn blies seine Melodie vergeblich. Und erst als er den Schalltrichter in ein großes Schrankzimmer direkt am Fuß der Treppe richtete, zeigte sich auf der Wand ein winziger weißer Fleck wie eine Träne aus Licht, dehnte sich aus und erweiterte sich auf einmal zu einem Durchgang in eine andere Welt.

Kickaha erhaschte einen Blick auf das genaue Gegenstück des Schrankzimmers in dem Haus, in welchem er sich gerade aufhielt. Anana schrie leise auf und zog ihn am Arm. Er wirbelte herum und hörte das Geräusch, das sie beunruhigt hatte. Auf den Stufen vor dem Haus waren Fußtritte zu hören, dann klingelte die Türglocke. Kickaha machte sich zur Tür auf, blieb auf halbem Wege stehen und schob ihr das Horn hin. »Halte das Tor offen!« befahl er. Während die Töne aus dem Horn sanft durch den Raum schwebten, hob er den Vorhang ein wenig hoch. Auf der Veranda standen drei Polizisten in Uniform, und ein Detektiv in Zivil wanderte gerade um die Hausecke. Zwei Streifenwagen und ein unauffälliges Zivilfahrzeug standen auf der Straße.

Kickaha kehrte zu Anana zurück und sagte: »Urthona muß draußen einen Mann gehabt haben, der nach uns Ausschau halten sollte. Er hat die Bullen gerufen. Wahrscheinlich haben sie das Grundstück umzingelt!«

Sie hatten drei Möglichkeiten: sich den Weg freizukämpfen, aufzugeben oder durch die Schleuse zu verschwinden. Wenn sie

das erste taten, bedeutete es, daß sie Männer töten mußten, deren einziger Fehler es war, daß sie Kickaha für einen Verbrecher halten mußten.
Und wenn Kickaha sich aufgeben würde, dann würde er sich selbst und Anana zum Tode verurteilen. Denn sobald einer der beiden Lords wußte, daß sie im Gefängnis steckten, würde er einen Weg zu ihren dann hilflosen Opfern finden und sie auf die eine oder andere Weise umbringen.
Eigentlich wollte er nicht ohne jegliche Vorsichtsmaßnahmen durch das Tor gehen, doch es blieb ihm keine andere Wahl. Also sagte er: »Komm, gehen wir!« Er sprang durch das sich bereits wieder verengende Loch, den Strahler schußbereit in der Hand. Anana kam mit dem Horn hinterher.
Er stieß die Tür mit dem Fuß auf und sprang zurück. Nachdem er eine Minute gewartet hatte, trat er hinüber. Die Schranktür öffnete sich direkt unter dem Fuß der Treppe, genau wie ihr Gegenstück auf der Erde. Der Raum war riesig und hatte marmorne Wände, an denen leuchtende Fresken hingen, der Fußboden war ein buntes Marmormosaik. Draußen herrschte Nacht, das Licht im Haus strömte von zahlreichen Öllampen und Fackeln an der Wand und an den kannelierten Marmorsäulen in den Ecken des Raumes. Hinter diesen lagen im Schatten Zugänge zu weiteren Räumen und nach draußen.
Es war kein Laut zu hören, wenn man von dem Zischen und Knistern der Flammen an der Spitze der Fackeln absah.
Kickaha schritt quer durch den Raum zwischen den Säulen hindurch, durch eine Art Vorzimmer, dessen Wände mit Delphinen und Tintenfischen geschmückt waren. Und dieser Anblick wappnete ihn für die Szene, die er vorfand, als er auf die breite Säulenveranda trat. Sie waren wieder auf der Erde Nummer zwei!
Jedenfalls sah es so aus. Der Vollmond, der fast im Zenit stand, sah sicherlich genauso aus wie der Mond der Erde. Und als er von

der Terrasse, die am Rande eines kleineren Berges lag, hinabblickte, hätte er schwören mögen, daß er genau auf jenen Teil Südkaliforniens hinunterschaute, auf dem das Los Angeles der Erde Nummer eins erbaut worden war. Soweit er in der Dunkelheit ausmachen konnte, war die Topographie identisch. Was unvertraut wirkte, waren die Unterschiede zwischen den beiden Städten. Diese hier wirkte kleiner als Los Angeles; es gab nicht so viele Lichter, und sie waren nicht so grell und lagen viel weiter auseinander. Seiner Schätzung nach betrug die Bevölkerung dieses Tals etwa drei Prozent von der auf Erde Nummer eins.

Die Luft schien klar, die Sterne und der Mond wirkten groß und hell. Kein Hauch von Benzingestank war zu spüren. Er roch ein wenig Pferdemist, das war angenehm, äußerst angenehm.

Natürlich stützte er seine Vermutungen auf recht spärliche Beweise, aber er hatte den Eindruck, daß der technische Fortschritt hier bei weitem nicht so hastig vorangeschritten war wie auf seinem Heimatplaneten.

Und wahrscheinlich hatte Urthona Tore zu dieser Welt gefunden.

Aus dem großen Raum, in den sie aus dem Schrankzimmer getreten waren, hörte man Stimmen. Er ergriff Ananas Arm und zog sie mit sich in den Schatten einer Säule. Fast unmittelbar darauf kamen drei Personen auf die Veranda, von denen zwei Männer waren. Sie trugen Knieröcke, Sandalen und Stoffjacken mit hohen, breiten Kragen, Puffärmeln und schwalbenschwänzigen Frackschößen. Der eine wirkte klein, dunkelhäutig, mediterran, wie es auch bei den Dienern Red Orcs der Fall gewesen war. Der andere war groß, hatte ein rosiges Gesicht und rötliches Haar. Die Frau war eine massive Blondine und ziemlich klein geraten. Auch sie trug einen Kilt, Halbstiefel und das Jackett, doch da es nicht zugeknöpft war, enthüllte es ihre bloßen Brüste, die von einer Stütze getragen wurden, die aus einem flammendroten Korsett hervorragte. Das Haar trug sie zu einer

kunstvollen Frisur hochgetürmt, das Gesicht war überstark geschminkt. Sie sagte etwas in einer semitisch klingenden Sprache, schien zu frösteln und knöpfte sich die Jacke zu.
Sollten das Dienstboten sein, dann durften sie jedenfalls mit Pomp ausfahren. Ein Wagen wie ein alter leichter Zweispänner bog hinter zwei hübschen Rossen um die Ecke und hielt vor dem Portikus an. Der Kutscher sprang vom Bock und half den dreien in den Wagen. Er trug einen hohen Dreispitz mit einer hellroten Feder, eine Jacke mit Goldknöpfen und roter Paspelierung, einen blauen Kilt und wadenhohe Stiefel.
Die drei stiegen in die Kutsche und fuhren weg. Kickaha betrachtete die Öllaternen und schaute ihnen nach, bis die Lichter des Wagens an einer Biegung der sich den Hang hinabwindenden Straße verschwanden.
Dies mußte eine faszinierende Welt sein, und er würde sie gern genauer erforschen. Physikalisch gesehen war diese Welt anfangs ganz genauso gewesen wie die andere Erde, und ihre Bewohner waren genau die gleichen wie die auf der anderen Erde, als sie vor fünfzehntausend Jahren erschaffen wurde. Man hatte sie als Zwillingsplaneten, als Menschenzwillinge an gleichen Orten angesiedelt, hatte ihnen die gleiche Ursprache, die gleiche Pflege und Erziehung mit auf den Weg gegeben und sie dann sich selbst überlassen. Kickaha vermutete, daß die Abweichungen zwischen den Menschen auf dieser Welt von denen der anderen fast unmittelbar eingesetzt haben mußten. Fünfzehn Jahrtausende hatten dann zu einer sehr verschiedenen geschichtlichen und kulturellen Entwicklung geführt.
Er würde gern hierbleiben wollen und über diese Erde wandern. Doch jetzt mußte er Wolff und Chryseis finden, und dazu mußte er erst Urthona ausfindig machen und ihn gefangennehmen. Es blieb ihm gar nichts weiter übrig, er konnte nur das Horn einsetzen und hoffen, daß es ihm den richtigen Weg durch ein Tor zu dem Lord weisen würde.

Ein paar Minuten später merkte er, daß das gar nicht so leicht sein würde. Das Horn hatte zwar keinen lauten Klang, doch lockte es dennoch mehrere Diener herbei. Kickaha feuerte einen Stoß aus seinem Strahler gegen eine Säule neben den Leuten. Sie sahen das Loch im Stein erscheinen, schrien auf und flohen. Kickaha befahl Anana, weiter das Horn zu blasen, doch der Tumult aus dem Innern des Hauses überzeugte ihn davon, daß sie hier nicht bleiben konnten. Das Gebäude war zu weitläufig, als daß sie in Ruhe das Erdgeschoß hätten untersuchen können. Die Tore würden sich am wahrscheinlichsten im Schlafzimmer oder dem Arbeitszimmer des Hausherrn befinden, und die lagen wahrscheinlich ein Stockwerk höher.

Als sie halbwegs die Treppe hinaufgeeilt waren, tauchte eine Gruppe von Männern mit konisch geformten Eisenhelmen, kleinen Rundschilden und Schwertern und Lanzen auf. Es gab aber auch drei Männer mit schwer und unhandlich aussehenden Handfeuerwaffen mit trichterförmiger Mündung, Holzgriffen und Feuersteinschlössern.

Kickaha schnitt den Lauf einer der Donnerbüchsen mit dem Strahler durch. Die Männer stoben auseinander, sammelten sich aber wieder, ehe Kickaha und Anana das obere Ende der Treppe erreicht hatten. Kickaha zersägte den unteren Teil einer Säule, dann den oberen, und die Säule stürzte donnernd um. Das Haus erbebte, und die Männer flohen.

Es war eine kostspielige Abwehr, denn der kleine Knopf an der Flanke des Strahlers leuchtete plötzlich rot auf. Es war nicht mehr viel von der Ladung übrig, und Kickaha hatte keine Nachfüllung.

Sie fanden ein Schlafzimmer, das aussah, als könnte es das des Lords sein. Großartig genug dafür war es zweifellos, aber schließlich war ja alles in diesem Haus von großem Luxus. Hier gab es eine Reihe von Waffen: Schwerter, Streitäxte, Dolche, Wurfmesser, Kampfkeulen, Rapiere und – welche Wonne! –

Bögen und einen Köcher voller Pfeile. Während Anana weiter die Wände mit dem Klang des Horns abtastete, den Fußboden, wählte Kickaha für sie ein gut ausbalanciertes Messer aus und spannte dann einen Bogen. Er schulterte den Köcher und fühlte sich sofort sehr viel besser. Im Strahler war noch genügend Energie für ein paar Sekunden der vollen Durchdringungsstärke, für etwa ein Dutzend Schüsse mit Brennstärke oder gut fünfzig Betäubungsschüsse. Dann würden sie von ihren primitiven Waffen abhängig sein.

Er wählte für Anana auch eine leichte Kampfaxt aus, die sich gut zum Werfen eignen würde. Sie konnte gut mit allen Waffen umgehen, und wenn sie auch nicht über soviel Kraft verfügte, so war sie doch ebenso geschickt wie er.

Sie hörte auf zu blasen. Von der Decke hing an goldenen Ketten ein Bett, und in der Wand hinter ihm breitete sich ein Lichtkreis aus. Das Licht löste sich auf, und man konnte dahinter zierliche Säulen entdecken, die eine Freskendecke trugen, und dahinter wiederum viele Bäume.

Anana schrie überrascht auf. In ihrer Stimme schwang ein schmerzlich-lustvoller Ton mit. Sie wollte darauf zugehen, doch Kickaha hielt sie zurück. »Wozu die Eile?« fragte er.

»Meine Heimat!« rief sie. »Die Heimat!«

Ihr ganzer Körper schien zu leuchten.

»*Deine* Welt?« fragte er.

»O nein! Die Heimat! Dort, wo ich geboren bin! Die Welt, von der die Lords stammen!«

Es schienen nirgendwo Fallen angebracht zu sein, aber das hieß nicht viel. Wie auch immer, der Lärm vor dem Gemach sagte ihm deutlich, daß sie wohl besser weiterzögen oder aber sich auf einen Kampf einstellen mußten. Da der Strahler soviel Energie verloren hatte, würde Kickaha die Meute nicht lange zurückhalten können, wenn sie sich hartnäckig zeigte. Er sagte: »Also los, gehen wir!« Dann sprang er durch das Tor. Anana mußte sich bücken und sehr rasch hindurchtauchen, denn das Loch begann sich bereits wieder zu schließen. Als sie wieder auf die Beine kam, sagte sie: »Erinnerst du dich an das Haus am Wilshire Boulevard? Das hohe Gebäude mit der dicken Reklame *California Federal?* Nachts war das immer grell erleuchtet.«

Er nickte, und sie fuhr fort: »Diese Sommerresidenz liegt genau auf dem gleichen Fleck. Ich meine auf der Stelle, die der dort drüben entspricht.« Nichts entsprach im geringsten dem Wilshire Boulevard, nichts sah irgendwie einer Straße oder auch nur einem Fußpfad ähnlich. Die vielen Bäume veränderten zweifellos das Aussehen der südkalifornischen Tiefebene, aber Anana erklärte ihm, daß die Lords Flüsse und Bäche geschaffen hätten, damit hier diese Haine wachsen konnten. Das Sommerhaus war nur eines von vielen, die sich die Familie errichtet hatte, um hier über Nacht zu bleiben oder sich zur Meditation zurückzuziehen oder um sich jeder Tugend oder jedem Laster hinzugeben, die ihnen in den Sinn kommen mochten. Die Hauptpaläste lagen alle am Strand.

Es hatte im Tal nie viele Leute gegeben, und bei Ananas Geburt lebten hier nur drei Familien. Soweit sie sich erinnerte, hatten später alle Lords dieses Tal verlassen. Ja, sie hatten diese ganze Welt verlassen, um sich ihre eigenen künstlichen Universen zu erobern und von diesen aus ihre Kriege gegeneinander zu führen.

Kickaha ließ sie herumwandern, wobei sie immer wieder in leise Entzückensschreie ausbrach oder ihn rief, damit er sich etwas betrachte, an das sie sich plötzlich erinnert hatte. Er war erstaunt, daß sie sich überhaupt an etwas erinnern konnte, denn ihr letzter Besuch in dieser Welt lag immerhin dreitausendzweihundert Jahre zurück. Als ihm dies einfiel, fragte er sie, durch welches Tor sie damals zurückgekehrt sei.

»Es liegt auf der Spitze eines Felsens, ungefähr eine halbe Meile von hier entfernt«, sagte sie. »Es gibt eine ganze Reihe von

Dimensionstoren, und sie sind natürlich alle gut kaschiert. Und keiner weiß, wie viele andere es hier noch gibt. Ich hatte keine Ahnung von dem unter dem Steinboden des Sommerhauses. Natürlich nicht. Urthona muß es hier angelegt haben, vor endloser Zeit, vielleicht schon vor zehntausend Jahren.«

»Ist der Sommerpalast denn so alt?«

»Ist er. Selbstverständlich enthält er sich automatisch erneuernde Mechanismen und Säuberungsinstrumente. Und Einrichtungen, um den Wald und das Land in ihrem Zustand des Schöpfungsfrühlings zu bewahren, liegen unter der Bodenoberfläche. Erosion und Landanschwemmungen werden ausgeglichen.«

»Gibt es hier irgendwo versteckte Waffen, die du benutzen könntest?« fragte er.

»Es gibt ein paar direkt innerhalb des Tores«, sagte sie. »Aber die Ladungen werden inzwischen so ausgeblutet sein, daß sie nutzlos sind. Außerdem habe ich ja keinen Aktivator . . .«

Sie unterbrach sich und sagte dann: »Ach, ich habe ja das Horn vergessen. Natürlich wird es das Tor aktivieren. Aber es gibt dort wirklich nicht viel, was uns helfen könnte.«

»Wohin führt dieses Tor?«

»In einen Raum, in dem ein zweites Tor ist, und das öffnet sich direkt ins Innere des Palastes meiner eigenen Welt. Aber es gibt Fallen. Ich mußte meinen Deaktivator zurücklassen, als die Scheller in meine Welt eindrangen und ich über ein anderes Tor in Jadawins Welt entkam.«

»Zeig mir trotzdem, wo dieser Felsen liegt. Wenn es nötig werden sollte, könnten wir uns im Innern des Tores verstecken und später wieder hervorkommen.«

Doch zuerst mußten sie etwas essen und – falls möglich – etwas schlafen. Anana führte ihn ins Haus, aber er überprüfte das Gebäude zunächst sorgfältig, ob nicht irgendwo Fallen verborgen waren. In der Küche fanden sie ein exquisit geformtes

Marmorkabinett und darin einen Fabrikator, dessen größere Produktionsteile unter dem Haus lagen. Anana öffnete ihn vorsichtig und stellte die Bedienungsinstrumente ein, verschloß ihn und öffnete ihn ein paar Minuten später erneut. Es standen zwei Tabletts mit Tellern und Bechern und köstlichen Speisen und Getränken darin. Die Energie-Materie-Umwandler unter der Erde hatten Tausende von Jahren darauf gewartet, diese Mahlzeit zu servieren, und sie würden weitere hunderttausend Jahre auf die nächste Gelegenheit warten, sofern sich eine ergeben sollte.

Nachdem sie gegessen hatten, streckten sie sich auf einem Bett aus, das an Ketten von der Decke hing. Kickaha fragte sie über die Beschaffenheit des Landes aus. Sie war schon fast eingeschlafen, als er sagte: »Ich habe so ein Gefühl, als wären wir nicht ganz zufällig hier gelandet. Ich glaube, entweder Red Orc oder Urthona haben es so eingerichtet, daß wir hier ankommen, wenn wir schnell und geschickt genug sind. Und er hat es sicher auch so arrangiert, daß der andere Lord, sein Feind, hier ankommt, wenn dieser noch lebt. Ich habe den Eindruck, daß es jetzt um die Entscheidung geht und daß Urthona oder Orc es darauf angelegt haben, daß diese *hier* fallen muß. Aus irgendwelchen ästhetischen oder poetischen Gründen ... Es würde dem Charakter eines Lords doch genau entsprechen, seine Feinde auf seinen Ursprungsplaneten zurückzulocken, um sie dort umzubringen – falls ihm das gelingt. Es ist zwar nur so ein Gefühl, das ich da habe, doch ich werde mich verhalten, als wäre es eine sichere Erkenntnis.«

»Du würdest dich auf jeden Fall so verhalten«, murmelte sie gähnend. »Aber ich glaube, du hast recht.«

Sie schlief ein. Er erhob sich vom Bett und trat in das Vorderzimmer, um sich umzusehen. Die Sonne sank vom Zenit abwärts. Wunderbare Vögel, deren Vorfahren wohl größtenteils in den Biolabors der Lords geschaffen worden waren, sammelten sich um den Brunnen und den Teich vor dem Palast. Ein großer Braunbär tapste zwischen den Bäumen vor dem Haus hindurch. Dann hörte Kickaha einen Laut, der seine Nerven zucken ließ und ihn mit Freude erfüllte: das schrille Trompeten eines Mammuts. Der Ruf erinnerte ihn an die amerindische Ebene von Wolffs Welt, in der Mammuts und Mastodons millionenfach über die Prärien und durch die Wälder stampften, in einem Gebiet, das größer war als das irdische Nord- und Südamerika zusammen. Er verspürte einen Stich von Heimweh und dachte daran, wann – und ob – er diese Welt jemals wiedersehen würde. Die Hrowakas, das Bärenvolk, und die schönen und wunderbaren Amerinder, die ihn einst aufgenommen und adoptiert hatten, waren jetzt tot. Die Scheller hatten sie ermordet. Aber es gab auch andere Stämme, die ihn gern aufgenommen haben würden, sogar jene, die ihn als ihren mächtigsten Feind bezeichneten und jahrelang versucht hatten, ihm den Skalp vom Schädel zu ziehen ...

Er ging wieder in das Schlafzimmer zurück, weckte Anana und bat sie, ihn in etwa einer Stunde zu wecken. Dies tat sie auch, und obwohl er gern den restlichen Tag und die halbe Nacht weitergeschlafen hätte, zwang er sich sofort zum Wachsein.

Sie aßen noch etwas und verstauten einiges an Verpflegung in einem kleinen Korb. Dann machten sie sich durch den Forst auf, der dicht voller Bäume stand, aber nur bescheidenen Unterwuchs aufwies. Sie kamen auf einen Trampelpfad der Mammuts, wie man aus der Losung ersehen konnte. Sie folgten diesem Pfad und achteten sorgfältig auf das Trompeten oder Prusten dieser tierischen Riesen. Es gab keine Fliegen oder Mücken, dafür jedoch eine Vielzahl großer Käfer und anderer Insekten, die offenbar die Nahrung der Vögel darstellten.

Einmal vernahmen sie ein wütendes Heulen. Sie blieben stehen, gingen aber weiter, als es nicht wieder ertönte. Sie hatten beide die Stimme des Säbelzahntigers erkannt.

»Wenn dies der Besitz deiner Familie war«, sagte Kickaha, »warum habt ihr dann solch ein riesiges, gefährliches Tier herumlaufen lassen?«

»Das solltest du doch wissen! Die Lords lieben die Gefahr! Sie ist das einzige Gewürz, das Ewigkeit erträglich und genießbar macht. Unsterblichkeit ist gar nichts, wenn sie dir nicht in jedem Augenblick genommen werden kann.«

Dies war die Wahrheit. Aber nur die Unsterblichen vermochten dies ganz zu begreifen. Aber er wünschte sich – in manchen Augenblicken –, es möge nicht gar soviel »Gewürz« geben! In letzter Zeit schien er einfach nicht mehr genug zur Ruhe zu kommen, und seine Nerven brannten von dem ständigen Entlangscheuern an Gefahren.

»Bist du sicher, daß sonst niemand von diesem Tor in dem Felsen etwas weiß?«

»Nichts ist sicher«, antwortete sie. »Doch ich glaube es eigentlich nicht. Warum? Meinst du, Urthona weiß, daß wir zu diesem Tor gehen werden?«

»Das erscheint mir als höchst wahrscheinlich. Denn sonst hätte er im Sommerpalast für uns eine Falle gestellt. Ich vermute, daß er damit rechnet, ja es erwartet, daß wir zu diesem Tor gehen, weil er ja noch jemand anderen auf den gleichen Ort zuführen will. Es ist eine Art Treffpunkt für uns und unsere beiden Feinde. So dürfte er es sehen.«

»Aber das kannst du nicht sicher wissen. Es ist nur dein überargwöhnisches Hirn, das dich dazu bringt zu glauben, alles sei so, wie du es arrangieren würdest, wenn du ein Lord wärst.«

»Na, und wer nennt jetzt wen paranoid?« Er lächelte. »Aber vielleicht hast du ja recht. Ich habe so viel hinter mir, daß ich die Relais in den Köpfen anderer Leute klicken hören kann.«

Er beschloß, daß Anana den Strahler nehmen sollte, während er seinen Bogen und die Pfeile bereitstellen würde.

Am Rand der Lichtung fiel Kickaha eine leichte Erhebung im Boden auf. Sie war fast einen halben Zentimeter hoch und fünf Zentimeter breit, verlief ein paar Fuß weit und verschwand dann im Grund. Er ging im Zickzack ein paar Schritte weiter und fand wieder einen solchen Erdwulst, der einen ganz kleinen Teil eines riesigen Kreisbogens beschrieb und dann ebenfalls verschwand.

Er kehrte zu Anana zurück, die auf ihn mit verwirrtem Gesichtsausdruck gewartet hatte.

»Hast du irgendeine Ahnung, ob hier unterirdisch irgendwelche Arbeiten vorgenommen wurden?« fragte er.

»Nein. Warum?«

»Vielleicht war es ja eine Erdverschiebung«, sagte er, lieferte aber weiter keinen Kommentar zu den Erdwülsten.

Der Felsbrocken war etwa so groß wie ein mittelgroßer Bungalow. Er lag am Rande der Lichtung. Der Stein war roter und schwarzer Granit und aus dem Norden hierher versetzt worden, um der Landschaft Kontur zu verleihen, wie Tausende andere Felsklötze auch. Der Block lag etwa hundert Meter nördlich von einer Asphaltquelle. Und dieser Teertümpel, so stellte Kickaha fest, hatte genau die Größe und lag an der gleichen Stelle wie der Teertümpel im Hancock Park auf der Erde Nummer eins.

Sie legten sich auf den Bauch und krochen behutsam auf den Felsblock zu. Als sie knapp dreißig Meter von ihm entfernt waren, kroch Kickaha um den Brocken herum, um ihn von allen Seiten zu inspizieren. Als er von dem großen Steinbrocken zurückkehrte, sagte er: »Ich hatte ihn ja nicht wirklich für stupide genug gehalten, sich *hinter* dem Stein zu verstecken. Aber im *Innern,* das wäre ganz geschickt ... Oder er hockt irgendwo zwischen den Bäumen und wartet darauf, daß wir das Tor aktivieren, weil er es mit Fallen versehen hat.«

»Wenn du recht hast und er noch auf jemanden wartet, der hier auftauchen soll ...«

Sie brach abrupt ab und umklammerte seinen Arm. »Ich habe jemanden gesehen! *Dort!*«

Sie wies über die Lichtung auf das dichte Gehölz, wo eigentlich das Kunstmuseum des Los Angeles County hätte stehen müssen, wenn sie auf der Erde Nummer eins gewesen wären. Er schaute hinüber, sah jedoch nichts.

»Es war ein Mann, ich bin ganz sicher«, sagte Anana. »Ein großer Mann. Ich glaube, es war Red Orc!«

»Irgendwelche Waffen? Ein Strahler?«

»Nein, es war nur ein flüchtiger Eindruck, dann verschwand er hinter einem Baum.«

Kickaha wurde noch nervöser.

Er beobachtete die Vögel und sah über der Stelle, die Anana ihm als jene bezeichnet hatte, an der sie Red Orc zu entdecken geglaubt hatte, einen Raben wie irre schimpfen. Plötzlich fiel der Vogel von seinem Ast herab und war nicht mehr zu hören. Kickaha grinste. Der Lord hatte bemerkt, daß der Vogel ihn verraten könnte, und hatte ihn abgeschossen.

Etwa hundert Meter links von ihnen, am Rand der Asphaltkuhle kreischten ein paar Blauhäher und stießen immer und immer wieder auf etwas in dem hohen Gras Verstecktes hinunter. Kickaha beobachtete sie sorgfältig, doch einen Augenblick später schnürte ein roter Fuchs aus dem Gras und trottete nach Süden in den Wald. Die Häher folgten ihm.

Sobald sie verschwunden waren, trat eine gewisse Stille ein. Zwischen dem hochgewachsenen sägezähnigen Gras war es heiß. Ab und zu surrte ein großes Insekt vorbei. Einmal streifte sie ein Schatten; Kickaha schaute auf und sah eine grüngolden schimmernde Libelle mit durchsichtigen, kupfergeäderten Schwingen von einer Spannweite, die wenigstens sechzig Zentimeter betrug. Das Insekt zog eine Schleife und bog ab.

Hin und wieder drang ein Trompeten zu ihnen herüber, und aus sehr großer Ferne erklang ein wolfsähnliches Geheul. Plötzlich schrillte hoch über ihnen ein großer Vogel scharf auf.

Beide entdeckten keine Spur des Mannes, den Anana für Red Orc gehalten hatte. Dennoch mußte er irgendwo dort drüben sein. Vielleicht hatte er sie sogar entdeckt und kroch bereits auf ihr Versteck zu. Diese Vorstellung veranlaßte Kickaha, die Position nahe dem Felsblock zu wechseln. Sie unternahmen dies sehr behutsam, um die hohen Gräser so wenig wie möglich zu bewegen. Als sie unter dem Schutz der Bäume am Rand der Lichtung waren, sagte er: »Wir sollten nicht zusammenbleiben. Ich gehe etwa zwanzig Meter tief in den Wald zurück. Von dort aus habe ich einen besseren Überblick.«

Er küßte sie auf die Wange und kroch davon. Nachdem er sich umgesehen hatte, beschloß er, hinter einem Busch auf einer leichten Bodenerhebung Stellung zu beziehen. Dahinter befand sich ein Baum, der ihn gegen jeden abdecken würde, der sich aus dieser Richtung näherte. Aber damit war natürlich auch der Nachteil verbunden, daß der Baum ebenfalls jeden vor Kickaha verbergen würde, der sich näherte. Er beschloß, das Risiko einzugehen. Die kleine Anhöhe erlaubte ihm einen besseren Überblick, und der Busch versteckte ihn vor allem, was tiefer lag.

Er vermochte Anana nicht zu sehen, obschon er genau wußte, wo sie sich befand. Mehrmals bewegten sich die Grasspitzen leicht in anderer Richtung, als es die Brise erlaubte. Wenn Orc – oder Urthona – ebenfalls beobachteten, würden sie das natürlich gleichfalls merken, und vielleicht ... Er erstarrte. Das Gras wellte sich, sehr leicht, fast unmerklich, langsam und in unregelmäßigen Zeitabständen. Etwa zwanzig Meter von Ananas Position entfernt. Für etwa zehn Minuten war keine Bewegung festzustellen, dann neigte sich das Gras erneut. Die Richtung stieß auf Anana zu. Die Grasspitzen richteten sich sacht wieder auf, als würde jemand sie vorsichtig wieder in eine aufrechte

Position drücken. Ein paar Minuten später zeigte sich wieder eine Bewegung.

Kickaha beobachtete gespannt die Bewegungen der Person im Gras, aber er ließ sich davon nicht so sehr ablenken, daß er nicht auch das weitere Umfeld im Blick behalten hätte. Bei einem der zahlreichen Blicke hinter sich sah er zwischen den Zweigen eines Busches, etwa zwanzig Meter weit weg, weiße Haut schimmern. Zuerst dachte er daran, seine Position zu verlagern. Aber falls er dies tat, dann würde ihn der Neuankömmling aller Wahrscheinlichkeit nach ebenfalls entdecken. Vielleicht war er ja bereits erspäht worden. Die beste Verhaltensweise im Augenblick war wohl, sich vollkommen still zu verhalten.

Die Sonne glitt über den Himmel zum Horizont, die Schatten wuchsen und wurden länger. Wer immer auf Anana zukroch, er bewegte sich kaum oder fast unmerklich und sehr, sehr langsam, aber nach einer Stunde war er nur noch etwa vier Meter von ihr entfernt. Ob sie den Anschleicher bemerkt hatte oder nicht, das vermochte Kickaha nicht zu entscheiden. Er zog das Horn aus dem Kasten. Und er setzte die Kerbe eines Pfeils auf die Sehne und wartete. Wieder neigte sich das Gras in Richtung auf Anana zu. Der Anschleicher hatte sich erneut ein Stück nähergeschoben.

Hinter Kickaha war nichts zu sehen, nur einmal blitzte zwischen zwei Bäumen ein vorbeifliegender Vogel leuchtend blau und rot auf.

Doch plötzlich trabte am Rand der Bäume, auf der anderen Seite, ein riesiger schwarzer Wolf auf die Lichtung. Er hatte eine Schulterhöhe von mindestens einem Meter dreißig. Und er würde mit seinen Fängen den Knöchel eines Menschen mit einem einzigen Biß zertrümmern können. Es war ein Mörderwolf, wie er seit einigen zehntausend Jahren auf der Erde ausgerottet war. Aber in Jadawins Welt war die Art reichlich vertreten, und in den Biolabors der Lords wurde er neu gezüchtet, um seine Zahl in anderen Gebieten wieder aufzustocken. Der riesige Wolfsrüde trottete so lautlos, witternd-erregt dahin wie ein Tiger. Aus den Lefzen hing die rote Zunge wie eine vom Regen erweichte Fahne. Das Tier trottete selbstsicher etwa zwanzig Meter weit und erstarrte dann plötzlich. Ein paar Sekunden lang wandte es den Kopf, um die Umgebung in einem Umkreis von etwa hundertzwanzig Grad zu erschnüffeln. Dann bewegte es sich weiter, doch jetzt niedergeduckt. Kickaha verfolgte den Wolf mit den Augen, während er gleichzeitig bemüht war, die unbekannten Leute vor und hinter ihm zu beobachten. Jedenfalls bemühte er sich darum. Und deshalb wäre ihm beinahe der plötzliche Angriff des Wolfs entgangen.

Das Tier schoß plötzlich auf eine Stelle im Wald zu, unterbrach seinen Angriff ebenso plötzlich und floh jaulend über die Kreuzung auf Anana zu. Das Fell am Hinterteil und den Hinterläufen stand in Flammen.

Kickaha begriff sofort, daß noch eine fünfte Person im Spiel sein mußte und den Wolf mit einem kurzen Schuß mit reduzierter Energie aus dem Strahler verscheucht hatte. Nur hatte jene Person in der Hast den Energiestoß zu hoch eingestellt und den Wolf in Brand gesetzt, anstatt ihn nur zu betäuben.

Vielleicht aber war die Verbrennung auch bewußt erfolgt. Diese neue Person im Spiel konnte die Bestie absichtlich in Brand gesteckt und in diese Richtung gelenkt haben, einfach um zu sehen, was sich dort rühren würde.

Was immer beabsichtigt gewesen sein mochte, es störte den Plan der Person, die sich an Anana heranschlich. Außerdem war Anana aufgeschreckt, und sie konnte nicht umhin, den Kopf zu heben, als sie das jammervolle Heulen vernahm, das da auf sie zugeschossen kam, um zu sehen, was da vor sich ging.

Kickaha wollte wieder rasch das Terrain hinter sich überprüfen, doch er hatte nicht die Zeit dazu. Er stand auf, spannte den Bogen und ließ die Sehne schnellen, genau in dem Augenblick, als sich etwa zwölf Meter von Anana etwas Dunkles über die Spitzen des Grases erhob. Das Wesen war schwarzgekleidet und hatte einen schwarzen Helm mit schwarzer Schutzsichtscheibe vor dem Gesicht, wie es die Rocker damals in Los Angeles getragen hatten. Der Mann preßte den Schaft eines kurzläufigen Strahlers gegen seine Schulter.

Gleichzeitig raste der Wolf jaulend vorbei, die Flammen von seinem Fell sprangen auf das Gras über, und die ausgedorrten Halme fingen Feuer. Kickahas Pfeil glitt zwischen den Bäumen und dem Rand der Lichtung dahin, die Sonne funkelte auf der Metallspitze. Der Pfeil traf den Mann direkt unter dem linken Arm, den er angehoben hatte, um den Lauf des Strahlers zu halten. Der Pfeil prallte ab, doch der Mann, obgleich er von irgendeiner Schutzweste bedeckt sein mußte, taumelte und fiel unter dem Anprall zu Boden.

Der Strahler glitt ihm aus den Händen. Und da er ihn gerade aktiviert hatte, schnitt der Energiestrahl eine brennende Schneise in das Gras. Er sägte auch die Vorderläufe des Wolfs ab, der jammernd umfiel, aber verstummte, als der Energiestrahl seinen Körper zerschnitt. Das aus zwei Quellen genährte Feuer breitete sich rasch aus. Rauch quoll auf. Kickaha konnte immerhin sehen, daß Anana unverletzt war und daß sie hastig durch das Gras auf den ausgeschalteten Mann und seinen Strahler zu robbte.

Dann wirbelte Kickaha herum, zog gleichzeitig einen Pfeil aus seinem Köcher und setzte ihn an die Sehne. In diesem Moment sah er die hohe Gestalt des Mannes. Der Mann beugte sich um einen Baumstamm herum, und in seiner Hand lag ein Strahler, der direkt auf Kickaha gerichtet war. Kickaha sprang hinter seinen Baum und kauerte sich auf den Boden. Er wußte, er würde nicht schnell und nicht zielgenau genug einen Pfeil abschießen können.

Die Luft war erfüllt von brennendem Gestank. Dann erfolgte

ein Knall. Kickaha blickte auf. Der Energiestoß des Strahlers war durch den Stamm seines Baumes gedrungen, und das obere Stück war um saubere sechs Zentimeter auf den unteren Teil des Stammes abgesackt.

Kickaha trat an die linke Seite des Baumes und schoß seinen Pfeil mit all der Präzision, die er in Tausenden von Übungsstunden unter absichtlich schwierigen Bedingungen und in zahllosen Kampfsituationen erlernt hatte, aus dem Bogen. Der Pfeil ruhte so dicht am Stamm des Baumes, daß der geringste Berührungspunkt ihn ablenken mußte. Der Pfeil schoß von der Sehne und streifte hautnah den Arm des Mannes mit dem Strahler. Die Waffe bog sich zurück, als der Mann einen Schritt nach hinten sprang. Und dann fiel der Baumstamm über Kickaha zur Seite, weil das ungleich verteilte Gewichte der Äste ihn zog. Er kam direkt auf Kickaha zu, der beiseite sprang und so dem Hauptaufprall des Stammes direkt entging. Allerdings streifte ihn ein dicker Ast. Rings um ihn wurde alles dunkel, und er war bewußtlos wie das Holz eines Baumstammes.

Vierzehntes Kapitel

Als er wieder Licht sah, begriff er auch, daß nicht allzuviel Zeit verstrichen war. Die Sonne war kaum weitergewandert. Sein Kopf schmerzte, als wäre eine Wurzel durch sein Hirn gewachsen und hätte sich mit seinen allerempfindlichsten Nervenenden vereinigt. Über seiner Brust lag bedrückend ein Ast, seine Beine fühlten sich an, als würden auch sie von einem anderen Ast zu Boden gepreßt. Er konnte die Arme ein wenig bewegen und den Kopf drehen, doch abgesehen davon war er zur Bewegungslosigkeit verurteilt, als wäre er unter einen Erdrutsch geraten.

Rauchschwaden trieben vorüber und brachten ihn zum Husten. Irgendwo knatterten Flammen, und er spürte, wie eine Hitze sich seinen Füßen näherte. Die Vorstellung, daß er hier verbrennen könnte, bewirkte, daß er sich heftig zu wehren begann. Er erreichte damit nichts weiter, als daß sein Kopf noch heftiger schmerzte. Es gelang ihm nicht, sich unter den drückenden Ästen herauszuwinden.

Er dachte an die anderen. Was war mit Anana geschehen? Warum bemühte sie sich nicht, ihn freizubekommen? Was war mit dem Mann, der den Baum zerschnitten hatte? Kroch der jetzt gerade auf ihn zu, weil er nicht sicher war, ob er den Bogenschützen erwischt hatte? Und dann war da noch der Mann in Schwarz, den er mit einem Pfeil umgeworfen hatte. Und dann die Person auf der anderen Seite der Lichtung, die den Wolf in Brand gesetzt und so die ganze Entwicklung der Dinge beschleunigt hatte. Wo waren die alle?

Wenn Anana nicht rasch etwas unternahm, dann konnte sie ihn auch gleich abschreiben. Der Rauch verdichtete sich, und das

Hitzegefühl in seinen Füßen und dem unteren Bereich der Beine wurde allmählich sehr unangenehm. Es würde kaum darauf ankommen, ob er an Erstickung starb oder vorher verbrannte. Sollte dies wirklich sein Ende sein? Jeder ging auf seinen Tod zu. Sogar diese Lords, die fünfzehntausend Jahre überstanden hatten. Aber wenn er schon sterben sollte, dann würde er lieber in seiner geliebten Adoptivwelt, der Welt der vielen Ebenen sterben wollen.

Dann verdrängte er diese Vorstellungen aus seinem Hirn. Er war noch nicht tot, und er würde auf keinen Fall aufhören zu kämpfen. Irgendwie würde er diesen Baum von seiner Brust wegwälzen, den Ast von seinen Beinen, und er würde weiterkriechen, irgendwo hinkriechen, wo ihn das Feuer nicht erreichen konnte, wo er sich vor seinen Feinden verstecken konnte. Aber wo war Anana?

Der Klang einer Stimme ließ ihn zusammenzucken. Sie kam aus etwa dreißig Zentimetern Entfernung neben seinem linken Ohr. Er wendete den Kopf und erblickte das grinsende Gesicht Red Orcs.

»Also hat sich der Fuchs selbst in meiner Todesfalle gefangen«, sagte Red Orc auf englisch.

»Natürlich, da Sie es ja so geplant hatten«, antwortete Kickaha. Die Lords waren notorisch grausam, also würde dieser da wünschen, daß Kickaha qualvoll langsam starb. Außerdem würde Orc es genießen, wenn Kickaha den Geschmack der Niederlage bis zur Neige auskosten mußte. Kein Lord tötete jemals seine Jagdbeute rasch und schmerzlos, falls er dies verhindern konnte.

Kickaha mußte Red Orc möglichst lange am Reden halten. Denn falls Anana versuchte sich heranzuschleichen, würde es ihr weidlich helfen, wenn Red Orc abgelenkt war.

Und der Lord wollte reden, er wollte sein Opfer verhöhnen, aber dennoch ließ seine Wachsamkeit nicht nach. Während er neben

Kickaha auf dem Boden lag, hielt er den Strahler in Schußbereitschaft, und seine Augen zuckten von einer Seite zur anderen, als wäre er ein beunruhigter Vogel.

»Also, Sie haben gewonnen«, sagte Kickaha. Aber er war keineswegs davon überzeugt, daß Red Orc gesiegt hatte, und er würde das bis zu seinem Tod nicht glauben.

»Über dich habe ich gesiegt, ja!« sagte Red Orc. »Aber die anderen habe ich noch nicht besiegt. Doch auch das werde ich erledigen.«

»Also treibt sich Urthona noch immer dort draußen herum«, stellte Kickaha fest. »Wer aber hat diese Falle aufgestellt? Sie – oder Urthona?«

Das Lächeln auf Red Orcs Gesicht zerfloß. Er sagte: »Ich weiß es nicht. Die Falle mag ja so raffiniert sein, daß ich auf die Idee kommen könnte, daß ich sie eventuell selbst aufgestellt habe. Oder man will mir das einreden. Und vielleicht habe ich es ja auch getan. Doch was spielt das schon für eine Rolle? Wir wurden alle hierhertransportiert, aus welchen Gründen auch immer. Auf dieses letzte Schlachtfeld. Und es war ein guter Kampf, denn wir haben ihn nicht durch unsere Untertanen, die *Leblabbiy*, ausfechten lassen. Wir kämpfen direkt miteinander, und so soll es auch sein. Du bist das einzige Erdenwesen in diesem Ringen, und ich bin fast davon überzeugt, daß du ein Halbblut bist, ein halber Lord. Es bestehen zweifellos gewisse Familienähnlichkeiten zu uns. Und ich könnte dein Vater sein. Oder Urthona könnte dein Vater sein. Oder Uriel. Sogar dieser dunkle Lord Jadawin. Immerhin trägt er die genetische Anlage für rotes Haar in sich.«

Red Orc schwieg und lächelte vor sich hin. Dann sagte er: »Außerdem wäre es natürlich möglich, daß Anana deine Mutter ist. In diesem Fall wärest du ein ganzer Lord. Und das würde deine erstaunlichen Fähigkeiten und deinen Erfolg ein wenig begreiflicher machen.«

Ein dicker Rauchschwall breitete sich über Kickahas Gesicht aus und zwang ihn wieder zu heftigem Husten.
Red Orc schaute ein wenig verstört drein und zog sich etwas zurück. Er wandte Kickaha den Rücken zu, der sich gerade aus einem weiteren Hustenanfall zu lösen versuchte. Etwas war an seinen Beinen geschehen. Plötzlich verspürte er die Hitze nicht mehr. Es war, als hätte jemand Erde über sie gehäuft.
Kickaha sagte: »Ich weiß nicht, worauf Sie hinauswollen, Orc, aber Anana kann schlechthin einfach nicht meine Mutter sein. Außerdem weiß ich, wer meine Eltern sind. Das waren Bauern in Indiana, die aus alter amerikanischer Tradition stammen, zurückgehend auf die ersten Siedler, und dann ein paar Beimischungen aus schottischem, norwegischem, deutschem und irischem Immigrantenblut. Ich bin in dem nun wirklich winzigen Bauernkaff North Terre Haute geboren, also gibt's da überhaupt nichts zu rätseln ...«
Er schwieg plötzlich. Denn da gab es ein Rätsel. Seine Eltern waren von Kentucky nach Indiana gezogen, ehe er geboren wurde, und plötzlich erinnerte er sich an jenen geheimnisvollen Onkel »Robert«, der während seiner Kindheitsjahre ab und zu auf die Farm zu Besuch kam. Und dann gab es da die Probleme mit seinem Geburtsschein, als er sich freiwillig zum Militärdienst bei der Kavallerie melden wollte. Und als er dann nach dem Krieg nach Indiana zurückgekehrt war, hatte ihm ein unbekannter Wohltäter zehntausend Dollar hinterlassen. Damit sollte er seine Studien finanzieren, und es gab ein vages Versprechen, daß weitere Summen zu erwarten sein würden.
»Ach, keine Rätsel?« fragte Red Orc. »Ich weiß sehr viel mehr über dich, als du dir träumen lassen kannst. Als ich entdeckte, daß dein Geburtsname als Paul Janus Finnegan angegeben wurde, erinnerte ich mich plötzlich an etwas, und ich ließ es nachprüfen. Und so ...«

Kickaha mußte schon wieder husten. Orc sprach nicht weiter. Einen Augenblick später tauchte durch den Rauch eine Gestalt über ihm auf – aus der Richtung jenseits des Baumes, wo, wie er geglaubt hatte, nichts mehr am Leben sein konnte. Die Gestalt hechtete durch die Rauchwolke und landete mit allen vieren auf Red Orc, warf ihn rücklings zu Boden und stieß ihm den Strahler aus der Hand.

Orc schrie überrascht auf und versuchte halb im Schock hinter seinem Strahler herzurollen, doch der Angreifer zischte ihn mit einer gedämpften Stimme an: »Hände weg! Oder ich zersäble dich in zwei Hälften!«

Kickaha bog den Kopf so weit zur Seite und nach hinten, wie es ihm möglich war. Natürlich hatte er die Stimme erkannt, aber er konnte es noch immer nicht glauben. Dann erkannte er, daß Anana Erde um sich herum aufgehäuft oder sich mit sonstwas bedeckt hatte.

Doch wie hatte sie verhindern können, selbst zu husten und sich so zu verraten?

Sie wandte sich ihm zu, obwohl die Mündung des Strahlers nicht von Red Orc wich. Um Nase und Mund hatte sie ein Tuch gebunden. Es war mit etwas getränkt, und Kickaha hegte den Verdacht, daß es Urin sein müsse. Anana war schon immer recht praktisch gewesen und benutzte stets das, was gerade zur Verfügung stand.

Sie winkte Red Orc zu, er solle sich von seinem Strahler fortbegeben. Während er es tat, hob sie mit der anderen Hand seinen Strahler auf. Dann, immer noch auf ihn zielend, zerrte sie sich das Tuch vom Gesicht und ließ es auf den Hals sinken. Sie lächelte leicht und sagte: »Danke für deinen Strahler, Onkel! Meiner war nämlich ungeladen!«

Orc blickte schockiert drein.

Anana hockte sich nieder und sagte: »Also, Onkel. Zieh den Baum von ihm fort! Und zwar rasch!«

Orc protestierte: »Ich kann das nicht hochheben. Selbst wenn ich mir dabei das Rückgrat breche, ich kann das nicht heben!«
»Versuch es!« befahl sie.
Sein Gesicht verzog sich eigensinnig. »Wozu soll ich das tun? Du wirst mich sowieso umbringen. Also mach es gleich!«
»Ich werde dir die Beine zerfetzen und dir die Augen ausbrennen«, sagte sie. »Und dann lasse ich dich bewegungslos und blind hier liegen, wenn du ihn nicht da drunter hervorholst.«
»Ach, komm schon, Anana«, sagte Kickaha. »Ich weiß genau, daß du ihn leiden lassen möchtest, aber bitte nicht auf meine Kosten. Schneide die Äste mit dem Strahler weg, dann braucht er nicht so schwer zu heben. Verliere nicht soviel Zeit. Da drüben sind nämlich noch zwei andere, weißt du!«
Anana trat von der Rauchwolke zurück und sagte: »Tritt zur Seite, Onkel!«
Sie gab drei Feuerstöße mit dem Strahler ab. Der dicke Ast über Kickahas Brust war an zwei Stellen zerschnitten. Er konnte nicht sehen, was sie mit dem Baumteil über seinen Beinen angestellt hatte. Es fiel Orc nicht schwer, die Trümmer von ihm fortzuziehen und ihn aus der Rauchwolke herauszuschleppen. Er packte ihn unter den Armen und trug ihn zu den Bäumen, wo das Gras spärlicher und kürzer wuchs.
Er legte Kickaha sehr sanft auf den Boden und faltete dann auf Ananas Befehl die Hände verschränkt hinter dem Kopf zusammen.
»Der Fremde ist draußen auf dem Felsen«, sagte sie. »Er taumelte auf die Beine und davon, gerade als ich seinen Strahler erwischt hatte. Er ist dorthin gelaufen, um dem Feuer zu entkommen – und mir! Ich habe ihn nicht getötet. Aber vielleicht hätte ich es tun sollen! Aber ich war neugierig, wer er war, und ich dachte, ich könnte ihn vielleicht später ausforschen.«
Diese verdammte Neugier, dachte Kickaha, hat schon mehr als

einen Lord seinen Vorteil aufs Spiel setzen lassen. Doch gab er dazu keinen Kommentar ab, denn geschehen war geschehen, und außerdem besaß er volles Verständnis für diese Neugierde. Er besaß selbst genug davon, um in dieser Beziehung duldsam zu sein.

»Weißt du, wo Urthona ist?« fragte er, hustete krächzend und spürte in der Brust einen Schmerz, als wenn sich während der letzten paar Sekunden Krebs dort breitgemacht hätte. Seine Beine fühlten sich noch taub an, doch kehrte das Gefühl allmählich in sie zurück. Und damit auch der Schmerz.

»Ich werde dir keine große Hilfe sein können, Anana«, sagte er. »Ich glaube, ich bin innerlich ziemlich schwer verletzt. Ich werde tun, was ich kann, aber alles andere wird bei dir liegen.«

Anana sagte: »Ich weiß nicht, wo Urthona ist. Nur, daß er irgendwo dort draußen steckt. Ich bin sicher, es war er, der den Wolf verbrannt hat. Und auch der, der diese Falle für uns aufgestellt hat. Sogar der große Red Orc, der Lord der Zwei Welten, ist in sie hineingetappt!«

»Ich wußte, daß es eine Falle war«, sagte Orc. »Aber ich habe sie dennoch betreten. Ich glaubte, daß ich sicher ... daß ich ...«

»Genau, lieber Onkel! Wenn ich an deiner Stelle wäre, würde ich jetzt nicht mehr prahlen«, sagte sie ruhig. »Das einzige, was jetzt zählt, was überhaupt jetzt wichtig ist, ist: Wie kommen wir von dem Mann weg?«

»Das Horn«, sagte Kickaha. Mühsam richtete er sich auf, trotz der beißenden Drachenklauen in seiner Brust. Zwischen den Baumstämmen trieben Rauchschwaden herüber, er mußte wieder husten. Der Schmerz in seiner Brust wurde schärfer.

Anana sagte: »Oh! Das habe ich ganz vergessen!« Sie blickte verzweifelt drein.

»Wir werden es holen müssen. Es muß drüben unter dem Baum liegen!« sagte Kickaha. »Dann öffnen wir das Tor in dem Felsen.

Und wenn es zum Schlimmsten kommt, werden wir eben hindurchgehen.«
»Aber ich habe dir doch gesagt, daß der Raum dahinter voller Fallen ist!« sagte Anana. »Ich hab' dir doch erklärt, ich brauche einen Desaktivator, um da durchzukommen.«
»Wir können später wieder herauskommen«, stöhnte Kickaha. »Urthona kann uns nicht folgen, und er wird auch nicht herumlungern und warten, weil er glauben wird, daß wir endgültig in ein anderes Universum verschwunden sind.«
Er schwieg, weil ihm die Anstrengung solch große Schmerzen bereitete. Auf Ananas Befehl half Red Orc ihm auf. Er griff dabei so brutal zu, daß Kickaha einen Schmerzensschrei nicht zu unterdrücken vermochte. Ananas Augen sprühten vor Zorn, und sie sagte: »Onkel, geh sanft mit ihm um, oder ich bringe dich auf der Stelle um!«
»Wenn du das tust«, sagte Orc, »dann wirst du ihn allein tragen müssen. Und wie stehst du dann da?«
Anana zog ein Gesicht, als würde sie ihn am liebsten dennoch sofort töten. Doch bevor Kickaha etwas sagen konnte, sah er, wie der Lauf ihres Strahlers wie abgesägt zur Erde fiel. Anana stand mit einer kastrierten Waffe in der Hand da.
Zwischen den Bäumen hinter ihnen erklang eine Stimme: »Ihr werdet jetzt machen, was ich euch befehle! Geht zu dem Felsen hinüber. Dort wartet ihr auf weitere Anweisungen!«
Warum sollte er uns das tun lassen? dachte Kickaha. *Hat er eine Ahnung von den Fallen im Innern? Weiß er, daß wir dort festsitzen werden, wenn er nicht verschwindet, wie ich es mir vorgestellt habe? Hofft er, daß wir uns entschließen werden, die Falle zum Zuschnappen zu bringen und daß wir dabei zugrunde gehen werden? Er wird vor dem Felsen warten, während wir im Innern qualvoll leiden, und sich sadistisch an unserer Not weiden und sich dabei amüsieren.*
Unbezweifelbar glaubte Urthona, sie in seiner Gewalt zu haben.

Und das traf ja auch zu. Aber er würde wohl kaum sich selbst einer Gefahr aussetzen und also auch nicht näher herankommen.

Ja, so muß man das Spiel spielen, dachte Kickaha. Sei verschlagen, sei vorsichtig, akzeptiere nie etwas als gegeben. Nur so hatte er unzählige schwierige Situationen überlebt. Überleben? Derzeit sah es so aus, als sei er am Ende seiner Tage angelangt.

»Geht zum Felsen!« rief Urthona. »Sofort! Oder ich verbrenne euch ein bißchen!«

Anana trat auf Kickahas andere Seite und half Orc, ihn zu tragen. Jeder Schritt schnitt durch seinen Körper wie ein Messer. Doch er verbiß sich die Schmerzenslaute und das Stöhnen und schwieg. Der Rauch driftete noch immer durch die Luft, und wieder mußte er husten, und die Schmerzen wurden stärker.

Dann kamen sie an dem Baum vorbei, wo das Horn von einem teilweise verbrannten Ast hervorragte.

»Ist Urthona schon aus dem Wald herausgekommen?« fragte er.

Anana drehte sich langsam um und antwortete: »Höchstens ein, zwei Schritte.«

»Gut. Ich werde jetzt stolpern. Laßt mich fallen!«

»Du wirst dir weh tun«, sagte sie.

»Na wenn schon! Laßt mich los! Jetzt!«

»Aber mit Vergnügen!« sagte Red Orc und ließ ihn los. Anana war nicht ganz so rasch von Begriff und versuchte ihn allein aufrecht zu halten. Sie fielen beide zu Boden, wobei sie den Aufprall weitgehend abfangen konnte. Trotzdem schien er wie auf scharfgeschliffene Nadeln in seiner Brust zu fallen. Er wurde fast ohnmächtig vor Schmerz.

Urthona schrie etwas. Red Orc erstarrte zur Salzsäule. Dann hob er langsam die Hände über den Kopf. Kickaha versuchte auf die Beine zu gelangen und zu dem Horn zu kriechen, doch Anana hatte es vor ihm erreicht. »Blas darauf, los, blas sofort!« befahl er.

»Warum?« fragten Anana und Red Orc gleichzeitig.

»Tu, was ich sage! Ich erkläre es später! Das heißt, wenn es ein ›später‹ geben sollte!«
Sie hob das Mundstück an die Lippen und blies laut die Sequenz der sieben Noten, die den Nachschlüssel darstellten, den Dietrich, mit dem man jedes Dimensionstor der Lords öffnen konnte, das sich innerhalb der Reichweite der Vibrationen der Melodie befand.
Wieder rief Urthona etwas. Er hatte begonnen, auf sie zuzulaufen, als sie gestürzt waren. Doch als er sah, was Anana an die Lippen gesetzt hatte, und als die erste Note erklang, kreischte er laut auf.
Kickaha rechnete damit, daß er schießen würde. Statt dessen wirbelte Urthona um die eigene Achse und rannte, immer noch schreiend, auf die Bäume zu.
Red Orc fragte: »Was ist denn los?«
Die letzte der goldenen Noten verwehte.
Urthona blieb stehen, warf seinen Strahler zu Boden und begann auf und ab zu hüpfen.
Die Landschaft direkt um sie herum veränderte sich nicht. Da war die Lichtung mit dem verbrannten Gras, da war der Felsen, auf dessen Spitze ein dunkelgekleideter Fremder hockte, da waren der umgefallene Baum und die Bäume am Rande der Lichtung.
Aber der Himmel hatte sich in ein zorniges Rot verwandelt, und es gab keine Sonne.
Das Land hinter dem Rand der Lichtung war zu hohen Berghängen geworden, die von rostrotem Graswuchs und seltsam geformten Sträuchern mit rot-grün gestreiften, hakenkreuzartigen Blättern bewachsen waren. Man sah hinter den nächsten Bäumen auch die Bäume auf den Hügeln, aber sie waren hochgewachsen und rund und hatten schwarze, weiße und rote Zebrastreifen. Und sie schwankten, als stünden sie auf dem Grund eines Meeres und tanzten mit der Strömung.
Urthona war weiter auf und ab gehüpft, und er hatte inzwischen

Sprünge von mindestens zwei Metern Höhe erreicht. Nun griff er plötzlich wieder seinen Strahler vom Boden auf und kam in weiten Känguruhsätzen auf sie zugerannt. Er schien seinen Körper völlig unter Kontrolle zu haben.

Dies konnte man von Red Orc nicht sagen. Der wirbelte zu Kickaha und Anana herum, öffnete den Mund, um zu fragen, was denn passiert sei. Aber die Bewegung war zu heftig gewesen, und er fiel zu Boden. Allerdings nicht sehr heftig.

»Bleib unten«, sagte Kickaha zu Anana. »Ich weiß zwar nicht, wo wir sind, aber die Schwerkraft ist geringer als auf der Erde.«

Urthona stand vor ihnen. Sein Gesicht war beinahe so rot wie der Himmel. Die grünen Augen flackerten wild.

»Das Horn Shambarimens«, kreischte er. »Ich habe mich immer gewundert, was ihr in dem Kasten mit euch herumschleppt! Wenn ich das nur gewußt hätte! Wenn ich das nur gewußt hätte!«

»Dann wären Sie natürlich draußen vor dem Rand des riesigen Dimensionstores geblieben, das Sie rings um die Lichtung aufgebaut haben«, sagte Kickaha. »Sagen Sie mir, Urthona, warum sind Sie in den Kreis getreten? Warum haben Sie uns auf den Felsen zugetrieben, obwohl wir doch sowieso schon innerhalb des Torbereichs waren?«

»Woher wissen Sie das?« schrie Urthona. »Wie konnten Sie das wissen?«

»*Gewußt* habe ich es nicht wirklich«, sagte Kickaha. »Aber ich habe die kleinen Erdwülste an einigen Stellen rings um die Lichtung entdeckt, ehe wir herauskamen. Das mochte zwar nicht viel zu bedeuten haben, aber immerhin erregte es meinen Verdacht. Ich bin argwöhnisch allen Dingen gegenüber, die ich mir nicht sofort erklären kann.

Und dann sind Sie zurückgeblieben, und auch das war bereits höchst verdächtig, denn natürlich würden Sie uns nicht zu nahe kommen wollen, bevor Sie nicht sicher waren, daß wir keine Waffen versteckt hatten. Aber Sie beabsichtigten etwas mehr, als uns nur in dieses riesige Tor zu locken und dann die Falle zuschnappen zu lassen. Sie wollten uns in unser eigenes Tor treiben, in den Felsen, und dort wären wir dann gefangen gewesen. Sie wollten, daß wir uns drinnen versteckten und das Gefühl hätten, wir hätten Sie überlistet, und Sie erwarteten, daß wir dann nach einer Weile herauskommen würden, nur um uns in dieser Welt hier wiederzufinden.

Aber Sie wußten nicht, daß Anana keinen Aktivator hatte, und Sie wußten nicht, daß wir das Horn besaßen. Es gab ja gar keinen Grund, warum Sie an das Horn denken sollten, selbst als Sie den Instrumentenkoffer sahen, denn es muß ja Tausende von Jahren her sein, als Sie es zum letzten Mal gesehen haben. Und außerdem wußten Sie auch nicht, daß es im Besitz von Jadawin war, oder Sie hätten von dem Instrumentenkoffer den Rückschluß auf das Horn gezogen, denn immerhin war Ihnen ja bekannt, daß ich Jadawins Freund bin.

Also bewegte ich Anana dazu, das Horn zu blasen, auch wenn sie nicht wußte, warum sie das tun sollte. Ich hatte nämlich eigentlich nicht die Absicht, mich in Ihre Welt zu begeben, aber wenn ich Sie mit uns nehmen konnte, sollte es mir recht sein!«

Anana stand langsam und mit vorsichtigen Bewegungen auf und sagte: »Die Wechselwelt! Urthonas Welt!«

Im Osten – oder dem, was in der Welt, die sie soeben verlassen hatten, Osten gewesen war – tauchte ein massives rotes Etwas über den Bergen auf. Es stieg rasch herauf und entpuppte sich als ein Körper, der etwa die vierfache Masse des irdischen Mondes haben mußte. Das Ding war nicht kreisförmig, sondern länglich und besaß mehrere blasenartige Auswüchse, die von ihm herunterhingen. Kickaha hatte den Eindruck, daß die Masse ihre Gestalt leicht veränderte.

Er spürte, wie die Erde unter seinen Füßen wegkippte. Sein Kopf war plötzlich tiefer als seine Füße. Und der Rand der fernen Hügel sackte zusammen.

Kickaha setzte sich auf. Seine Schmerzen schienen sich ein wenig gelegt zu haben. Vielleicht rührte das daher, daß die Schwerkraft so stark verringert war. Er sagte: »Dies ist natürlich ein Einwegtor, Urthona, nicht wahr?«
»Aber natürlich«, bestätigte Urthona. »Sonst hätte ich euch ja das Horn weggenommen und das Tor wieder geöffnet.«
»Und wo befindet sich das nächste Tor, durch das man aus dieser Welt herauskommt?«
»Es macht keinen Unterschied für euch, wenn ich es euch sage«, erklärte Urthona. »Besonders deshalb, weil ihr auch nicht mehr begreifen werdet als jetzt, wenn ich es euch sage. Das einzige Tor befindet sich in meinem Palast, und der ist irgendwo auf der Oberfläche dieser Materieansammlung. Oder vielleicht auch dort!« Er deutete auf den sich verwandelnden Körper in der Luft. »Dieser Planet spaltet sich und verändert seine Gestalt und sammelt sich wieder und spaltet sich dann wieder. Das einzige Illustrationsbeispiel, das mir einfällt, ist ein Lavalith. Das hier ist eine magmatische Welt, eine Lavalithwelt.«
Und dann überstürzte Red Orc alles, indem er angriff. Sein Satz war enorm, und er flog beinahe über Urthonas Kopf hinweg. Dennoch rammte er ihn, und beide rollten wie im Flickflack über den Boden. Durch den Anprall fiel Urthona der Strahler aus der Hand und war außerhalb seiner Reichweite. Anana hechtete hinter der Waffe her, erwischte sie, landete aber so unglücklich und schwerfällig, daß Kickaha schon befürchtete, sie könnte sich verletzt haben. Sie kam ein bißchen zerzaust auf die Beine, aber sie lächelte. Urthona kam wieder zu ihnen zurück. Red Orc kroch auf dem Boden heran.
»Also, meine lieben Onkel«, sagte sie. »Ich könnte euch jetzt beide töten, und vielleicht sollte ich das auch tun. Aber ich brauche jemanden, der Kickaha weiterhilft. Also werdet ihr zwei das tun! Und ihr solltet übrigens dankbar sein, daß die geringere Schwerkraft euch die Sache leichter macht. Und außerdem,

Urthona, brauche ich dich, weil du eine Menge über diese Welt weißt. Schließlich hast du sie ja selbst entworfen und geschaffen. Ihr zwei werdet jetzt eine Tragbahre für Kickaha machen, und dann ziehen wir los!«

»Losziehen! Wohin?« knurrte Urthona. »Wir können nirgendwohin gehen. Hier ist nichts feststehend. Kannst du das nicht begreifen?«

»Wenn wir jeden Zentimeter dieser Welt untersuchen müssen, dann werden wir das eben tun«, sagte Anana. »Und jetzt macht euch an die Arbeit!«

»Einen Augenblick«, unterbrach Kickaha. »Was habt ihr mit Wolff und Chryseis angestellt?«

»Ich habe sie in diese Welt herübergeschleust. Sie sind hier irgendwo auf der Oberfläche. Oder dort oben auf dieser Masse. Oder vielleicht auf einer anderen Materiekonzentration, die wir noch nicht gesehen haben. Ich hatte mir gedacht, daß dies das Mieseste sein würde, was ich ihnen antun könnte. Und natürlich haben sie eine kleine Chance, meinen Palast zu entdecken. Obwohl ...«

»Obwohl sie auch dann ja in ein paar Ihrer Fallen rennen würden?« fragte Kickaha.

»Ach, auf dieser Welt gibt es noch ein paar andere Problemchen ...«

»Große Raubtiere? Feindselige Wilde?«

Urthona nickte. Dann sagte er: »Ja. Wir werden den Strahler brauchen. Ich hoffe, die Ladung reicht aus. Und ...«

Kickaha sagte: »Spannen Sie uns nicht auf die Folter!«

»Und ... ich hoffe, wir werden nicht allzu lange brauchen, bis wir meinen Palast finden. Wer nicht hier geboren ist, der wird in dieser Welt wahnsinnig!«